법과 정의를 향한 여정

법과 정의를 향한 여정

양삼승

까치

저자 양삼승(梁三承)

1965	경기고등학교 졸업
1970	서울대학교 법과대학 졸업
1972	사법시험 제14회 합격
1974	서울 민사지법 판사
1977	독일 괴팅겐 대학, 법원 연수
1987	서울대학교 법학박사(민사법)
1990	헌법재판소 연구부장
1992	서울 형사지법 부장판사
1994	서울 민사지법 부장판사
1998	서울 고등법원 부장판사, 대법원장 비서실장
1999	법무법인 화백 변호사
	영산대학교 부총장
2003	법무법인(유) 화우 변호사
2009	대한변협 부협회장
2011	대한변협 변호사연수원장
2012	영산대학교 석좌교수

법과 정의를 향한 여정

저자 / 양삼승
발행처 / 까치글방
발행인 / 박종만
주소 / 서울시 종로구 행촌동 27-5
전화 / 02 · 735 · 8998, 736 · 7768
팩시밀리 / 02 · 723 · 4591
홈페이지 / www.kachibooks.co.kr
전자우편 / kachisa@unitel.co.kr
등록번호 / 1-528
등록일 / 1977. 8. 5
초판 1쇄 발행일 / 2012. 10. 10
    4쇄 발행일 / 2012. 12. 6

값 / 뒤표지에 쓰여 있음
ISBN 978-89-7291-529-4   03810

차례

에세이 III : 생(生)의 이삭 줍기

IV 법조개조론

서문

한 스토아 철학자의 비유에 따르면, "우리 인간은 어디로 향할지 예측 불가능한 짐마차에 묶여 있는 개와 비슷하다. 우리를 묶은 사슬은 우리에게 어느 정도 움직일 여유를 줄 만큼 길기는 하지만, 그렇다고 우리가 원하는 대로 어디든지 돌아다닐 수 있을 정도로 넉넉하지는 않다."

이 비유는 당연히 나에게도 적용되었다. 개인적인 성장배경으로, 법관의 길을 선택했던 나는 정년까지 그 길을 걸을 줄로 생각했다. 그러나 내가 묶인 짐마차는 나를 전혀 다른 곳으로 끌고 갔다. 25년째인 1999년, 꿈에도 생각지 못한 사태, 불의의 순간에 낙마하는 불행을 겪은 후, 변호사의 길을 가게 된 것이다. "새 마음, 새 뜻으로, 새 길"을 가기로 마음먹고 직업인으로서의 황금기인 50대의 10여 년간 변호사의 업무에 전념했다. 우여곡절이 있었지만 보람찬 시간이었다. 그러던 중 2009년 이번에는 나를 묶은 사슬의 범위 내에서, 순전히 개인적인 사연으로, 대한변호사협회의 부협회장직을 맡게 되었다. 그 과정에서 변협의 업무도 알게 되고 나름의 비판적 안목도 생겨났다. 그동안 가끔씩, 법조계의 문제점에 대한 진단과 처방을 일간지에 기고하기도 하고, 논문형식의 발표도 했다.

그러다 보니 한 걸음 더 나아가, 좀더 나은 법조계를 만들기 위한 평소의 포부를 체계적으로 정리하고, 더 많은 분들에게 알려서 공감을 얻었으면 좋겠다는 데에까지 생각이 미쳤다. 이렇게 하여 대한변협신문에 "법가 산책(法街散策)"이라는 이름으로 지면을 얻어 격주로 글을 게재하게 되었다. 1년 반 동안 한번도 빠짐없이 글을 써내는 것이 힘들기도 했으나, 한편 자기의 생각을 정리하고 이를 표현할 수 있는 자유공간을 가진다는 것이 얼마나 행복한지도 느낄 수 있었다.

"우리가 모든 좌절을 그대로 받아들였다면, 인류의 위대한 성취는 이루어지지 못했을 것이다. '이것이 꼭 이런 식이어야 하는가?'라는 물음이 인류가 가진 독창성의 원동력이라고 생각한다. 바로 그런 물음에서 모든 개혁과 발전이 이루어지게 된다."

여기에 실린 모든 글은 전부 이와 같은 물음에서 시작된 것이다. 즉 "우리의 법조현실이 꼭 현재와 같은 이런 식이어야 하는가? 우리의 법조를 더욱 가치 있게 만들고, 우리가 존재하는 더 나은 이유를 찾을 수는 없을까?"라는 의문을 해소하기 위한 작업이었다. 1972년 사법연수원에 들어간 때로부터 이제까지 40년의 법조인생을 경험했으니, 나름대로의 나의 견해가 형성되는 것은 당연한 일이었다. 이러한 경험을 본 대로, 느낀 대로, 그리고 생각한 대로 적어보았다.

이 과정에서 두 가지 염려가 항상 나를 따라다녔다. 하나는, 이제 덕담(德談)이나 하고 지내야 할 나이에, 아직도 남을 비판하고 논리로서 따지고 드는 것이 과연 바람직한가라는 의문이었다.

다른 하나는, 있는 그대로 적는다는 명분으로, 남을 비방하거나 남에게 피해가 가서는 안 될 것이라는 생각이었다.

숙고 끝에 다음과 같이 정리했다. 즉 덕담을 넘어 쓴 소리를 사심 없이 정리해두는 것이 우리 법조의 발전을 위해서 보다 중요하다고 판단했다.

후자와 관련해서는 있는 그대로 사실대로 쓰되, 다른 사람들에게 피해가 갈 수 있는 부분은 배제하기로 마음을 정했다. 그 결과 내가 직접 경험했거나 알고 있는 내용 중에서 2퍼센트 정도는 적을 수 없었다. 여기에는 남에게 피해가 갈 수 있는 내용도 있었고, 너무나 내밀하여 차마 밝힐 수 없는 부분도 있었다. 이 부분들은 끝까지 혼자 마음속에 안고 가야 할 것들이다. 그러나 이곳에서 쓰기로 한 내용은, 전적으로, "적어도 주관적으로는", 사실에 입각한 것이다.

끝으로, 괴테의 말을 인용하는 것으로서 마무리 하고자 한다. 그는, "나의 활동에 보탬이 되거나 직접적으로 활력을 주지 않고, 단순히 나를 가르치기만 하는 모든 것을 나는 가장 싫어한다"고 이야기했다. 나의 보잘것없는 이 글을 읽어주실 독자들에게 감히 바라는 것은, 부디 공감하는 부분이 있다면, 이 글들이 지적 만족을 주는 데에 그치지 않고, 천천히라도, 조금씩이라도, 행동하고 실천하는 데에 작은 도움이라도 되었으면 하는 것이다. 경제적 부와 마찬가지로 정의 역시 갈고 닦고 투쟁해야 얻어지는 것이라고 확신한다.

자상하고 세심한 조언을 한 까치글방의 박종만 사장에게 감사하고, 내가 한참 어려웠을 때에 끈끈한 가족애로 힘을 북돋아준 집사람과 두 아들에게 깊은 사랑을 표한다.

2012년 9월
양삼승

에세이 I:

잊지 못할 순간들

내 생애 최고의 순간

　1972년 3월 16일. 아침. 나는 오늘 오후를 어떻게 맞이할 것인지 마음이 복잡하다. 도저히 집에 가만히 있으면서 소식을 들을 용기는 나지 않는다. 작년 이맘때는 인천행 고속버스를 타고 무작정 작약도까지 갔다가 바닷가를 헤맨 뒤 저녁 늦게 서울로 귀가하여 나의 사법고시 낙방소식을 들었다. 망설임 끝에 마음을 정한다. 오전 10시쯤 집 근처 영화관에 가서 영화를 보면서 생각을 정하자.

　경우의 수는 두 가지이다. 먼저 합격된 경우이다. 이때는 생각을 정리할 필요가 없다. 그냥 좋아하고 즐기면 족하다. 문제는 낙방한 때이다. 그러면 나는 이제 어떻게 해야 하나. 실망하실 부모님의 얼굴을 떠올리는 것만도 괴롭다. 군대문제는 어떻게 하나. 아니면 앞으로 또 1년, 그 지긋지긋한 시험 준비를 또 해내야 하나. 걱정이 태산이다. 그래서 영화를 보고, 집으로 걸어오는 한 시간 동안 이때를 대비한 생각을 정리해두고자 작정한 것이다. 극장은 청계천 3가 소재, 영화 제목은 "초원의 빛"이었다. 자리가 듬성듬성 빈 컴컴한 영화관 한구석에 앉아 2회 연속 그 영화를 보았다. 그러나 장면이 하나도 눈에 들어오지 않는다. 스토리는 지금도 전혀 모른다.

　두 번째 상영이 끝나자 더 이상 앉아 있을 수가 없어 밖으로 나왔다. 갈 곳이 없다. 시간은 오후 4시경. 별 수가 없어 종로 6가의 집까지 터벅터벅 걷는다. 당초의 계획과는 달리 생각이 하나도 정리되지 않았다. 집까지 가는 동안에 생각을 정리해보겠다고 작정했지만, 머릿속에서는 계속 시험과목 7과목의 예상점수와 그 합계만이 떠돈다. 이미 수십 번 해본 계산이라 더하고 뺄 필요도 없이 합계점수가 나온다. 최고로 호의적으로 계산하면 평균 60점에 가까워 안정권일 듯하지만, 반대로 보수적으로 계산하면 평균 56점도 어려워 불안하다. 그러던 중 어느새 집 앞 대문에 다다랐다. 한옥 대문이다. 옆의 작은 출입문을 열고 마당에 들어서니 현관 앞 좁은 입구에 남자들 구두 10여 켤레가 혼란스럽게 놓여 있다. 이어서 나를 발견한 3살 아래의 남동생이 현관 앞으로 나오면서 "형, 큰일 났어"라고 한다. '큰일? 또 떨어졌나?……그러면 어떻게 하지?' 걱정이 엄습해온다.

몇 걸음을 옮겨 현관으로 들어섰는데, 응접실 소파에 10여 명의 남자들이 무질서하게 앉아 있었고, 식구들이 차 대접을 하고 있었다. 그중의 한 사람이 나를 보더니 "축하합니다"라고 말을 걸어왔다. '축하? 그러면 내가 합격되었나? 그런데 왜 이렇게 모르는 사람들이 많이 와 있나? 혹시 부친이 현직 대법관이라 그런가?' 몇 가지 생각이 순간적으로 떠올랐지만, 아직 어리둥절하여 갈피를 잡지 못했다. 내가 전혀 감을 잡지 못한 것을 눈치채고, 다른 한 사람이 "수석합격을 축하합니다"라고 인사한다. 그제야 나는 이와 같은 사태의 진상을 파악하고 감사의 표시와 함께, 평생 처음 기자들과의 인터뷰를 진행해 갔다.

인터뷰 도중 내 머릿속에는 두 가지 생각이 떠오른다. 하나는, 이제 더 이상 그 지긋지긋한 시험공부를 하지 않아도 되는구나 하는 안도감이다. 다른 하나는 "억울함", 그리고 "부당함에 대한 반발감"이다. 즉 이번에 이렇게 수석 합격할 정도의 실력이 있었다면, 수석은 아니었어도 좋으니 한두 해 전에 꼴찌로라도 합격시켜주지 그랬었냐는 푸념이었다. 그동안의 마음고생이 괜히 억울하다는 느낌이었다.

기자들과의 이야기가 거의 끝나갈 무렵 부친께서 평소보다 조금 일찍 퇴근하여 집에 오셨다. 나는 평생 한번도 부친의 칭찬을 들어본 적이 없었는데, 그날만은 "수고했다, 잘했다"는 칭찬의 말씀을 듣게 되었다. 그리하여 1972년 3월 16일은 내 일생 최고의 순간이 되었다. 그러나 세상사 모든 일이 그러하듯이, 한순간의 영광은 그 뒤에 수많은 좌절과 어려움이 있기 마련이며, 내 경우 또한 당연히 그러했다.

나는 1947년에 서울에서 태어났다. 부친은 전라남도 화순이 고향이고, 모친은 전라남도 순천이 고향이다. 부친은 고향에서 농사를 지으시다가 큰 뜻을 품고 1928년 단신 도일(渡日)하여 고학하면서 고생 끝에 1942년 고등문관시험에 합격하셨다. 해방 후 4년간의 변호사 생활 후에 1949년 판사로 임관하셨고, 1973년 대법원에서 퇴직하실 때까지 24년간 판사로 일하셨다.

1950년 전쟁이 발발하자 우리 집은 부산으로 피난했다. 그후 판사였던 부친의 전근으로 나는 초등학교를 부산(부민초등학교), 광주(서석초등학교), 서울(덕수초등학교)의 3군데에서 다녔다. 덕택에 경상도와 전라도 양쪽의 사투리에 모두 익숙했다. 그러나 5학년 말 서울로 전학하여 학교생활에 적응하는 데에 큰 어려움을 겪었는데, 부모님의 열성적인 교육열에 힘입어 경기중학교에 입학했다. 자긍심은 대단했지만, 학교의 다른 친구들과의 경제적인 생활수준의 차이로 학교생활 적응이 어려웠으며 그 결과 학업성적도 기대에 훨씬 못 미쳤다. 더욱이 사춘기의 고민도 겹쳐, 중고등학교 6년 동안 내내 어려움을 겪었고, 그 후유증으로, 1965년 서울대학교 법대 입시에 실패했다. 처음 겪은 좌절에 크게 낙담했으나, 마음을 다잡아 분발하는 계기가 되었음은 다행이었다. 다음해에 서울대 법대에 입학하여, 나름대로 부친의 뒤를 잇겠다고 굳게 결심하고, 법률공부에 전념했다. 부모의 그늘에서 벗어나, 나의 의지로 내가 하고 싶어서 하는 공부였기 때문에, 재미도 있었고, 그만큼 성과도 있었다. 특히 학생들이 가장 부담스러워하던 과목인 유기천 교수님의 형법 강의에서 1, 2학기 모두 A학점을 받은 것은 나에게 큰 용기와 자부심을 심어주었다.

이렇게 하여 보람찬 대학 4년을 마친 그 해에 제11회 사법시험에 응시했는데, 결과는 민법이 과락으로 불합격되었다. 4년간 열심히 공부한 결과가 너무 실망스러웠으나, 예외적으로 6개월 뒤에 다시 12회 시험이 있다고 하여 열심히 준비했다. 그런데 12회부터는 선발방식을 바꾸어, 합격자 수를 늘리기 위한 방안으로 종전의 평균 60점 이상(40점 과락 없는) 합격방식에서, 과락 없는 석차순 합격방식이 되었고, 50명의 합격정원이 공고되었다. 배수의 진을 치고 열심히 공부했으므로, 12회 시험결과에 나는 어느 정도 자신감도 가질 수 있었다.

그러나 운명의 장난이 시작되었다. 결과는 역시 불합격이었다. 그러나 사후 확인 결과 평균 60.71점으로 51위의 불합격, 소위 수석 낙방이었다. 아이러니하게도 평균 60점이 넘었는데도 불합격되는 결과가 초래되었다. 7과목당 3인씩 총 21인의 시험위원이 채점했으므로 총계 2100점 만점에서 합격점(50위)은 1276점(평균 60.76)이고, 나는 1점이 모자란 1275점이었던 것이다. 주관식 채점인데 21명 중 누구 한 위원이라도 1점만 더 주었으면 하는 아쉬움이 그지없었지만, 다시

6개월 뒤에 있을 13회 시험에 대비하여 준비하는 것 외에는 달리 방법이 없었다.

그런데 더 큰 문제는 바로 내 마음속에서 싹트고 있었다. 그래서는 안 된다고 아무리 다짐해도 자꾸만 오만한 생각이 떠오르는 것이다. 즉 13회에는 합격자 수가 80명으로 늘어났고, 그리고 지난번에 수석 낙방했으니 이제는 나의 합격은 당연하다는 못된 생각이 없어지지 않는 것이었다. 게다가 이번에는 운까지도 나를 외면했다. 첫 시간인 헌법시험부터, 내가 출제 가능성이 낮다고 제쳐놓은 문제들만 골라서 출제되었던 것이었다. 마치 시험위원이 나의 수험 준비 노트를 훤히 보고서, 출제하는 것 같았다. 결과는 합격선에 약간 못 미치는 낙방이었다.

졸업 후 1년이 되니 주변여건이 급격히 나빠지기 시작했다. 군대 입대를 미룰 명분도 없어, 고심 끝에 방위소집에 응하여 신병훈련까지 받았다. 이제는 주간에 방위소집 근무를 하면서 시험공부를 할 수밖에 없게 되었다. 시간이 아쉬웠고, 시간이 많았을 때에 더 열심히 공부해두지 못한 것이 후회되었다. 설상가상으로 나를 더욱 서글프게 한 것은 이제까지 나의 학업능력을 신뢰해주었던 친척이나 친구들이 점차 회의를 품고, 조롱 섞인 표현까지도 서슴지 않는 것이었다. "새벽 동이 트기 직전이 가장 어둡다"고 하듯이 14회에서의 수석합격이 이루어지기 직전이 가장 절망스럽고 암담한 시기였다고 기억된다. 아이러니는 계속되었다. 11회 시험에서 과락을 받은 민법과목이 이번에는 72.66점으로 월등한 차이의 최고 득점을 했고, 이것이 수석합격에 크게 이바지하게 된 것이다. 평균점수는 62.61이었다. 아무튼 이리하여 나의 법조인생이 시작되었다.

고통과 아쉬움의 순간

1999년 2월 1일, 국내 유수의 일간지 1면 톱 기사에서 나의 이름이 거명되었다. 전날 밤 12시경 그 신문사의 기자로부터 한 통의 전화를 받았다. 나에 관한 보도를 하려고 하는데, 첫째 그 사실의 확인이 필요하고, 둘째 이에 대한 나의 반론을 듣고 싶다는 것이었다. 나중에 알게 된 사실이었지만, 최종 순간에 기자가 행하는 이런 확인은 보도를 위한 모든 준비를 갖추어놓고, 만일의 경우 면책을 위한, 언론사의 최후통첩이라는 것이었다.

다음날 새벽 집으로 배달된 그 신문에는 "대전 법조비리 사건에 대법원장 비서실장도 연루"라고 대문짝만 한 제목으로 쓰여 있었다. 당시 법원에서의 나의 직책이 대법원장 비서실장이었으므로 당연히 나를 지칭하는 것이었다. 기사내용은 더 이상 상세한 설명은 없이, 1996년 및 1997년경 당시 대전에서 개업 중이던 어떤 변호사가 법원과 검찰에 금품과 향응을 제공해온 부적절한 관계에 있었는데, 여기에 내가 관련되었다는 것이었다.

속칭 "대전 법조비리 사건"으로 불린 이 사건의 실상은 엉뚱한 곳에서 시작되었다. 즉 검찰 출신인 그 변호사는 오래 전부터 대전에서 성공적으로 변호사업을 영위하고 있었다. 그러던 중 현지 TV방송국이 어떤 일로 그에게 불리한 보도를 하자, 그는 그 방송국을 상대로 민-형사 소송을 제기하여 서로 다투는 상태가 되었다. 어찌 보면 사소한 사건이 당사자 사이에서 해결되지 못하고 지지부진 시간을 끌고 있었는데, 어떠한 연유에서인지 사건발생 1년여가 지나서야 갑작스럽게, 1998년을 기준으로 그 이전 수 년 동안 대전 지역에서 근무한 적이 있는 판사 및 검사들 전원의 계좌를 추적하겠다는 조치가 내려졌다. 나는 1996년 초부터 1998년 초까지 2년간 대전 고등법원의 부장판사로 근무했기 때문에 나의 계좌 역시 철저히 추적당했다. 계좌추적의 목적은 혹시라도 그 변호사로부터 부정한 돈이 판사와 검사에게 전달되었는지 확인하기 위함이었다. 원래 그 변호사와 방송국 간의 다툼이었는데, 어찌하여 이와 같은 계좌추적으로까지 번지게 되었는지 나로서는 알 수가 없다.

어쨌든 추적의 결과 나의 계좌에서도 80만원의 돈이 입금되어 있음이 나타났다. 그 신문에서 언급된 나의 연루의혹은 이런 사실을 지적한 것이었다. 이 보도 이후, 나 자신은 물론이고, 가족들, 그리고 근무지인 법원도 큰 충격에 휩싸였다. 계좌추적의 결과이니 사실을 부인할 수는 없는 일이고, 문제는 어떠한 성격의 돈이었느냐일 것이었다. 당혹스러운 상황에서, 곰곰이 과거를 더듬어보니 그 진상(眞相)이 떠올랐다. 사태의 전말은 다음과 같았다.

1996년 2월 법원의 정기인사가 있었고, 나는 당시 고등법원 부장판사로 승진발령을 받았다. 인사관행에 따라 지방근무를 하게 되었는데, 전국 4개 고등법원 중에서, 서울에서 가장 가까운 거리에 있고, 또한 3살 아래의 동생이 대덕 연구단지에 근무하고 있어서, 단신 부임해야 할 처지에 있던 나로서는 여러 가지 편의를 고려하여 대전 고등법원 근무를 희망했다. 나이 50에 객지에서 혼자 생활하는 것이 쉽지 않았으나, 조그마한 아파트 관사가 제공되어 그럭저럭 지내게 되었다.

시간이 지나면서 검찰청 및 현지의 법조인과도 교류하던 중, 관례적으로 경기고 및 서울대 법대 출신의 법조인들끼리 매월 1회 모여 저녁식사도 하고 환담도 나누는 모임이 있음을 알게 되었고, 자동적으로 나도 그 모임에 참석하게 되었다. 이 모임에서는 고교기수로 가장 선배가 당연직 회장이 되었는데, 당시 대전지검의 검사장이 최고참 선배로서 회장직을 맡고 있었다. 회장이라고 해야, 월 1회 모임 일자와 장소를 알리고, 식사대를 지불하는 것이 전부였다. 그렇게 1년이 지나고, 1997년 초 다시 인사이동이 있었는데, 검사장이던 선배가 전근을 가고, 이제는 내가 가장 최고참이 되었다. 그러고 한 달쯤인가 지났는데, 고교 후배인 그 변호사가 사무실로 찾아왔다. 그러면서 이제는 선배님이 회장이 되셨는데 모임을 잘 이끌어달라고 하면서, 매월 식대를 책임져야 할 텐데, 공무원 봉급도 충분하지 않을 것이니, 식대조로 쓰라고 하면서 봉투를 두고 갔다. 후배의 호의로 받아들이고 그 다음 모임의 식대로 20만원을 사용하고 나머지 80만원을 후일의 모임을 위하여 나의 통장에 입금해둔 것이었다.

비록 오랜 관행이기는 해도 엄격한 잣대로 보면, 바람직한 모습은 아니었지만, 진상이 이와 같았기 때문에 법원 내부에 이러한 보고를 하고, 언론에도 같은 내용의 해명과 함께 확대보도의 자제를 정중히 요청했다. 그러나 언론은 결코 나에게 우호적이지 않았다. 그 신문이 단독으로 특종보도한 이 기사의 파급력은 날이 갈수록 점점 확대되어 이제는 모든 신문들이 이 내용을 다투어 보도하는 형국이 되었다. 그러나 야박하게도 나의 금전수수 사실만을 보도할 뿐, 고교동창 법조인들의 회식비용으로 전달된 것이었다는 점은 한줄도 써주지 않았다. 더욱이 계좌추적을 벌였던 검찰은 더욱 공격적인 자세를 취했다.

진상은 오랫동안 감추어져 있을 수 없는 것이 세상의 이치여서, 시간이 흐르면서 직, 간접적인 두 가지 사실이 확인되었다. 하나는, 어떤 신문만이 유독 특종보도를 했을 경우 이는 취재원이 전략적으로 기사를 흘려주고, 언론이 이를 받아적는 경우가 많은데, 내 경우가 바로 그러했다는 것이다. 즉 어떤 내심의 의도를 가진 취재원과 특종에 목마른 언론의 이해관계가 맞아떨어진 것이었다. 그리고 그와 같은 정보를 주고받은 양쪽 당사자가 누구인지와 그 경위까지도 그후에 나는 알게 되었다. 둘째는 계좌추적 결과 나타난 2자릿수의 해당자들을 80만원을 기준으로 분류하여, 그 이하는 불문처리하고, 그 이상 해당자에 대해서는 적당한 방법으로 사표를 제출하게 하는 등 차별적으로 이를 처리하기로 방침을 정했다고 한다. 80만원의 기준은 바로 나의 계좌에서 확인된 숫자이다.

2월 1일의 첫 보도 이후 사태수습을 위하여 법원행정을 맡고 있던, 선배, 동료, 후배들이 최대의 노력을 기울였으나, 검찰의 사법부와 나에 대한 반감을 잠재울 수는 없었다. 나는 결국 사태발생 후 20일 동안 문자 그대로 간장을 에는 고통과 번민 끝에, 25년 동안 몸담았던 사법부를 떠나기로 결심하고, 2월 20일 아쉬움을 가슴에 묻은 채 아무도 환송해주는 사람 없이 쓸쓸히 법원 문을 나섰다. 그날 법원을 떠나면서, 나는 나의 소회를 적은 다음과 같은 짧막한 글을 남겼다.

법원을 떠나면서……

지난 25년간 몸담았던 법원을 이제 떠나려 합니다.

나의 판사생활의 에필로그가 어떤 것이 될지 가끔 생각해보기는 했으나, 막상 이와 같은 시나리오가 되리라고는 상상도 하지 못했습니다. 그러나 인간만사 새옹지마(人間萬事塞翁之馬)라는 말을 믿고 모든 것을 담담히 받아들이기로 했습니다.

그동안 저와 인연을 맺었던 선배, 동료, 후배들 모두에게 아끼고 사랑해주신 데 대해 감사드립니다.

사법부가 한참 어려운 시기에 저만이 부담을 벗어던지는 것 같아 송구스러운 마음도 없지 않습니다.

판사에게는 칼도 없고, 지갑도 없습니다. 단지 공정한 판단만이 있을 뿐입니다. 그러나 바로 그렇기 때문에 판사는 칼을 가진 사람이나 지갑을 가진 사람으로부터 존중받아야 한다고 생각합니다.

부디 여러분의 지혜를 모아, 국민으로부터 신뢰받고 사랑받는 사법부가 되어가기를 마음속 깊이 기원합니다.

평소 가끔 읽던 시를 하나 적어두고 가겠습니다.*

사랑하는 사람과 함께 가겠어요.

---

* 이 시는 독일의 시인 베르톨트 브레히트의 시로서 원문은 다음과 같다.

Ich will mit dem gehen, den ich liebe.
Ich will nicht ausrechnen, was es kostet.
Ich will nicht nachdenken, ob es gut ist.
Ich will nicht wissen, ob er mich liebt.
Ich will mit ihm gehen, den ich liebe.

어떤 희생이 따를지 따져보지 않겠어요.

그것이 잘한 일인지 생각하지 않겠어요.

그가 나를 사랑하는지 알고 싶지 않아요.

사랑하는 사람과 함께 가겠어요.

나는 다음의 두 가지 말을 믿는다. 하나는 "성격이 운명이다"라는 말이고, 다른 하나는 "인생은 우연과 필연의 절묘한 조합으로 이루어진다"는 말이다. 그렇다. 나의 법관생활이 이와 같이 마무리된 것은 결코 우연이 아니다. 모두 내 스스로가 불러들인 결과이다. 국가배상법의 위헌여부를 다룬 대법원 판결에서 위헌의견을 제시한 대법관 9명 전원이 1973년 대법원을 떠나야 했고, 박정희 대통령을 시해한 김재규에 대한 판결에서 내란목적 살인임을 부정한 대법관 6명 중 5명이 1980년 역시 타의로 물러나는 것을 보았을 때, 이미 내 마음속에는 부당한 정치권력과 이에 야합하는 법조권력에 대한 저항감이 싹트고 있었다.

이러한 상황에서 헌법재판소법 제정을 위한 공청회에서 사법권을 고사시키려는 시도에 분개하여 1988년 정치권력과 이를 등에 업은 법조권력을 비난하는 글을 내가 신문에 발표했을 때, 그리고 판사에 전속하는 재판권이 검사의 구형량에 따라 제한받는 불합리를 지적하여 1992년 내가 헌법재판소에 위헌제청했을 때, 나를 아껴주는 많은 사람들이 앞으로 나에게 닥칠지도 모를 재앙에 대하여 염려해주었다. 물론 막강한 권력자들이 순순히 이를 받아들이고 넘어가리라고 생각하지는 않았으나, 법관으로서 최소한의 용기를 보이지 않으면, 평생 마음의 무거운 짐이 될 것이 너무나도 분명했다. 세월이 흐르면서 지인들의 우려는 현실화되었고, 이는 나에게 큰 고난으로 다가왔다.

그러나 나는 역시 믿는다. "사람들은 누구나 그렇게 살아야만 하는 절실한 이유들을 가지고 있다는 것"을.

그리고 나는 또다시 믿는다. "전쟁에서 받은 상처는 명예를 주는 것이지, 결코 명예를 앗아가는 것이 아니다"라는 것을.

나아가서 나는 함석헌 선생이 하신 다음과 같은 말들을 믿는다.
"고난은 인생을 깊게 만든다. 생명의 깊은 뜻은, '피로 쓰는 글자로만', '눈물로 그리는 그림으로만', '한숨으로 부르는 노래로만', 나타낼 수 있다."
"고난은 인생을 위대하게 만든다. 핍박을 받음으로, 대적을 포용하는 관대함이 생기고, 궁핍과 형벌을 참음으로써 자유와 고귀를 얻을 수 있다."
"고난은 인생을 하나님에게로 이끈다. 눈에 눈물이 어리면, 그 렌즈를 통해 하늘나라가 보인다. 분한 일과 압박이 있다고 하더라도, 마지막까지 견디는 자라야 구원을 얻을 수 있다."
"착한 것이 나약으로 떨어지지 않기 위하여, 잃었던 용기를 다시 찾기 위하여, 약아빠짐으로 타락해버린 지혜를 찾기 위하여, 종살이 버릇을 없애기 위하여, 고결한 혼을 다듬어내기 위하여, 불같은 고난이 필요하다."
"싸움은, 이겨서 이기는 것이 아니라, 져도 졌다 하지 않음으로써 이긴다."

운명의 순간

1. 사법권은 계속 잠식당해야 할 것인가*

　나는 1988년 1월 15일 법무부 주최로 사법연수원에서 열린 헌법재판소법 세미나를 참관했다. 바쁜 중에도 불구하고, 일부러 참관하기로 한 것은 두말할 것도 없이 이 법의 가장 중요한 쟁점인 새로운 헌법에 따라 신설되게 된 헌법소원에 법원의 판결도 그 대상이 되느냐에 관하여 이 법의 제안자가 될 법무부 측의 견해를 들어보기 위해서였다. 이 점이 법원에 몸담고 있는 사람에게 중요한 의미를 가지는 까닭은, 만약 이를 긍정하게 된다면, 대법원이 최고법원의 지위를 상실하게 될 뿐만 아니라 법원의 판결에 대하여 외부의 다른 기관이 다시 심사하게 됨으로써 재판권의 독립에 중대한 침해가 생기게 되고, 만약 이를 악용하게 된다면 정치권력에 의한 법원의 통제와 견제의 수단으로 사용될 수도 있기 때문이다.

　그러나 모처럼의 참관의 결과는 기대했던 점에 대한 대답을 얻지 못한 절망을 넘어서 분노에 이를 정도였다. 분노를 이기지 못하여 필자는 세미나 직후 주어진 방청객의 발언의 기회에 (이 기회도 사회자인 검사에게 쪽지가 전달됨으로써 임기응변으로 주어진 것이라고 보

---

*「법률신문」, 1988년 1월 21일. "사법권은 계속 잠식당해야 할 것인가"—헌법재판소법 세미나 참관기.

였지만) 흥분된 상태에서 견해의 일부만을 두서없이 나열했으나, 그로써는 부족한 듯하여 여기에서 나의 생각을 다시 정리하여 발표하기로 작정했다.

세미나 개최는 과연 필요했나?

먼저 나에게는 이 세미나 개최의 의도가 과연 어디에 있었는지조차 의심스러웠다.

이번 세미나는 법무부의 주관으로 개최되었는데 법무부 소속의 검사 1명이 사회를 맡고 판사 2명, 변호사 또는 교수 5명이 주제발표자 또는 토론자로서 참가함으로써 진행되었다. 발표자 또는 토론자들은 모두 각국의 입법례, 학설 등을 포함하여 상세하고 해박한 이론을 전했음에도 나의 눈에는 공리공론으로밖에는 보이지 않았다.

왜냐하면 세미나의 본질상 거기에서 어떠한 내용의 이론이 주장되었다고 하더라도 이는 주최자로서 결국은 헌법재판소법의 제안자가 될 법무부에 대해서 아무런 구속력도 가질 수 없는 것이기 때문이다. 그리고 더욱이 이 법률의 제안자가 될 법무부 측에서는 이 법이 가지는 가장 중요한 문제점, 즉 판결이 헌법소송의 대상이 되는지에 관해서는 의견을 한마디도 이야기하지 않았고, 또한 이러한 의견을 말할 수 있는 지위에 있지 않은 것임이 분명한 젊은 사회자 이외에는 법무부 측에서 아무도 이 토론에 참가하지 않았던 것이다. 이와 같은 현상이 이 법률의 제안자가 될 법무부 측에서 아직 아무런 태도 결정을 하지 못한 백지상태여서 관계되는 여러 전문가들의 의견을 허심탄회하게 수렴하고자 하는 마음에서 나온 것이었기를 나는 진심으로 희망한다.

그러나 만약 "만에 하나라도" 법무부가 복안을 따로 가지고 있으면서 후일 이 안으로 확정될 경우 예상되는 법원의 반발을 우려하여 이를 완화시킬 생각으로 위와 같은 (특히 법원의 판사까지도 참석한) 세미나를 열어 각종의 의견이 나오게 한 다음, 이 중에서 이 복안에 일치하는 의견을 받아들인 것으로 할지도 모른다고 생각하는 것은 나의 지나친 억측일까?

어쨌든 세미나의 진행을 보면서 불쾌하지 않을 수 없었던 것은, 이러한 법률의 내용이 어떻게 만들어지느냐에 절실한 이해관계를 가지고 있는 측은 바로 "우리의 법원"임에도 불구하고 우리가 왜 우리끼리가 아닌 법무부 앞에서 더욱이 그것도 책임 있는 말을 할 수 있는 사람은 단상이 아닌 뒷좌석에서 관망하고 있는 상태에서 열을 올리고 토론해야 하는가였다.

시각의 설정

본론에 들어가기에 앞서 사법권의 현재의 좌표, 특히 법원과는 대립되기 마련인 검찰과의 관계에서의 법원의 현 입장을 살펴보는 것이 다음의 입론을 위하여 필요하리라고 생각되므로 이제 법원에 몸담은 지 13년 5개월 된 나의 눈에 비친 법원의 모습을 그려보기로 한다.

"우리의 법원"의 조직과 운영방법을 정하는 법원조직법을 성안, 국회에 제출함에 있어서 이를 법원의 이름으로 하는 것이 아니고 법무부의 손을 거쳐, 그들이 제출해주어야만 하는 것이 사법부의 현실이다. 이러한 과정에서 그 법안의 내용 중에 법원의 지위를 강화하고, 따라서 검찰의 지위가 상대적으로 약화되는 조항이 있을 경우에 그들이 순순히 그 법안을 국회에 제출해주리라고 기대할 수 있을 것인가?

이러한 가정하에서 "우리의 법원"이 우리가 원하는 내용의 조항을 외부, 특히 법무부를 포함한 행정부를 의식하지 않고 가질 수 있을 것인가?

법률안 제안권이 법원에 주어지지 않고, 이에 따라 법원에 관한 각종의 법률안이 삼권분립의 원칙상 법원과는 항상 필연적으로 대립할 수밖에는 없는 법무부를 통하여 제출되어야 한다는 현실이 행정권에 의한 법원에의 간섭과 통제수단으로 사용되지 않는다고 누가 장담할 수 있을 것인가?

한편, 시간의 흐름에 따라서 사법권은 어떠한 변화를 겪어왔는가? 다 아는 바와 같이 형사판결에서 법원의 형량이 그들의 기대에 미치지 못한다는 이유로 다수의 특별법들을 제정함으로써 법무부는 법원의 양형에서의 재량을 대폭적으로 제한했다.

그 결과 형식적으로는 법률의 구성요건에 해당하지만 사안이 경미한 피고인들이 엉뚱한 피해를 입는 경우가 적지 않게 생겼다.

위와 같은 양형에서 재량을 제한하는 데에 그치지 않고 그 이후에는 다시 법원의 판사의 양형에 관한 본질적인 기능마저도 박탈해버리는 법률도 제정되었다. 소위 보호감호라는 이름하의 형사재판이 그것이다. 그들의 논리에 의하면 보호감호는 행정처분이고 형사재판이 아니기 때문에 위와 같이 해도 모순이 아니라고 강변한다. 그러나 우습게도 바로 그 보호감호 사건에서 검사는 재량에 의하여 그 신청을 하지 않을 수도 있다는 것은 어떻게 설명될 수 있을 것인가?

도대체 형사사건의 양형에 관한 재량권이 판사에게는 인정되지 않고 검사에게만 인정되는 제도가 사법권의 침해가 아니라고 말할 수 있을 것인가?

검사의 기소편의주의에 기한 권한의 남용을 방지하기 위한 수단으로서 법원에 인정되어온 법원의 재정결정을 할 수 있는 권한은 유신헌법 시대 이래 슬그머니 그 적용대상이 "공무원의 범죄에 관한 몇 개의 조항"으로만 제한되어 형사법상의 거의 모든 사건에 대하여는 검찰권이 아무런 제한이나 간섭도 받지 않고 자유자재로 그들의 기소유예제도를 이용할 수 있게 되어왔다.

그밖에 형사사건에서 검사의 구형량이 10년 이상인 경우에는 법원이 무죄, 집행유예 등 피고인의 구속이 풀릴 수 있는 판결을 하더라도 피고인은 석방될 수 없도록 규정되어 있다.

이상은 상세한 조사를 하지 않고, 나의 머릿속에 간단히 떠오르는 점들만을 생각나는 대로 적시한 것이다. 아마도 사법의 여러 분야에서 검찰권의 재량은 인정되는 데에 반하여 법원의 재량권은 부정되는 "실정법상의 명문의 규정들"만을 찾아보더라도 그 수는 보통 사람이 생각했던 것보다는 훨씬 더 많이 발견될 것이다(나는 여러 법률 등에서 이러한 조항들을 찾아내어 정리하는 작업이 반드시 누군가에 의하여 이루어져야 한다고 생각한다).

대학의 기초적인 법률강의를 이수한 사람이면, 현대의 민주국가에서 형사재판 과정에서 양형에 관한 재량권을 행정부에 속해 있는 검사에게 주어야 할 것인지 또는 헌법상 독립을 보장받고 있는 사법부에 주어야 할 것인지는 불문가지일 것이다.

그런데 우리의 현실은 어찌하여 이와 같이 일그러진 사법의 모습을 하고 있는가?

이상에서는 법률의 규정에 의하여 사법권이 잠식당하고 있는 점들

중의 극히 일부만을 지적했다.

만약 법률의 명문의 규정이 아니라 사실상의 힘에 의하여 눈에 보이지 않는 방법으로 사법권이 제한되고 위축당했던 예를 들면 이보다 훨씬 더 많을 것으로 확신한다(사법권의 독립을 확보하기 위한 기초적인 작업으로서 사법권의 독립이 외부의 힘과 압력에 의하여 위협받아왔던 모든 사례들을 모든 법관들로부터 그들의 경험을 수집하는 등의 방법으로 종합, 정리해야 할 것으로 나는 생각한다).

가장 결정적인 점에 대한 지적은 생략하더라도 사법부의 꽃이라고 불리는 가장 전문적인 지식을 필요로 하는 자리에 가장 비전문가가 들어오더니, 얼마가 지나자 법원의 반발이 별 것 아니라고 여겨졌는지 다른 한 사람의 비전문가가 추가되었다.

이런 현상을 어떤 이론으로 설명하든지 간에 이것이 과연 "우리의 법원"을 위하는 마음에서 이루어진 것이라고 말할 수 있을 것인가?

그뿐만 아니라 그들은 대법원 소속인 사법연수원에 부원장 자리를 마련하여 차지하더니, 점차 시간이 흘러감에 따라서 다수의 검사들이 사법연수원의 교수로서 근무하게 되었다(그들의 위와 같은 잠식에 대한 논리가 형사사건에 관한 전문가임을 근거로 하는 것이라면 민사사건에 대한 전문가인 판사들이 그들의 법무연수원에 교수로 파견되어 강의해야 할 것이고 최소한 그들의 국가소송 수행 등의 송무관련 사무는 판사들에 의하여 관장되어야 할 것이라는 반론에는 어떻게 설명할 것인지?).

사법권의 본질적인 기능마저도 잠식되어가는 구차스러운 예를 드는 것은 이상으로 줄이기로 한다. 한편 검찰은 사법부에 대한 그들의 권능을 확보, 확충할 의도로 얼마만큼의 노력을 해왔는가를 알아보기 위해서 간단한 예를 들어보자.

"검사의 지위는 존중되어야 하며, 그 보수는 직무와 품위에 상응하도록 정하여야 한다"라는 규정이 우리의 실정법에 있다(최근에 개정되기 전의 검찰청법 27조 2항).

세계 어느 나라의 입법례치고 법률에 명문으로 "검사의 지위가 존중되어야 한다"는 규정이 들어가 있는 나라가 있는가? "검사의 지위가 존중"되어야 하다니, 이 얼마나 우스운 입법인가? 왜 이런 입법이 생기게 되었는가? 이유는 간단하다. 당시의 법원조직법 44조에는 "검사"라는 말 대신에 "법관"이라는 말이 들어가 있는 동일한 조항이 신설되어 있었기 때문에 이로 인하여 그들이 혹시 장래에 어떤 불리함을 당하게 되지 않을까 우려했기 때문이었다.

법관에 관한 선언적이고, 아무런 실제적 효력도 있을 수 없는 위와 같은 조항 하나가 법원조직법에만 들어가 있는 것조차 그들은 내버려두지 않았다.

뿐만 아니라, 법관의 보수는 법률로 정하도록 되어 있고, 그 보수가 상대적으로 다른 일반 공무원에 비하여 높게 책정되어 있음을 이용하여, 그들의 보수는 무조건 법관의 보수와 동일하도록 규정하여, 이 점에서는 법원에 종속하려고 함으로써 그들의 실속을 차리고 있다.

그밖에도 입법과정에서 검찰이 그들의 권능을 확보, 확대하기 위해서 얼마나 많은 일들을 해왔는지에 관한 언급은 지면관계상 이곳에서는 줄이기로 한다.

판결이 헌법소원의 대상이 되어야 하는가?

그러면, 본론으로 돌아와서 판결이 헌법소원의 대상이 될 것인지를 살펴보기로 한다. 이 문제에 관하여 세미나의 발표자들은 여러 가지 이론들을 내세웠으나, 여기에서까지 이에 관한 이론을 들먹이는 것은 주최자의 의도에 부합하는 듯하며, 이와는 전혀 다른 각도에서 이를 보기로 한다.

즉 이 문제는 논리의 문제가 아니라, 각국의 실정에 따른 입법정책의 문제라고 보이고, 따라서 우리나라에서 이 문제에 대한 올바른 해답을 얻기 위해서는, 우리의 법원을 둘러싼 주위상황을 정확히 판단해야 한다고 생각된다.

그렇다면 우리 사법부의 현재의 상황은 어떠한가? 앞에서 장황하게 보아온 바와 같이, 사법권의 역사는 시간의 흐름과 함께, 특히 헌법의 개정 등 정치제도의 변혁이 있을 때마다 불행하게도 검찰권에 의하여 일방적으로 제약당하고, 일그러져온 역사라고 하지 않을 수 없을 것이다.

따라서 만약, 이번의 법제정에서 법원의 판결이 심사의 대상이 된다면, 이는 전례에 따라서 이번 변혁기에도 역시 다시 한번 사법권이 제약되는 전철을 밟는 것이 된다. 더욱이 이번에는 사법권의 최후의 권능인 대법원의 판결에 대해서까지 외부의 심사를 받는 치명적인 제한을 받게 되는 것이라고 보지 않을 수 없을 것이다.

법원은 과연 국민으로부터 불신 받아야 마땅한가?

법원의 판결이 헌법재판소에 의한 심사의 대상이 되어서는 안 된다는 점은 다음의 논거로도 명백하게 입증될 수 있다. 이번 세미나에서 주장된, 판결이 헌법소원의 대상이 되어야 한다는 근거는 다음의 두 가지로 나누어볼 수 있었다.

하나는, 과거의 경험에 비추어 법원은 그 "소극적 성격" 때문에(표현은 위와 같이 했으나, 실제는 법원에 대한 신뢰성의 결여 때문임이 명백했다) 제1공화국 이래 현재까지 위헌판결을 4건인가밖에 하지 않았으므로, 국민의 기본권을 좀더 효과적으로 보장하기 위해서는 새로 헌법재판소를 신설할 필요가 있고 그렇다면 이론상, 법원의 판결만을 이러한 소원의 대상에서 제외할 수는 없다는 것이었다.

그리고 다른 하나는, 일반의 재판사무를 처리하는 판사가 아닌, 헌법문제에 전문적인 지식이 있는 헌법재판소의 재판관으로 하여금 헌법해석을 하게 하는 것이 국민의 기본권 보장을 위하여 필요하고 유익하다는 것이었다. 그러면 먼저 첫 번째 근거, 즉 "우리의 법원"이 과연 국민의 기본권을 충분히 보장할 수 있는 능력이 없는 것으로 낙인 찍혀 마땅한가? 이러한 논거를 재야 법조인 또는 언론기관 또는 대학의 교수들이 주장한다면, 이상론적인 입장에서 어느 누구도 아니라고 답할 수는 없을 것이다. 그러나 앞에서 보아온 바와 같이 우리 사법권의 변천의 역사를 살펴본다면, 최소한 이 법률의 제안자가 될 검찰의 입장에서는 법원에 대해서 위와 같은 비난을 할 수는 없으리라고 생각된다.

따라서 법무부가 만약 법원의 판결도 역시 헌법소원의 대상이 되어야 한다는 견해를 가지고 있다면, 이는 법원에 대한 신뢰성의 결여를 그 논거로 할 수는 없을 것이다.

물론, 위와 같은 법원에 대한 비난에 관해서는, 당시의 정치상황이나 또는 그러한 상황하에서도 자기 나름의 판결을 한 후에 법원을 떠난 많은 선배들의 이야기를 들먹일 수도 있을 것이나, 그러한 구차한 변명은 하지 않기로 한다.

다음으로 그렇다면, 헌법에 의하여 신설되게 될 헌법재판소는 우리가 과연 국민의 기본권을 보장할 수 있는 보루로서 신뢰할 만한가?

아직 설치되지도 않은 기관을 비난하는 듯하여 염려되지만, 이론상으로는 이 기관이 법원보다 결코 신뢰성이 높다고는 할 수 없을 것이다. 왜냐하면 헌법재판소의 위원은 9인으로서 그중 3인은 대통령이, 또 3인은 국회에서, 나머지 3인은 대법원장이 각 선출하도록 되어 있어 정치권력의 속성상, 대통령이 선출하는 3인 및 국회가 선출하는 (결국은 다수당인 여당이 선출하게 될) 3인 또는 2인은 정부나 여당의 입장을 지지하는 인사로 선출되기 마련일 것이기 때문이다.

그리하여 국가의 권력에 대립하는 의미에서의 국민의 기본권을 더욱 효과적으로 보장하기 위하여 헌법재판소가 필요하고, 따라서 법원의 판결 역시 소원의 대상이 되어야 한다는 논거마저도, 우리나라의 현실에서는 타당하지 않음이 분명해졌다.

특히 대학의 교수들이 이론적인 측면만을 강조하고, 또한 외국의 특히 독일의 제도가 가진 장점을 강조하여, 우리나라에서도 이 제도의 필요성을 역설하고 있는 듯하다. 그러나 이와 같은 견해는 앞에서 장황하게 보아온, 우리나라 사법부의 현실, 특히 검찰권과의 관계에서의 사법권의 현실을 전혀 고려하지 못한 것으로서, 본래의 의도와는 반대로, 오히려 행정권에 의한 사법권 제약의 수단으로 악용될 소지가 농후함을 간과한 것이라고 생각된다. 현실적인 논거로서, 헌법재판소의 재판관은 법관의 자격이 있는 자, 즉 사법시험에 합격한 자만이 될 수 있다. 따라서 대부분의 대학의 교수들은 그 대상에서 제외되고, 그렇다면 대법원장이 선출하는 3인 이외의 나머지 6인은 정부, 여당과 의견을 같이할 가능성이 많은 검찰 출신의 인사들로 선출될

확률이 높아질 것이기 때문이다.

위에서 본 바에 의하면, 새 헌법에서의 헌법재판소의 신설은 법원에 몸담고 있는 필자의 견해로는 사법권에 가해진 또 하나의 제약이라고 보인다.

이러한 제약이 누구의, 어떠한 생각에 의하여 이루어진 것인지 알 필요도 없지만, 이미 이러한 내용으로 제정되어버린 헌법에 따라서, 헌법재판소법을 제정함에 있어서는, 앞에서 본 사법권의 현주소 및 국민의 기본권의 효과적인 보장이라는 점을 고려하여, 그러한 방향으로 여러 규정들이 마련되어야 할 것이다(이러한 의미에서 법원의 판결에 대한 사후적인 심사는 결코 허용될 수 없을 것이다).

끝으로 사법부의 현실이 오늘날과 같이 된 이유는 무엇인가?

근본적으로 그 원인이 필자를 포함한 사법부에 몸담고 있는 사람들 모두의 소극성, 무사안일, 정치적, 행정적 능력의 결여에 있음은 두말할 것도 없다. 이러한 점에서 과거의 잘못에 대한 원인의 분석, 신랄한 반성, 장래의 대책 등을 철저히 검토해야 할 것이다.

한편으로 일개의 "부(部)"에 지나지 않으면서도 사법"부(府)"를 상대로 하여, 항상 많은 것을 얻어왔던 법무부 관련자들에게도 맹성을 촉구할 점이 있다.

기관의 성격상 사법부는 정치권력에 저항해야 할 경우가 많음에 반하여, 검찰권은 정치권력에 항상 근접해 있으며, 일차적이고, 가시적으로 이에 협력해야 할 경우가 많음은 사실이다. 그리하여 검찰권의 입장에서 보면 사법부가 눈엣가시와 같이 느껴지는 경우가 있다고 할지라도 "양질의 사법부"를 가지는 것이, 결국은 통치권자에게도 유익한 것이라는 마음가짐으로 사법부를 대해주기를 바란다.

주제넘은 짓인 줄을 모르는 바 아니었으나, 법원의 책임 있는 자리에 계신 분이나 또는 경력이 오래되신 분들보다는 경력도 일천하고 책임감도 덜한 일개 배석판사에 지나지 않은 내가, 위와 같은 주제넘은 주장을 하기에는 오히려 적절하다고 생각되어 감히 붓을 들었다.

2. 글을 쓰게 된 경위

글은 그 서두에서 밝힌 바와 같이 법무부 주최의 헌법재판소법 세미나를 참관하고 느낀 소회를 적은 것이다.

세미나의 기본 주제는 "헌법소원의 대상에 법원의 판결도 포함되어야 하는가"였다. 즉 이것이 허용된다면, 사법부의 독립성이 위협받는 중대한 결과를 초래할 수 있는 상황이었다. 그리하여 당시의 고법원장은 소속판사들에게 가급적 세미나에 참석하여, 법관들의 의지를 보여주고, 세를 과시해줄 것을 독려하기까지 했다. 소속법원의 법관으로서 나 역시 일부러 시간을 내어 세미나를 참관했는데, 다음의 몇 가지 점에서 위와 같은 다소 과격한 글을 쓰지 않을 수 없는 상황이었다.

첫째, 1981년경 재판업무를 떠나 외부기관에 파견되었던 8개월(국보위에서의 4개월 및 입법회의에서의 4개월) 및 법원행정처에서의 4개월 동안 나는 다른 판사들이 경험하지 못한 특별한 경험을 했다. 당시는 광주 사태 직후여서 비상상황이기는 했으나, 정치권력과 이에 협조하는 검찰권력에 의해서 악의적으로 사법권이 유린당하는 모습을 너무나도 적나라하게 목격했던 것이다. 당시 나는 30대 초반의 말단 판사로서, 무력하게 지켜볼 수밖에 없었지만, 그때 느낀 분노감은 마음 깊이 새겨져 있었다. 그런 차에, 6년여가 지난 이때, 또다시 사법권을 제약하려는 이러한 시도가 행해지는 것을 보고는 도저히 묵과할 수 없었던 것이다.

둘째, 1988년 당시는 종전의 5공헌법이 폐기되고, 6공헌법이 발효됨에 따라 대법원의 진용이 개편되어야 할 시점이었다. 그런데 잘 알고 있는 바와 같이, 박정희 대통령 시절인 1964년 검찰 출신 1명이 대법원 판사에 임명되어오다가, 1981년 전두환 대통령 시절(5공화국)에는 검찰의 강력한 입김에 의해서 그 수가 2명으로 늘어나게 되었다. 그러다가 1988년의 6공헌법 시행을 앞두고는 사법부 장악의 의도가 더욱 노골화되어, 대법원의 3개 부에 적어도 1명씩의 검찰 출신 인사가 있어야 한다는 논리를 내세워서, 그 수를 3명으로 늘린다는 움직임이 파다하게 알려져 있었다(참고로 대법원은 12명의 대법관이 4명씩 3개의 부로 나뉘어 있었다). 이러한 움직임을 접한 나는, 또다시 파견생활 시절의 경험을 떠올리지 않을 수 없었고, 당연히 이러한 시도를 분쇄해야겠다는 결심을 하게 되었다.

셋째, 동료 법관들의 사법권 수호의지의 박약함 내지는 나약함에 대한 실망감에서 비롯되었다. 그 세미나가 진행되면서, 참가한 법관들의 심정은 점점 착잡해졌다. 법관 자신들의 자존심이 걸려 있는 중대한 문제가, 대립적인 지위에 있는 법무부의 주도하에 다루어지고 있을 뿐만 아니라, 그 주도권이 완전히 상대방에 넘어가 있는 듯한 분위기였기 때문이었다. 중간중간의 휴식시간에 법관들은 삼삼오오 무리를 지어, 이대로 좌시해서는 안 된다, 뭔가 특단의 조치나 움직임이 있어야 한다는 의견이 팽배했다. 그러나 이러한 논의는 사적인 차원에서만 나타날 뿐으로, 막상 공적이거나 공개된 자리에서는 침묵으로 일관하고 있었다. 이러한 법관들의 우유부단하고 결단력 없는 태도는 너무나 실망스러웠다. 그날 저녁 집으로 돌아와서, 심각한 고민 끝에 없는 용기를 짜내어, 앞으로 닥칠 파장이나 불이익을 충분히 예상하면서, "해야 할 말"을 "해야 할 때"에 하기로 결심했다.

그날 밤, 책상 대신 사용하는 식탁 위에서 쓰기 시작한 원고는 동이 트기 시작한 새벽 무렵이 되어서야 완성되었다. 다음날 출근 후, 「법률신문」에 원고게재 가능 여부를 타진한 후, 바로 원고를 송부했다.

3. 원고가 게재되기까지의 사연

원고가 법률신문사에 전달된 후, 신문사 측에서는 문제의 중요성을 인식하고 법원 측에 이를 알려주었다. 이를 알게 된 행정책임자는 나를 불러, 원만한 수습을 위해서 노력했는데, 그 과정은 「법률신문」 창간 60년 기념 인터뷰에 상세히 소개되어 있다. 여기에 그 전문을 인용한다.

2010년 12월 9일자 「법률신문」
[법률신문과 나] 창간 60주년 기념 릴레이 인터뷰 양삼승 변호사

밤 새워 쓴 "재판의 헌법소원제도 부당성" 기고 후 온갖 협박도……

"고등학교 선배로서 부탁하네. 「법률신문」에 기고한 글을 철회하면 안 되겠는가?" 마흔한 살의 젊은 판사는 입술을 깨물었다. 그렇지 않으면 자신도 모르게 솟구치는 눈물을 억제할 수가 없을 것 같았다. 하지만 그는 곧 자제심을 잃고 무릎에 고개를 묻은 채 통곡하며 흐느껴 울기 시작했다.

1988년 1월 15일. 법무부 주최로 사법연수원 대강당에서 열린 헌법재판소법 제정을 위한 공청회장. 헌법재판소 설치를 위한 개헌작업은 이미 지난해 끝을 맺었고 이제는 헌법재판소의 구체적인 모습을 담을 법률의 제정만을 남겨두고 있다. 이날의 최대 이슈는 '재판을 헌법소원 대상으로 할 것인가'의 문제로 토론자 간의 뜨거운 논쟁이 계속되고 있었다. 강당 한구석에서 공청회를 방청하고 있던 양삼승(사법연수원 4기) 판사는 울분을 참을 수가 없어 마이크를 잡았다. 양 판사의 시각으로는 '재판소원제도 도입은 사법권에 대한 또다른 침해 시도'였다. 아니, 그것은 대다수 판사들의 시각이기도 했다.

집에 돌아와서도 못다 한 말이 가슴을 눌러 밤새 뒤척이던 양 판사는 벌떡 일어나 제도도입의 부당성을 역설하는 글을 써내려가기 시작했다. "사법권은 계속 잠식당해야 할 것인가. 헌법재판소에 재판에 대한 헌법소원을 인정하면 정치권력의 법원 통제수단으로 악용될 것이며, 법원의 재판권 독립에 중대한 침해가 될 것이다.……" 수십 년 동안 군사정권이 사법부를 억압하던 현실을 두 눈으로 목도한 양 판사였다. 이제 민주화 선언과 함께 사법부 독립의 기틀을 세우려 하는 이때 또다시 재판을 재판하겠다니. 양 판사로서는 사법권 독립을 위해 피를 토하는 심정으로 쓰는 글이었다. 새벽 동이 틀 무렵까지 밤을 새우며 펜촉을 꼭꼭 눌러 쓴 이 글은 아침 무렵 「법률신문」에 전달되었다.

그리고 며칠 후 양 판사는 재판 도중, 당시 윤승영(고시 9회) 서울 고등법원장이 급히 찾는다는 메모를 받고 법원장 실로 갔다. "제가 소파에 앉자 바로 그 말씀을 하신 것이죠. 법원장께서 '고등학교 선배로 부탁한다'는 말씀을 하시는데, 저도 모르게 울음이 터져 나오더군요. 수십 년간 군사정권에서 사법부가 처했던 현실이 오죽이나 곤궁했으면 글의 논리나 주장의 부적절함을 지적하는 것이 아니라, 이렇게 인간적인 하소연만을 하실까 싶으니, 분하고 통탄스러운 마음에 저도 모르게 터져 나오는 눈물을 참을 수가 없었습니다." 그로부터 22년이 흘러 지금은 국내 5대 대형로펌인 법무법인 화우의 대표가 된 양 변호사는 그때의 일을 회상하며 살짝 눈빛을 반짝였다. "젊은 놈이 의기에 차서 엉엉 우니까 당황한 법원장님이 제 어깨를 다독이며 달래주시더군요. 한참을 그렇게 울다가 '철회여부는 법원장께서 알아서 하시라'는 말을 남기고 법원장 실을 빠져나왔지요."

결국 그 글은 1988년 1월 21일 목요일자 「법률신문」 8면과 9면에 걸쳐 "법조발언대"라는 코너를 통해 독자들에게 공개되었다. "그때 법원장께서 '양 판사 축하하네. 이미 「법률신문」 지방판에 그 글이 게재되어 철회가 의미 없어졌네'라고 말씀하셨어요. 당시엔 몰랐었는데 돌이켜 생각해보면 그분께서 스스로 철회요구의 뜻을 철회하시면서 표현을 그렇게 하신 것이 아닌가 생각됩니다."

당시 「법률신문」은 지방판을 별도로 인쇄하지 않았다. 그 글을 발표하고 난 뒤 양 변호사는 많은 사람들로부터 연락을 받았다. 대부분이 가슴 후련했다는 격려의 내용이었지만 그렇지 못한 반응도 있었다. 그중한 가지는 "글이 너무 감정적"이라는 평이다. 하지만 양 변호사는 "내가 목도한 정권의 사법부 침탈을 이해한다면 결코 감정적인 글로 보지 않을 것"이라고 설명한다. 양 변호사의 부친은 작고하신 양회경(1912-1998)전 대법관이다. 양 대법관은 박정희 정권시절인 1971년 6월 국가배상법 위헌판결에서 위헌의견을 낸 9명의 대법관 중 한 사람이다. 양 대법관을 비롯한 9명 전원은 유신헌법 개헌 이후 1973년 3월 31일자로 의원 면직 당했다. 당시 사법연수원 2년차로 법관 임용을 앞두고 있던 양 변호사는 사법부가 유린되는 이 사건을 두 눈으로 똑똑히 지켜보았다. "저는 이 사건을 군부에 의한 사법부의 저격이라고 표현합니다. 사법부가 정치권력에 대항하면 어떻게 되는지를 모든 판사들에게 똑똑하게 보여준 대표적인 사례지요."

박정희 시대의 막을 내린 김재규 재판 때도 같은 일이 반복되었다. 단순살인이라는 소수의견을 냈던 재판관 5명은 모두 사표를 낼 수밖에 없었다. 양 변호사는 "군부에 의한 사법부의 확인사살"이라고 말했다.

80년 초 광주지법 순천지원에 발령받은 양 변호사는 서울로 올라왔다. 부임한 지 6개월 만의 전근은 이례적인 일이다. 불려온 양 변호사는 당시 신군부가 만든 국가보위 비상대책위원회에서 근무했다. 양 판사는 이곳에서 소위 "법률서생" 노릇을 하며 4개월을 보냈다. 5/18 광주 사태가 벌어진 직후였다.

양 판사는 이어 국가보위 입법회의에서도 4개월 동안 파견근무를 한 경험이 있다. "저는 당시 정치권력과 소위 법무, 검찰로 불리는 법률가라는 자들이 사법부를 어떻게 유린하는지 똑똑히 봤습니다. 그런 경험을 한 지 7년 만에 또다시 재판을 심판하겠다고 하니 어떻게 울분을 토하지 않을 수 있겠습니까."

양 변호사는 글을 쓴 후 심각한 협박에 시달리기도 했다. "누군지 이름을 밝힐 수는 없지만, 글이 발표된 직후 어떤 법률가 모임에 참석했다가 모 검사로부터 죽음을 의미하는, 차마 입에 담을 수 없는 협박을 당하기도 했습니다." 당시 「법률신문」에 실린 그의 글은 큰 파장을 일으켰고 결국 헌법재판소의 권한에 재판의 헌법소원은 삭제되었다. "지금도 재판에 대한 헌법소원은 반대합니다. 다만 그 이유가 과거처럼 헌법재판소에 대한 불신 때문은 아닙니다. 당시의 우려와는 달리 훌륭하신 재

판관님들이 헌법재판소를 국민에게 가장 신뢰받은 사법기관으로 발전
시키셨습니다.”

4. 원고 게재 이후의 여파

　괴롭고 힘든 과정을 거쳐 나의 의도대로 원고는 게재되었으나, 그
여파는 간단하지 않았다. 우선 검찰 측에서는 나와 인연이 닿는 사람
을 보내어 은근히 항의 섞인 말을 하기도 했고, 나를 걱정해주는 사람
들은 있을 수도 있을 검찰 측의 보복조치에 대비해야 할 것이라고 주
의를 주기도 했다. 그리고 동료들 거의 전부는 당연히 해야 할 말을
한 것이라고 격려해주었다. 그러나 평생 처음으로 용기를 내어 내 소
신을 밝힌 데에 대한 반작용은 내가 평생 잊을 수 없는 수모를 초래하
기도 했다. 우리 사회에서 통용되는 몇 가지 기준으로 보아서, 어떤
면에서든지 판사인 나에게 그러한 말을 할 수 없는, 그리고 해서는
안 될 사람으로부터 정말 모욕적이고, 조폭적인 폭언을 들은 것이다.
여기에서 그가 누구인지, 그리고 그 말의 구체적인 문구를 차마 밝히
지는 않겠지만, 평생 가슴에 남을 말을 그는 나에게 했다.
　시간이 지나면서 그 여파는 잦아들었으나, 다른 한편으로는 나에
대한 이미지는 점점 강하게 부각되었다. 좋은 의미에서건, 나쁜 의미
에서건, 이는 내가 글을 쓰려고 결심한 때부터 각오한 바이니, 당연히
그대로 받아들이기로 한 것이다. 반대편 측에서 보면, 나는 최고의 기
피인물 내지는 혐오인물이 된 것이다. “용기와 만용은 종이 한 장의
차이”일 수도 있고, “용감한 것과 어리석은 것은 종종 그 한계가 애매
할” 경우가 있음을 잘 알고 있다. 그럼에도 불구하고, 나는 지금도 나

의 행동이 "마땅히 해야 할 때에", "마땅히 해야 할 말을 한 것"이라고
확신한다. 그리고 "성격이 운명이다"라는 말 역시 그대로 수긍하고,
받아들인다. 이로 인하여, 현재까지 나에게 어떠한 불이익이 발생했
든지 간에, 그리고 앞으로도 어떠한 불이익이 닥칠지라도, 나의 운명
으로 모든 것을 받아들일 각오이다.

재판에 대한 회상 1
─헌법재판소에의 위헌제청

1992년 서울 형사지방법원의 합의부 부장판사로 근무하고 있을 때의 일이다. 형사합의부의 사건은 법정형이 높은 사건들이어서, 살인, 강도, 강도상해 등 중범죄 사건들이 주류를 이루고 있다. 통상의 업무 처리방식에 따라서 재판기일을 진행하고 있었는데, 그중 다음과 같은 내용의 사건이 있었다.

피고인 A와 B는 강도상해죄로 기소되었다. 범죄사실은 "A와 B 각 피고인은 피해자 1과 2에 대하여, 폭력을 행사하여 항거 불능케 한 후, 현금과 지갑을 강취하고, 그 폭력을 행사하는 과정에서 각 2주간의 치료를 요하는 상해를 입혔다"는 것이었다. 피고인들은 각 그 범죄사실을 인정하고 있었는데, 주요 정상자료는 다음과 같다.

① 피고인 A는 16세, 피고인 B는 18세로서 각 미성년자이다.

② 피고인들은 각각 이전에 처벌받은 경력이 전혀 없다.

③ 피고인들은 각 피해자에게 피해를 변상하고, 처벌을 원치 않는다는 합의를 했다.

④ 피고인들이 행사했다는 폭력은 같은 나이 또래의 고등학생인 피해자들에게 주먹을 휘두른 정도로서 흉기를 사용한 것은 아니었고, 피해정도 2주의 상해는 그리 중한 정도는 아니었다.

⑤ 피고인들은 이 범죄행위로 각 구속되어 이미 2개월 이상 구금된 상태였다.

⑥ 피고인들은 자백하고, 잘못을 뉘우치고 있다.

사건의 심리가 끝나고, 검사의 의견진술(구형)이 있을 순서가 되었다. 그런데 이 단계에서 이상한 일이 벌어졌다. 형법의 규정에 의하면 강도상해죄의 법정형은 7년 이상의 징역이다. 그리하여 통상의 경우에는 판사가 작량감경을 하더라도 3년 6월 이상이 되어 집행유예가 불가능하다. 그러나 이 사건의 경우에는 피고인들이 각각 미성년자이므로, 이를 이유로 다시 감경을 하면 집행유예가 가능하고 따라서 피고인들의 신병이 석방될 수 있는 상황이었다.

공판에 관여한 검사는 30대 초반의 전도유망한 검사였는데, 잠깐 망설이더니, 피고인들에게 각각 징역 10년의 구형을 하는 것이었다. 혹시 잘못 들었는가 싶어 재차 확인했는데, 틀림이 없었다. 이 정도의 사안에, 징역 10년이라니 너무 터무니없다고 생각했으나, 곧 그 진의를 알 수 있었다. 즉 당시의 형사소송법 제331조 단서의 규정에 의하면, 검사로부터 10년 이상의 구형이 있는 경우에는, 법원이 무죄 또는 집행유예의 판결을 선고하더라도 피고인이 즉시 석방될 수 없도록 되어 있었다. 그리고 나의 심리태도로 미루어 집행유예의 판결을 예견했던 검사는 피고인들의 석방을 저지하기 위해서 위와 같은 구형을 하기에 이르렀던 것이다.

법정을 마치고 사무실로 돌아온 후, 잠시 고민에 빠졌다. 사안으로 보아서는 즉시 석방되도록 집행유예의 판결이 적절할 듯한데 구형이

10년이니, 법 규정상 석방이 불가능하다. 피고인들 모두 변호인이 선임되어 있었으나, 이 점에 대해서는 전혀 언급도 없었다. 상세한 법률적 검토 없이, 우선 상식적으로, 그리고 헌법적 기본개념으로 생각해 보아도, 법적 분쟁에 관한 최종적인 심판자는 법관임이 틀림없고, 검찰 및 변호인은 재판의 쌍방 당사자가 분명한데, 왜 한쪽 당사자인 검찰 측의 양형에 관한 의견, 그것도 10년 이상의 구형에만 법관의 판결이 제약을 받아야 하는지 아무래도 이해가 되지 않았다. 생각 끝에, 문득 지난 2년간 헌법재판소에서 연구부장으로 근무하면서 익혔던 위헌제청신청을 하면 되겠다는 결론에 다다랐다.

제청신청서 작성을 위하여 여기저기 자료를 찾아보았으나, 전혀 발견되지 않았다. 이와 유사한 사건들이 과거 전국 법원에서 적지 않게 있었을 터인데, 아무도 문제제기를 하지 않은 것이 틀림없었다. 혼자서 처음으로 이를 만들어가려니 힘들기도 하고, 시간도 많이 걸렸다. 여하튼 다음과 같은 요지의 신청서를 작성하고, 피고인의 즉시 석방을 위하여 직권으로 보석을 결정했다.

위헌제청신청서 요지

형사소송법 제331조 단서의 규정이 위헌이라고 해석되는 이유 :

우리나라 헌법 및 그 헌법정신을 이어받은 형사소송법의 여러 규정들에 의하면, 형사소송절차에서 피의자 및 피고인의 인권을 보장하기 위하여 국가의 형벌권과 피의자 및 피고인의 인권이 서로 충돌될 경우에는 인권 보호에 더 큰 비중을 두어 인권의 본질을 침해하지 않는 한도 내에서만 법률규정의 합리성과 정당성이 인정될 수 있고, 이를 위하여 피고인에게 검사와 대등한 지위를 인정하며 법관에게는 두 당사자를 초월하는 지위를 부여하여 그 합리성과 정당성의 판단은 오로지 법관의 법창조적 판단에 맡겨져 있음이 명백해졌다.

그렇다면 검사로부터 사형, 무기 또는 10년 이상의 형의 구형이 있는 경우에는 법원이 무죄 또는 집행유예 등의 판결을 선고한 경우에도 구속영장은 효력을 잃지 않으므로 피고인이 석방될 수 없다고 하는 형사소송법 제331조 단서의 규정은, 피고인의 인권 보장보다는 국가의 형벌권의 확보에 지나치게 큰 비중을 두고 있다. 그뿐만 아니라 검사와 피고인에게 대등한 소송의 주도적 지위를 인정하는 당사자주의의 원칙에 위배하여 검사에 대하여 피고인보다 우월적 지위를 인정함으로써 헌법 제12조 제1항 후단의 적법절차주의 내지 동조 제3항의 영장주의에 위반되는 것이다. 더 나아가 소송의 한쪽 당사자인 검사의 양형에 관한 의견진술에 불과한 검사의 구형에 대하여 피고인의 신체구속의 여부에 관한 법원 판결의 효력을 제한하는 효과까지를 부여함으로써, 국가의 형벌권과 피고인의 인권 보장에 관한 이익교량(利益較量)에서의 법관의 전속적인 판단기능까지 침해했다는 점에서도 역시 헌법 제101조 제1항에 의하여 법관에 전속하는 사법권을 침해하고 헌법 제103조가 규정하는 사법권의 독립에 위배되었다고 해석된다.

헌법재판소는 이 사건을 심리한 후에 다행스럽게도, 나의 위헌제청 의견을 받아들여 그해 말 1992. 12. 24 92헌가8 사건으로 이 형소법 규정의 위헌을 선언했다. 그 결정요지는 다음과 같다.

결정 요지

1. 헌법 제12조 제3항 본문은 동조 제1항과 함께 적법절차원리(適法節次原理)의 일반조항(一般條項)에 해당하는 것으로서, 형사절차상(刑事節次上)의 영역에 한정되지 않고 입법(立法), 행정(行政) 등 국가(國家)의 모든 공권력(公權力)의 작용에는 절차상(節次上)의 적법성(適法性)뿐만 아니라 법률의 구체적(具體的) 내용(內容)도 합리성(合理性)과 정당성(正當性)을 갖춘 실체적(實體的)인 적법성(適法性)이 있어야 한다는 적법절차(適法節次)의 원칙을 헌법의 기본원리(基本原理)로 명시하고 있는 것이다. 따라서 헌법 제12조 제3항에 규정된 영장주의(令狀主義)는 구속(拘束)의 개시시점(開始時點)에 한하지 않고 구속영장의 효력을 계속 유지할 것인지 아니면 취소(取消) 또는 실효(失效)시킬 것인지의 여부도 사법권 독립(司法權獨立)의 원칙에 의하여 신분(身分)이 보장(保障)되고 있는 법관(法官)의 판단에 의하여 결정되어야 한다는 것을 의미한다. 그러므로 형사소송법 제331조 단서규정과 같이 구속영장(拘束令狀)의 실효(失效) 여부를 검사(檢事)의 의견에 좌우되도록 하는 것은 헌법상(憲法上)의 적법절차(適法節次)의 원칙에 위배된다.

2. 형사소송법 제93조 등의 구속취소(拘束取消)와 이에 대한 검사의 즉시항고절차(卽時抗告節次) 등을 비교하거나 상급심(上級審)에서도 필요에 따라 재구속(再拘束)할 수 있는 형사소송법상(刑事訴訟法上)의 관계규정 등을 아울러 검토하여보면 형사소송법 제331조 단서(但書) 규정(規定)은 기본권제한입법(基本權制限立法)의 기본원칙인 목적(目的)의 정당성(正當性), 방법(方法)의 적절성(適切性), 피해(被害)의 최소성(最少性), 법익(法益)의 균형성(均衡性)의 원칙에도

반하는 것이므로 헌법상의 과잉입법금지(過剩立法禁止)의 원칙에 위배된다.

재판관 한병채, 이시윤, 김문희의 보충의견

1. 헌법재판소법 제47조 제2항 단서규정에 의하여 위헌결정(違憲決定)의 법규적(法規的) 효력에 대하여 소급효(遡及效)가 인정되는 "형벌(刑罰)에 관한 법률 또는 법률의 조항"의 범위는 실체적(實體的)인 형벌법규(刑罰法規)에 한정하여야 하고 위헌으로 결정된 법률이 형사소송절차(刑事訴訟節次)에 관한 절차법적(節次法的)인 법률인 경우에는 동 조항이 적용되지 않는 것으로 가급적 좁게 해석하는 것이 제도적으로 합당하다.

2. 형사소송법 제331조 단서규정은 헌법재판소법 제47조 제2항 단서에서 소급효(遡及效)를 인정하는 형벌(刑罰)에 관한 법률조항에는 해당하지 아니하므로 이 결정 이전에 이미 이 법 제331조 단서규정의 적용을 받아 구속영장(拘束令狀)의 효력(效力)이 계속 유지되어 구속된 채로 상소심(上訴審)의 재판을 받아 판결(判決)이 확정된 피고사건에 대하여는 재심(再審)이 허용되지 아니한다.

3. 다만 이 사건 위헌결정(違憲決定)의 법규적(法規的) 효력(效力)은 이 사건 위헌법률심판을 제청(提請)한 법원(法院)이 담당하는 당해사건과 더 나아가 당해법률이 재판(裁判)의 전제(前提)가 되어 현재 법원에 계속(係屬) 중인 모든 동종의 피고사건에도 이 당해사건에 준하여 구속영장(拘束令狀)의 효력(效力)이 실효(失效)되도록 하는 것이 법치주의(法治主義)의 이념에 부합될 것이므로, 제청법원에 계속(係屬) 중인 당해사건은 이 결정에 따라 재판을 선고하면 될 것이고,

이 사건 결정선고 당시 이 법 제331조 단서에 해당하는 사건으로서 판결이 선고(宣告)되고 아직 확정되지 아니하거나 현재 상소심(上訴 審)에 계속(係屬) 중인 동종(同種)의 피고사건은 이 사건 판결선고(判 決宣告)와 동시에 구속영장(拘束令狀)의 효력(效力)이 실효(失效)되어 즉시 석방(釋放)되어야 할 것이다.

재판에 대한 회상 2
─ 형사재판과 관련하여

1. 유, 무죄 판단의 어려움

형사판결의 시작은 유, 무죄에 대한 사실인정에서부터 시작된다. 법률전문가인 검사가 수사과정을 거쳐 기소한 사건이기 때문에 거의 대부분의 피고인은 자신의 유죄를 인정하는 경우가 많다. 다만, 진정으로 죄를 저지르지 않았거나 죄를 면해보려고 거짓 주장을 하는 경우가 있다. 대개는 심리결과 사실이 분명해지지만, 그렇지 못한 때도 있다. 직접 경험한 사례 한 가지를 든다.

피고인은 20대 후반의 청년이다. 어느 날 저녁 늦게, 술이 약간 취한 상태에서 논두렁을 지나 한밤중에 집으로 귀가하던 중이었다. 도중에 외딴 곳에 불이 켜져 있는 초가집을 발견하고, 물을 얻어 마시기 위하여 집 안으로 들어갔다. 집에는 70세 정도의 직업이 무당인 노파가 혼자 살고 있었다. 여기서부터 이야기가 갈린다. 노파는 청년이 물을 마신 후 자신을 강간했다고 주장한다. 일을 당한 후 노파는 분을 삭이지 못하여 새벽이 되기를 기다렸다가 30분 정도 거리에 떨어져 사는 친구를 찾아가서 억울함을 하소연했다.

반면에, 피고인은 1개월 전 척추수술을 받아 성행위를 할 수도 없었을 뿐만 아니라, 20대인 그가 왜 70도 넘은 노인에게 그런 짓을 했겠느냐고 반문한다. 재판장과 주심 사이에 의견이 팽팽히 갈린다. 여러 시간의 토론에도 합의점에 도달하지 못하여, 밤새 다시 생각해보기로 한다. 다음날의 토론도 마찬가지이다. 격론 끝에 형소법의 대원칙으로 돌아가기로 한다. "의심스러울 때에는 피고인의 이익으로." 법정에서의 선고 순간 재판장이 판결요지를 설명하고 주문을 낭독하는 동안 내내 주심인 나는 계속 피고인의 얼굴을 주시하고 있다. 이윽고 무죄의 판결이 선고되자, 피고인이 놀라 숙이고 있던 고개를 번쩍 든다. 그 순간 나는 그 얼굴을 보고 느꼈다. 우리는 오판을 한 것이다. 피고인은 유죄였음이 틀림없었다.

이 장면에서 두 가지의 생각이 떠오른다. 하나는, "의심스러울 때에는" 피고인의 이익으로 재판하라고 하는데, 과연 "얼마나 의심스러워야" 하는가가 다시 문제로 되면 해결책은 원점으로 돌아가고 만다는 점이다.

둘째는, 법조 유머에 등장하는 말이다. "사건의 진상을 가장 확실히 알고 있는 사람은 하느님 외에는 피고인 본인이다. 그 다음은 검사이고, 다음은 변호사이고 끝으로 판사이다. 그런데 사건의 결론은 (진상에서 가장 먼) 판사가 내린다. 그리고 그 결론을 적용 받는 사람은 (진상을 확실히 아는) 피고인이다." 그렇기 때문에 판사는 신중해야 하고, 위의 형소법의 원칙이 빛을 발하게 된다. 내가 내렸던 그 판결은 "오판이었지만 옳은 판결"이었다고 생각한다.

2. 양형의 어려움

형사재판의 양형과 관련하여 몇 가지 기억이 떠오른다.

장면 1 : 지방법원 형사합의부 근무시절이다. 당연히 중범죄사건들이 주류를 이룬다. 어느 날, 관행에 따라 다음 주일에 선고할 사건들을 재판장과 합의하여 유, 무죄와 형량을 정한다. 20여 건의 사건기록을 상세히 검토하고 유, 무죄의 의견과 함께 나름의 양형도 생각해두었다. 한건 한건 재판장과의 합의는 순조롭게 진행되었고 합의 결과의 형량은 메모지에 붉은 글씨로 크게 적어두었다. 나머지 일은 주심법관인 내가 합의 내용에 따라서 판결문을 작성하는 일이다.

　　그러던 중 낭패가 생겼다. 어느 한 사건의 메모지가 없어진 것이다. 책상 서랍 등을 샅샅이 뒤졌는데도 발견되지 않는다. 하는 수 없이 부끄러움을 무릅쓰고, 재판장에게 이실직고하고, 그 사건을 다시 합의했다. 합의결과 3년의 징역형으로 정했다. 이제 모든 판결문이 작성되었고, 다음날 선고만이 남아 있는 상태이다. 그런데 책상 밑에 메모지한 장이 떨어져 있는 것이 발견되었다. 책상 서랍을 여닫는 과정에서 메모지 한 장이 뒤로 끼어 넘어간 것이었다. 내가 찾던 바로 그 사건의 메모지이다. 다시 찾았다는 반가움과 함께, 궁금증이 작동했다. 그 메모지에는 형량이 얼마로 적혀 있을까? 놀랍게도 5년이라고 크게 쓰여 있었다. 아니 이럴 수가? 같은 사건을, 같은 판사가 2일 간격으로 합의했는데, 하나는 3년이고 하나는 5년이라니. 다시 걱정이 앞선다. 이일을 어떻게 처리해야 하나. 부끄러움을 누르고 다시 재판장에게 이실직고했다. 재판장은 역시 경력이 일천한 나보다 현명했다. 피고인에게 유리한 쪽을 선택하기로 결론을 내렸다. 두 번의 합의 모두 진정으로 편견 없이, 나름대로 평상심에서 내린 형량이었는데……. 새삼 양형의 중요성과 법관의 직책에 대한 성찰을 하게 되었다.

장면 2 : 살인죄의 법정형은 5년 이상의 징역, 무기징역 또는 사형이다. 그 의미는 살인죄라도 최하 2년 6개월의 형과 함께 집행유예의 선고가 가능하고, 최고 사형까지 가능하다는 뜻이다. 사람이 사람을 죽게 했으니, 그 사연의 폭이 얼마나 다양하겠는가에 대한 입법자의 깊은 배려의 결과이다. 경험했던 살인죄의 사건 중에서, 양쪽의 극단에 해당하는 예를 하나씩 들어본다.

　　먼저, 가장 가벼운 경우이다. 1970년대 초 당시 우리 사회의 풍속대로, 서울의 어느 중류층 가정에, 시골 출신의 10대 후반의 처녀가 소위 "식모"로 일하며 숙식을 하고 있었다. 관행에 따라서 매월의 보수는 주인집에서 적금이나 계를 들어, 시집갈 때가 되면 목돈을 만들어준다. 어느 양순한 시골처녀가 이러한 생활 끝에 착한 청년을 소개받아 결혼한 후, 주인집의 문간방을 세 얻어 살았다. 몇 개월 후 임신하게 되고, 사과 등 신 음식이 먹고 싶었으나, 생활이 어려워 마음껏 사먹을 수 없는 형편이었다. 어느 날 주인집 아주머니가 장보러 가겠다며 4살 된 딸아이를 돌보아줄 것을 부탁한다. 집을 지키고 있던 중 안방의 경대 위에 놓인 돼지저금통을 발견한다. 순간적으로 그 저금통을 깨고 그 속의 동전으로 사과를 사먹을 수 있겠다고 생각하고, 동전을 훔친다. 이 장면을 4살 된 아이가 보고, 엄마에게 이르겠다고 말한다. 당황한 여인은 그 아이를 뒷동산으로 데려가서 살해하고 매장했으나, 당연히 몇 시간 후에 발각된다. 순간적인 잘못 판단이 저지른 죄이다. 딱한 사정을 안 주인집에서도 번민 끝에, 재판부에 선처를 부탁했고, 그 여인의 남편 역시 석방되면, 아내와 함께 살겠다고 약속했다. 재판장과의 합의 결과 징역 3년에, 4년의 집행유예를 선고했다.

다음, 가장 무거운 경우이다. 10대 중반의 어린 나이에 한 청년이 강간치사죄를 저질러 무기징역을 선고받고 복역 중 12년이 지나 감형되어 석방되었다. 생계를 위하여 공장 직공으로 취업하여 일하던 중, 그곳에서 비슷한 또래의 여성 직공을 만나 사랑하게 된다. 평생 처음 경험하는 행복에 빠져 결혼을 약속한다. 그런데 문제가 생겼다. 여공이 하숙하는 주인집 아주머니가, 그 남자가 전과자라는 소문이 있으니 잘 알아보라고 귀띔해주었다. 약혼자에게 이를 물었으나, 그는 모처럼의 행복이 깨질까 두려워 극구 부인한다. 그래도 계속 추궁당하자, 궁여지책으로 함께 고향인 시골에 내려가서 주변 친척들에게 직접 물어보자고 한다. 속셈은 그 과정에서 사실대로 말하고 용서를 받을 생각이다. 밤기차를 타고 새벽에 시골에서 내려, 이슬이 맺힌 논두렁 밭두렁을 지나간다. 의도했던 대로 계속 설득했으나 성공하지 못하고, 자존심이 상하는 더욱 심한 말을 들었다. 순간적으로 분개하여 주변에 있던 돌로 때려 살해한다. 이때부터 생각이 극단적으로 잘못 흘러갔다. 이 모든 원인이 주인집 여인에게 있다고 생각하고 그날 그 집을 찾아가서 그 여인을 살해한다. 범행 후 그 집에 머무르는 동안 발각을 우려하여 그 집을 방문한 3명의 여성을 차례로 살해한 후 시간(屍姦)까지 했고, 마지막으로, 귀가한 그 남편까지 살해했다. 피고인은 법정에서 이 모든 사실을 자백하면서, 빨리 저 세상으로 보내달라고 한다. 저 세상에서나, 사랑했던 그 여인을 다시 만나 행복하게 지내고 싶다고 울먹인다. 며칠을 두고, 무거운 마음으로 양형을 고민했으나, 배석판사들과 함께 사형을 선고하기로 합의했다. 상소심에서도 그 형이 그대로 유지되었다고 전해 들었다.

3. 특별한 경험 두 가지

장면 1 검사의 횡포 : 1980년대 초반 당시의 정치상황과 맞물려 사법부로서 가장 힘든 세월을 지내고 있을 때이다. 서울 고등법원 형사부 배석판사로 근무 중이었는데, 당연히 중범죄 사건과 국가보안법위반 등 시국 사건이 주류를 이루었다. 어느 날, 강원도의 한 어부가 어로작업을 하다가 잘못되어 어로한계선을 넘는 바람에 북한군에게 잡혀 2개월 동안 억류되어 있다가 귀환되었다. 정보기관에서는 그 기간 동안 북한에서 간첩교육을 받은 뒤에 남파되어 간첩활동을 해왔다고 주장한다. 심리한 결과, 단순한 실수로 월경한 것이고, 간첩활동까지는 아니라고 판단되어 집행유예의 선고를 했다. 특별한 경험은 이때에 발생했다. 10시 반경 선고를 마치고 판사실에 들어와 있었는데, 공판 관여 검사가 판사실 문을 박차고 들어왔다. 그러더니 대뜸 하는 말이, "집행유예를 하려면, 사전에 나에게 미리 알려주었어야 할 것 아니냐. 덜컥, 이렇게 집행유예를 선고하니 내가 뒷처리를 하기가 어렵지 않느냐"는 것이었다. 한심한 일이었지만 그 시절에는 그러했다.

장면 2 재벌기업 회장의 재판 : 1980년대 후반 대통령선거에서 낙선한 재벌기업 회장의 재판을 맡게 되었다. 혹시라도 정치적인 탄압을 받고 있다는 느낌이 가지 않도록, 신중하고 공평한 재판을 위하여 각별히 주의했다. 변호인이 15명쯤 되었는데, 회장 본인, 회사의 법률고문, 여러 명의 자제들이 각각 따로 변호인을 선임하다보니 수가 그렇게 많아졌다고 한다. 그런데 문제는 그 각각 변호인들의 변론취지가 다르다는 것이었다. 어느 변호사는 유죄를 인정하고, 선처를 구하는가 하면, 어느 변호사는 극구 무죄를 주장하기도 한다.

한편, 재벌기업 회장의 위세는 대단했다. 매번 재판기일마다, 기자들의 접촉을 막고, 신변의 보호를 위하여 검은 양복 차림인 다수의 체격 좋은 젊은이들이 동원되었다. 그런데 어느 날 재판을 마치고, 판사실로 돌아가기 위하여 법관 전용의 통로를 통하여, 법관 전용의 엘리베이터를 타려고 가는데, 갑자기, 나보다는 적어도 머리 하나만큼은 더 큰, 당당한 체구의 젊은이가 앞을 가로막는 것이었다. 아마도 그 회장이 이제 곧 이쪽으로 오도록 예정되어 있었던 모양이다. 아무리 회장을 잘 모시는 것이 그들의 임무라고 하더라도, 나는 그 재판을 맡은 재판장이고, 더욱이 나는 검은 법복을 입고 있었는데…….

재판에 대한 회상 3
─몇 가지 단상들

1. 민사재판에 대하여

거의 대부분의 민사사건에서 그 결론은 사실인정의 문제로 귀결된다. 즉 법리에 따라서 승패가 결정되는 경우는 생각보다 많지 않다. 따라서 사실인정을 정확히 하는 것이 무엇보다 중요하다. 그러나 이것은 생각보다 쉽지 않다. 민사 단독판사 시절 경험했던 사건이 오래 기억에 남는다.

오랫동안 서로 친하게 지내왔던 30대 중반의 두 여성이 어떤 사유로 사이가 틀어졌다. 그렇게 되자 한 여성이 상대방에게 5년 전에 빌려주었던 300만원을 갚으라고 소송을 냈다. 원고는 5년 전 어느 날 피고와 함께 마산으로 여행을 갔는데, 그곳의 어느 여관방에서 이 금액을 빌려주었다는 것이다. 물론 차용증서나 영수증 같은 서면은 없고, 이를 본 증인도 없다. 그런데 답답한 일은, 피고가 차용사실을 부인하면서, 자기는 태어나서 현재까지 마산에는 한번도 가본 적이 없다는 것이다. 입증책임분배의 원칙에 따라서 재판하면 결론을 못 내릴 것도 아니었으나, 양쪽이 워낙 확신에 차서 자기주장을 펼치는 바람에, 자신감을 잃고, 사건을 후임자에게 넘겨주는 것으로 책임을 면했다.

이러한 사실인정과 관련하여, 우리의 소송실무는 개선할 점이 있다고 생각한다. 즉 우리의 법정에서는 원-피고 쌍방이 각각 자기의 주장을 펴고, 이에 부합하는 각각의 증거를 제시한 후, 나머지 결론은 판사가 알아서 내려주기를 기다린다. 이렇게 되면 판사가 점쟁이가 아닌 마당에, 진실을 찾아낼 수가 없다. 사실관계는 당사자들 스스로가 가장 잘 알고 있을 것임에도 불구하고, 자기들 스스로 하나밖에는 없을 진실을 밝히지 않고 판사에게 떠넘기는 것은 좋은 제도가 아니라고 생각한다. 참고로 미국의 소송에서는, 판사 앞에서 변론이 열리기 전에 양쪽 변호사들 사이에서 "증거개시제도(discovery)"를 통하여, 이러한 사실관계를 자기들 사이에서 확정시키는 제도를 채택하고 있다. 그래야만, 판사에게 불필요한 업무부담을 줄이고, 판사의 판단을 받아야 할 사항에만 변론을 집중시킬 수 있게 될 것이다.

2. 행정재판에 대하여

1986년부터 1년간 행정사건을 다루는, 고등법원 특별부에 근무한 적이 있었다. 대부분의 행정사건은 사실관계는 다툼이 없이 확정되어 있고, 다만 여기에 적용할 법률의 해석을 어떻게 할 것이냐가 문제가 된다. 이 과정에서 흥미로운 특별한 체험을 하게 되었다. 즉 법률의 규정은 분명히 한 가지로 명백히 규정되어 있는데, 이를 해석하는 방법이, 따라서 그 결론이, 판사에 따라서 전혀 반대방향으로 흘러가는 경우가 드물지 않았던 것이다. 판사들 각자가 나름대로 편견 없이 공정하게 판단한다고 하는데도 왜 그렇게 다른 생각을 하게 될까 궁금했다. 시간이 지나면서 곰곰 생각을 정리해보니, 그 이유는 한 가지로 귀결되는 것 같았다. 즉 법률해석을 하면서, 그 주안점을 "법률의 문언

(文言) 그 자체"에 둘 것인지, 아니면 그 문언을 넘어서, 그러한 "법률을 만들게 된 입법취지"에까지 생각의 범위를 넓힐 것인지에 달려 있는 것이었다. 그러면 다시, 두 가지 중 어느 것을 중요시할 것인지는 무엇으로 결정될까? 그것은 그 법률가의 법률관, 법철학, 인생관, 나아가서는 세계관에 따라서 정해지는 것이라고밖에 말할 수 없다.

3. 헌법재판에 대하여

1990년부터 2년간 헌법재판소의 연구부장으로 근무했다. 헌법재판소는 1988년 문을 연 이래 여러 가지 어려운 초기 상황을 극복하기 위해서 최대의 노력을 다하고 있었다. 연구부장은 소장님의 보좌가 주 업무였으나, 외국의 판례, 학설, 실무례 등 자료의 수집과 번역 역시 주요한 과제였다. 더욱이 설립 초기여서 관련자료의 확보가 시급했다. 당시까지만 해도, 헌법이라는 과목은, 사법시험을 준비하는 과정에서나 공부할 뿐, 일단 법조실무에 들어와서는, 헌법적인 개념을 가지고 법률을 검토할 정도로 헌법의 적용이 활성화되어 있지 않았다. 어쩌면 그것은 법률가의 사치이거나, 법조 선진국에서나 누릴 수 있는 여유로 받아들여지고 있었다.

어쨌든 연구부장으로서의 2년간은, 나에게 법률가로서 새로운 안목과 지평을 열어주는 계기가 되었다. 모든 법률과 이론에 헌법적인 감각이 가미될 때에만 비로소 법률이 살아 움직일 수 있고, 국민을 감동시킬 수 있다는 것을 깨닫게 되었다. 읽는 사람의 마음을 사로잡는, 그래서 사법부에 대한 국민의 신뢰를 공고하게 하는 미국 대법원의 판결들을 접할 수 있었고, 철저한 논리구성을 통하여 헌법이 우리의 실생활에 어떻게 깊이 파고들 수 있는가를 보여주는 독일 헌법재판소의 판결들도 읽을 수 있었다.

이제는 헌재 출범 20년이 훨씬 지나 탄탄한 기초 위에서 많은 훌륭한 결정들을 통하여, 우리 국민에게 헌법의 존재감과 그 고마움을 느끼게 하고, 우리나라의 선진화에 크게 이바지하고 있다. 우리 사회의 많은 갈등이 헌법적 시각에서 분석되고 해결된다면, 우리나라는 분명 법조의 면에서도 최고의 선진국이 될 것이다.

4. 사법적극주의에 대하여

1995년 미국의 아이젠하워 재단의 초청을 받아 3개월 동안 사법부, 대학의 법학부, 변호사 업계 등 미국의 법조계를 돌아볼 기회를 얻었다. 그중에서도 가장 인상적인 것은 연방대법원을 방문하여, 법정방청, 청사 투어, law clerk과의 대화와 Scalia 대법관과의 면담 및 토론의 시간이었다. 나는 당시 사법적극주의(judicial activism)에 관심을 가지고 있었으므로, 사전에 이에 대한 준비도 했고, 특히 이 부분에 관하여 Scalia 대법관과 논의해보기로 마음먹었다.

Scalia 대법관의 집무실에서 잠깐의 인사말이 오간 뒤에 바로 관심 사안으로 대화가 집중되었다. 그런데 왠지 처음 얼마 동안 대화가 엇갈리고 이야기의 초점이 맞지 않아 이상하게 느껴졌다. 그런데 어느 정도 시간이 지나자 쌍방이 서로 다른 생각을 하고 있다는 것을 깨닫게 되었다. 즉 사법적극주의라는 개념 속에서 나는 "사법부가 통치권자의 의도나 희망에 저항하여, 신분상의 불이익이나 우려를 무릅쓰고, 과감히 정의를 말할 수 있는 용기와 의지를 키워나가야 한다"는 점을 강조하고 있었다. 이에 반하여 그는, 그 개념 속에서 "사법부가 그에게 주어진 기본적인 책무, 즉 청구의 당부만을 판가름하는 것을 넘어서 행정부의 권한으로 생각될 수 있는, 그 사안에서의 가장 적절한 해결책까지도 제시할 권한이 있는지"에 대하여 말하고 있었던 것이다. 그 예로 어느 도시에, 흑백인종의 아동들에 대한 학교를 분리하여 설치했는데, 흑인 아동을 위한 학교가 위치적으로 크게 불리하다고 판단될 경우, 그 분리설치가 잘못되었다고 판결할 뿐만 아니라, 판사가 가장 적절한 위치를 선정하여, 그곳에 흑인학교를 설치하라고 판결할 수 있다는 것이 사법적극주의의 견해라는 것이다.

그리고 내가 걱정하고 있는 바와 같은 것은, 사법권 독립의 원칙상 우려할 필요조차 없는 것이며, 이를 염려하는 것 자체가 민주국가에서 있을 수 없다는 것이다. 듣고 보니 너무도 당연한 문제를 제기한 것으로 느껴져, 경력 20여 년의 판사인 내가 한없이 작아지고 부끄러운 생각이 들었다. 나는 우리나라 과거의 사법사를 염두에 두고 있었는데, 이것이 얼마나 사법후진적인 생각인지를 새삼 깨달았고, 우리의 열악한 현실을 재인식했다. 아울러 이러한 현실을 타파하고 어떠한 어려움이 닥치더라도 사법선진국을 향한 노력을 아끼지 않아야 하겠다고 다짐했다.

애환과 보람의 순간들
—변호사 생활 13년을 회상하며

1. 변호사로서의 여정

　1999년 2월 갑자기 법원을 떠나고 나니 앞길이 막막했다. 아무런 준비도 없이 홀로 황야에 내몰린 심정이었다. 마음을 추스르기 위하여 잠시 외국여행을 했으나, 불안감이 가시지는 않았다. 그래도, 평소 따르던 몇몇 후배들이 찾아와 위로해주었고, 그들의 조언을 토대로 기존의 법무법인에 합류하기로 결심했다. 이렇게 하여, 선택한 곳이 법무법인 화백이었다. 그곳은 대학동창인 친구, 좋아하던 선배 그리고 친밀히 지내던 후배들 17명으로 구성되어 있었다, 퇴임 후 1달 가까이 지난 3월 중순 업무를 개시했는데, 당시 대법원장님, 헌법재판소장님을 비롯하여 많은 분들이 일부러 찾아와 격려해주셨다. 베풀어주신 사랑과 후의에 지금도 깊이 감사드리고 있다. 변호사 업무 시작 이후 하루하루 분주한 시간을 보냈다. 이런저런 사정을 이유로, 스스로 법정에 다니지는 않았고, 의뢰인을 만나 상담하고, 서면을 작성하는 것만으로 주 업무를 삼았다. 다행스럽게도, 갑작스러운 퇴임사유를 주위에서 동정적으로 받아들여주어, 초기의 걱정과는 달리 많은 일을 맡아 할 수 있는 행운을 누렸다. 처음 몇 년간은 화장실 갈 시간조차 나지 않는 날도 있었고, 집에서 가족과 저녁식사를 함께 할 여유도 없었다.

그러던 중 내가 몸담고 있던 화백은 일감이 늘고, 이를 처리하기 위한 변호사의 수도 증가하여 2002년에는 그 수가 50여 명이 되었다. 이 무렵 비슷한 규모로, 자문사건을 주로 처리하는 법무법인 우방과의 합병이 논의되었고, 1년 뒤인 2003년에는 두 법인의 합병이 성사되어 새로운 법인 화우가 탄생했다. 변호사 수도 100여 명으로 늘어났다. 이를 계기로 우리 사무실은 성장을 거듭했고, 제대로 된 모습의, 로펌 형태가 갖추어졌다. 성장의 탄력은 지속되어 2006년에는 우리나라에서 가장 오래된 법무법인인 김·신·유와도 합병이 이루어졌으며, 인수, 합병을 성공적으로 마무리한 최초의 법무법인으로 평가받게 되었다. 성장의 결과 2012년 8월 현재 국내 변호사 200여 명, 미국 변호사 등 전문직 60여 명, 일반직원 250여 명의 대형 법무법인으로 자리잡게 되었다. 1999년 화백 합류 당시 17명의 변호사에서 260여 명의 전문직 집단으로 변모했으니, 그동안 15배의 성장을 이룬 셈이다. 동료와 주위 여러분들의 성원에 감사할 따름이다.

2. 변호사로서의 애환

변호사로서 오랫동안 일하다 보면, 좋은 일과 궂은 일이 있게 마련이다. 어느 선배 변호사의 표현을 빌리면, 변호사 업무는 조울증의 반복이라고 하는데, 다행스러운 것은 조(躁)증이 9할, 울(鬱)증이 1할 정도여서, 좋은 일이 훨씬 많다는 점이라고 했다. 경험했던 한두 가지 예를 들어본다.

좋은 경험─의뢰인에게서 배려받다

남편은 컴퓨터 전문기술자로서 소규모 자영업을 하고 있고, 부인은 은행원으로서 단란한 가정을 꾸리고 있다. 1998년 금융위기 이후, 가게를 접고, 생계를 위하여 변두리에 식당을 내었다. 어느 날 영업종료시간 무렵 동네의 폭력배 몇 명이 가게에 들어와 자릿세를 요구한다. 거절하자 말이 거칠어지면서 부인에 대한 희롱까지 덧붙여졌다. 주방에서 일하던 남편이 참다못해 식도를 들고 나와 저항하던 중에, 폭력배가 복부를 찔려 사망하게 된다. 살인죄로 기소되어 1심에서 징역 10년 형을 선고 받고 항소하면서, 나에게 찾아와 상담했다. 딱한 사정을 듣고, 무료변론을 자청하여 과실치사죄를 주장하면서 집행유예의 변론을 했으나, 징역 5년의 실형이 선고되었다. 형을 복역하던 기간 내내 부인은 정성이 극진했고, 힘들 때마다 나에게 찾아와 하소연과 함께 적절한 위로를 받고 돌아갔다. 성실한 복역을 마치고 잔여 형기 6개월을 남긴 상태에서 사회적 적응을 위한 일시 귀가처분을 받고 출소하여 일부러 나를 찾아와 감사의 뜻을 표하고 돌아갔다. 나머지 6개월의 형기가 지난 후, 얼마간 기다려도 출소의 인사가 없다. 처음 몇 개월은 언젠가 인사를 오겠지 하고 기다렸으나, 끝내 연락은 없었다. 한참이 지난 후, 나는 그 부부의 참뜻을 스스로 깨닫게 되었다. 출소 후 나를 다시 찾아오는 것은 나에게 부담을 줄 것이라고 스스로 판단한 것이었다. 착한 마음가짐과 서로의 사랑으로 맺어진 그 부부는 틀림없이 모든 어려움을 극복하고 행복한 생활을 영위할 수 있을 것이라고 확신한다.

궂은 경험─의뢰인에게서 배신당하다

변호사와 의뢰인 사이에서 생기는 불만의 원인은 몇 가지가 있을 수 있겠으나, 가장 큰 부분을 차지하는 것은 아마도, 상황에 따라서 생각이 바뀌는, 즉 아전인수격으로 생각하는 의뢰인의 마음 때문일 것이다. 직접 경험한 예이다.

변호사 업무를 시작하던 초기에 50대 중반의 부인이 찾아왔다. 남편이 공공기관에 근무하는 하위직 공무원이었는데, 5,000만원의 옳지 못한 돈을 받아 구속된 상태였다. 특가법의 규정상, "자수"로 인정받지 못하면, 집행유예가 법적으로 불가능한 상태였다. 1심에서 3년 6개월의 실형을 선고받고 항소심 사건을 의뢰하기 위해서 찾아온 것이었다. 상담 결과, "수사개시 이후의 자백이 자수로 인정될 수 있는가"가 쟁점이었는데, 대법원 판례상 인정받기 어려운 사안이었다. 사정을 설명했으나, 수임을 강하게 요청하여, 딱한 사정을 고려해서 판례변경을 목표로 무료변론을 해주기로 했다. 그후 몇 차례 그 부인이 사무실을 찾아오면서, 적은 금액이지만 반드시 수임료를 받고 일해달라고 부탁했다. 수 차례, 무료로 변론하더라도 최선을 다하겠다고 약속했으나, 막무가내로 일정 액수를 내 방에 놓고 나가버렸다. 어쩔 수 없이 본의 아니게 수임료를 받은 꼴이 되었다. 그후 친구나 동료들을 만난 자리에서, 세상이 험하다고들 하는데 이런 착한 의뢰인도 있다고 칭찬을 섞어 자랑했다. 사건이 심리되고 판결이 선고되었는데, 예상대로 자수가 인정되지 않고 실형이 선고되었다.

그러고 나서 몇 개월이 지난 뒤에 그 부인이 다시 찾아왔다. 수임료의 반환을 요구한다. 어이가 없어, 그 부인에게 조목조목 확인해나갔다. 그 부인은 최초 상담시, 판례상 우리 주장이 받아들여지기 어렵다는 점, 그래서 무료로 변론해주겠다고 제안한 점, 그럼에도 부인이 스스로 수임료를 받아줄 것을 강하게 부탁한 점 등의 사실 모두를 스스로 인정했다. 그럼에도 불구하고, 수임료의 반환을 수감 중인 남편이 강하게 요구하기 때문에, 죄송하지만 어쩔 수 없다는 것이다. 금전적인 이유보다는 호의를 무시당한 실망이 컸지만, 수임료를 반환해주고 그 일은 없었던 것으로 치부했다. 그런데 내가 그동안 친구나 동료들에게 입이 마르도록 그 부인을 칭찬해주었던 그 말은 어떻게 다시 없는 것으로 되돌릴 수 있을까. 그 이야기를 들은 모든 사람들을 다시 찾아 이전의 그 이야기를 취소한다고 일일이 설명할 수도 없는 노릇이다.

3. 변호사로서의 보람

변호사는 공적으로 어떤 권한을 부여받은 직업이 아니어서, 일하는 과정에서 어떤 보람을 느끼더라도, 그 보람은 어려운 사람이나 억울한 사람을 도와 올바른 결론에 이르게 한 경우에 한정되는 것이 보통이다. 그러나 가끔은 이러한 차원을 넘어, 인권옹호나 법치주의 실현을 위해서 중요한 판결을 받아냄으로써, 법조발전 나아가 사회발전에 기여하게 되는 경우도 있다. 이러한 경험 한 가지를 소개한다. 종래부터, "위법하게 수집된 증거에도 증거능력이 있는가"의 문제는 법조계의 오래된 숙제이었다. 종래 우리 대법원은 "실용적인 입장에서" 그 증거능력을 인정해왔었다. 그러나 대법원은 2007년 11월 15일에 선고한 2007도3061 사건에서 종래의 태도를 바꾸어 그 증거능력을 부인했다. 우연히 나는 이 사건의 상고심을 수임하여 처리할 행운을 가졌는데, 선고에 앞서 2007년 10월 26일에 열린 구두변론의 기회에 다음과 같은 법률의견서를 낭독했다. 다행히도 나의 의견이 받아들여져서 대법원 판례의 변경에까지 이르는 보람을 얻게 되었던 것이다.

1. 우리 법률가들에게는 이미 상식으로 되어 있습니다마는 일반인들에게는 아직 이상하게 느껴질 수 있는 형사사법의 법원칙이 있습니다. 즉, 설사 범인이라고 하더라도, 자백이 고문, 폭행에 의한 것이었거나, 진술거부권을 알리지 않았을 때에는, 이를 범죄의 "증거로 할 수 없다"는 것입니다.

그 이유는 분명합니다. 실체적 진실을 포기하는 희생을 감수하면서도, 그렇게 함으로써 비로소 ① 적법절차의 원칙(due process), ② 형사사법의 염결성(integrity), ③ 국민의 기본권 보장 ④ 위법수사 억제의 효과를 거둘 수 있다고, "헌법적으로 결단"했기 때문입니다.

2. 그런데 이상하게도, 이 원칙이 유독 "비진술증거"(물적증거)의 경우에는 우리나라에서 외면당해왔습니다. 즉, 위법한 증거라도, "물건 자체의 성질과 형상에 변경을 가져오는 것은 아니므로"(형상불변론) 증거로 사용할 수 있다는 것입니다. 이것은 분명히 앞서 본 진술증거의 경우와는 상반된 사고방식입니다.

3. 이런 모순점은 종래 많은 법률가에 의해서 지적되어왔고, 이 사건에서도 하급심의 법정에서 변호인들이 강력하게 주장했습니다. 변호인들의 주장은 선례를 이유로 배척된 안타까움이 있으나, 최근 형사소송법이 개정되어 그 비판이 수용되었고, 그 규정(308조의 2)은 2008년 1월 1일부터 시행이 예정되어 있습니다. 그러나 이 법이 시행되기 전이라도 헌법적 및 법률적인 이론 구성을 통하여 마찬가지의 결론을 이끌어낼 수 있으며, 또한 당연히 그렇게 해야 한다고 생각합니다.

4. 우리 변호인단은 이와 같은 기본적 인식 아래에서 각국의 입법

례, 실무례, 학설 등을 폭넓게 검토한 결과, 우리나라에서는, 위법한 증거는, 다음의 어느 한 기준에 저촉될 때에는 증거로 사용되어서는 안 된다는 결론에 이르렀습니다.

첫째, "객관적 기준"으로서, 그 위법의 정도를 따져보아야 합니다. 그리하여 그 위법이 ① 매우 중대한 경우(헌법 위반이거나 형사법의 근본원칙에 위배한 경우)에는 당연히 배제되고, ② 사소하거나 기술적 위반인 경우에는 증거로 허용되며, ③ 그 중간적인 경우(위법이 심대하기는 하나 심각하지는 않은 경우)에는 법관이 여러 사정을 종합적으로 고려하여 판단합니다.

둘째, "주관적 기준"으로서, 그 위법이 수사기관의 "고의 또는 중과실"에 의한 것이어서, 영장주의 등 헌법이나 법률상의 원칙을 "무시한 정도"에 이를 때에는 이 역시 증거로 사용할 수 없습니다.

셋째, 여기에서 주의할 점은, 위의 객관적, 주관적 기준은 상호 "중첩적"으로 갖추어져야 하는 것은 아니고, 오히려 상호 "선택적, 보완적"으로 갖추어지면 족하다는 것입니다.

그렇게 함으로써만, 앞에서 본 "적법절차", "형사사법의 염결성", "국민의 기본권", "위법수사 억제"의 효과를 거둘 수 있기 때문입니다.

5. 이상과 같은 기준에 이 사건을 대입시켜보면, 그 위법의 정도가 극히 심각함을 쉽게 알 수 있습니다. 즉, 이 사건에서는 ① 영장의 발부 대상자도 아닌 자에 대해서(대인적 위법) ② 영장의 목적물도 아닌 물건에 대해서(대물적 위법) ③ 영장집행의 장소도 아닌 곳에서(대장소적 위법) ④ 영장의 제시도 없이(영장 불제시) ⑤ 영장주의를 무시하는 듯이, 위압적인 방법(주관적 요건)으로, 예를 들면 "나는 ○○○ 검사다. 검찰에 가서 조사를 받고서야 서류를 내주겠느냐"고 말하

는 식의 극히 위법적인 집행을 한 것입니다.

6. 인류가 최근 수백 년 동안 피 흘리며 깨달은 지혜는, 실체적 진실 발견을 일정범위에서 희생하더라도, 적법절차와 기본권을 보장하며, 위법수사를 억제해야 한다는 것이 아니겠습니까? 즉 "범죄처벌 가치"보다 "적법절차 가치"를 더 우위에 두자는 것입니다.

우리의 현실이 세계형사사법을 선도하는 위치에 있지 못한다고 하더라도, "선발주자의 어려움"을 최소화하고, "후발주자로서의 이점"을 최대화하는 지혜를 발휘해야 할 것입니다. 이 사건이야말로 바로 이러한 "최선의 차선책"을 강구할 적당한 곳이라고 생각합니다. "지체된 정의(justice delayed)는 이미 정의가 아니며(justice denied)", 정의는 이를 "말해야 할 때(right time)에 그리고 말해야 할 장소(right place)"에서 말함으로써 그 빛을 제대로 발한다고 할 것입니다.

7. "위법 수집증거에 대한 증거능력의 배제"라는 형사사법적 정의는, 바로 지금, 이 자리, 최고 법원인 이 법정에서 천명되어야 할 것입니다.

부디, 훌륭한 판결을 내림으로써 첫째, 법관들에게는, 인간의 존엄에 대한 인식과 함께, 이를 지켜주는 것은 법관의 당연한 의무임을 천명하고, 둘째, 수사기관에 대해서는, 적법절차의 중요성을 다시 한 번 일깨워주며, 셋째 일반 국민에 대해서는, 법원이 인권 보장의 최후의 보루임을 각인시킴으로써, 사법부의 위상을 드높여주시기를 바랍니다.

에세이 II:

법가 산책
(法街散策)

사법부와 검찰을 지배하는 8가지 법칙

    지난 40년 동안, 판사로서의 재판 경험, 외부기관의 파견근무 경험, 변호사로서의 송무 및 자문 경험, 그리고 외국 유학 및 시찰 경험 등을 통해서, 나는 "실질적으로" 사법부와 검찰을 지배하는 일련의 법칙이 있음을 발견하게 되었다. 어느 정도 장기간 동안 두 기관에 근무한 대부분의 구성원들은 이러한 법칙을 잘 알고 있을 것이다. 하지만 이러한 법칙들은 너무도 예민하여, 작은 규모에서 간혹 자기들끼리 내밀하게 이야기되기는 하지만, 결코 글자로 인쇄되어 발표되지는 않는다.

    다른 모든 법칙들이 그러하듯이, 이 법칙 역시 상황을 지나치게 단순화하거나 일반화한 측면이 없지 않다. 그럼에도 불구하고 이 법칙들이 두 기관을 실질적으로 움직이는 중요한 요인인 것은 틀림없다.

    먼저, 사법부를 지배하는 법칙이다.

    법칙 1 : 사법부의 구성원인 판사들의 머릿속을 지배하는 최대의 관념은, "자존심"이다. 그들은 "가장 어려운 과정을 거쳐 획득한 성직(聖職)인 만큼, 지적으로 그리고 직업적으로 모든 사람으로부터 존경 받아 마땅하다"고 생각한다.

    법칙 2 : 그러나 이러한 자존심은 이를 현실적으로 보장할 방법이 없어 상처받기 쉽다. 따라서 이를 피하기 위해서 자기에게 불리한 상황을 직시(直視)하기보다는 "긍정적으로 해석하고, 완곡어법(婉曲語法, euphemism)으로 표현하는"데에 능하다.

법칙 3 : 그런데 지적으로 우수한 집단이 흔히 그렇듯이, 지적인 연구활동에 비하여 실천력이 약하다. "무엇이 정의인가에 대한 연구와 검토는 많지만, 행동은 없거나 약하다."

법칙 4 : 같은 맥락에서 판사들은 조직생활에 전혀 익숙하지 않아, "내부적 결속력이 없고", 이는 외부로부터 사법부라는 조직을 지켜야 할 경우에도 마찬가지이다.

법칙 5 : 이러한 모습은, "사법 인접의 외부권력"인 대통령, 국회, 검찰 및 언론에 대한 관계에서도 나타난다. 자신의 위치를 지키기 위하여 "인접권력과 대립하고 투쟁하기보다는, 적절한 선에서 양보하고 타협하며," 최소한의 자존심이라도 확보하려고 애쓴다.

법칙 6 : 이러한 평화주의적, 비투쟁적 성향은 사법부 내 계급구조의 전체 단계에서 나타난다. 대부분의 법관은 순차적으로 다음 목표를 위하여 자중자애한다.

법칙 7 : 요컨대, 판사들은 "자신의 지위나 편안함을 희생하면서까지, 해야 할 때에 정의를 선언하고 실천할 용기나 기개"를 가지고 있지 않다.

법칙 8 : 그렇다고 해서 그들의 재판이 최소한 "의식적으로", 정의를 외면하거나 거부하지는 않는다. 다만 "내공의 부족이나, 사려 부족으로" 좋은 판결을 못하는 경우는 있을 것이다.

다음, 검찰을 지배하는 법칙이다.

법칙 1 : 검찰, 특히 수뇌부의 검찰이 추구하는 최고의 목표는, "명예는 판사만큼, 권력은 통치권자만큼" 누리는 것이다.

법칙 2 : 따라서 검사의 법적 자격요건이 판사와 동일함을 근거로, 어떤 면에서든지 "판사에게 뒤지려고 하지 않는다." 이는 법적 대우뿐만 아니라, 심지어 청사의 위치에서까지 철저히 적용된다.

법칙 3 : 같은 맥락에서 검찰권은 통치권자와 "서로 의존하는 공생관계를 유지함으로써 권력을 공유하기"를 원한다. 다만, 통치권자의 힘이 약화되면 가차 없이 그곳에도 수사권을 행사한다.

법칙 4 : 이런 차원에서, 검찰권의 강화는 한편으로는 수사권 독점, 영장청구권 독점, 기소 독점 등 "권한확대", 다른 한편으로는 대법원 및 각종 국가기관에 검사의 진출 등 "자리확대"의 모습으로 나타난다.

법칙 5 : 범죄인을 제압해야 하는 직무의 특성상, 검사는 누구와의 관계에서든지 주도권을 가지고, "자기 의사를 관철하려는" 경향이 강하다. 이는 사적인 관계에서도 나타나고, 심지어는 자기를 심판하는 지위에 있는 판사에 대해서까지 나타나기도 한다.

법칙 6 : 그러나 이런 강한 권력의지에도 불구하고 민주화 및 합리화가 대세인 만큼, "사법권 우위, 권위주의의 약화"는 검찰이 가장 두려워하는 시대조류이고, 시간이 그들에게 불리하다는 것을 잘 알고 있다.

법칙 7 : 이런 위기의식에서, 검찰 내부의 구성원뿐만 아니라, 전직이 검사인 변호사들까지도 결속력이 대단하여, 가끔은 "의뢰인의 보호보다 검찰의 이익"을 우선시 하는 경우가 있다.

법칙 8 : 결론적으로, 검찰은 진정한 의미에서 "정의의 실현을 위하여 공권력을 행사할" 의지는 없다. 다만 그것이 "자기의 이익에 부합하거나 최소한 반하지 않을 때"만 그렇게 행사한다.

이상과 같은 진단이 더 이상 타당하지 않는 날이 빨리 오기를 희망한다.　　　　　　　　　　　　　　—「조선일보」, 아침논단 2012년 7월 23일

진정한 사법개혁의 방향

요즈음 사법개혁에 관한 논의가 한창이다. 보도에 따르면 그 논의의 주제는 "로스쿨 제도 도입 여부", "배심원 제도 등 채택 여부", "대법원의 구성방법", "법조 일원화 실현방안" 등이라고 알려지고 있다.

그러나 나는 이와 같은 논의사항들이 모두 사법개혁의 핵심사항이 아니라 주변사항에 불과하다고 생각한다. 우리가 절실하게 필요로 하는 사법개혁의 핵심은 우리 국민이 왜 사법개혁을 갈망하는지, 우리 국민이 사법부로부터 무엇을 원하는지에 대해서 정확하게 진단하고 그 원인을 제거하는 데에 있어야 할 것이다.

단도직입적으로 결론부터 말하자면, 나의 견해로는 이러한 불만의 핵심은 과거 30여 년 동안 사법부가 보여온 "사법의 추종성(追從性)" 또는 "사법 동조주의(同調主義)"에서 비롯된 것이다. 즉 그동안 우리 사법부는 "강자"에게 "양보하고 순종"하는 모습으로 국민에게 각인되어왔다.

물론 그 강자는 시대에 따라서 주체가 달라졌으며 독재권력에서부터 강력한 여론에 이르기까지 범위가 다양할 수 있다. 이와 같이 강하지만 정의의 관점에서 옳지 못한 세력에 대한 사법부의 대응태도는, 심도 있는 논의는 아예 회피하고 결론만을 받아들여주거나, 아니면 사법부의 자존심을 살리는 범위에서 약간의 수정을 가하되 결정적인 타격을 주는 것은 회피했거나, 그도 아니면 시간이 흘러 그 세력이 사그라질 때까지 기다림으로써 첨예한 대립을 기피하는 것이었다.

좀더 직설적으로 이야기한다면, 강자의 행위가 정의에 어그러졌을 때, 그것이 "부정의(不正義)"라고 대놓고 이야기하거나, 또한 정의를 "말해야 할 그때" 정의를 말하는 적극성 내지는 용기를 발휘하지 못했던 것이다.

물론 간헐적으로 아주 드물게 용기 있는 판결이 없었던 것은 아니었지만, 그때마다 권력자는 "확실한 방법"으로 응징함으로써 그 불길이 사법부 전체로 확산되는 것을 차단하는 치밀성을 보였다. 응징의 방법으로 동원된 것은 명시적인 것으로부터 은밀한 것에 이르기까지 경우에 따라서 다양했으나, 그 궁극적인 목표는 남아 있는 사법부 구성원에 대한 "명백한 메시지의 전달"에 있음이 분명했다.

이러한 상황에서 사법부가 국민으로부터 신뢰와 사랑을 받을 수 있는 길은 단 한 가지였다. 즉 어려운 때일수록 사법부의 구성원들이 투철한 "정의감"과 이를 실현시키려는 "용기"를 가지고 있음을 국민들에게 판결을 통해서 현실로 보여주었어야 했다. 그렇게 함으로써 우리 사회가 민주화, 선진화해가는 데에 사법부가 기여해야 했으며 가끔은 판결로 국민을 감동시키기도 했어야 했다.

그러나 우리 사법부는 그동안 그러하지 못했던 것으로 보인다. 뜨거운 이슈에 대해서 그 열기가 살아 있을 때, 정면으로 답하는 모습을 보여주지 못했고, 시간이 흘러 시의성(時宜性)이 없어질 때까지 기다리거나, 내용이 빠진 형식적인 판단만으로 사건을 마무리하는 데에 급급해한 것으로 보였다. 최근 일련의 대법관 제청과정에서도 본질적으로는 이와 마찬가지의 비판이 있음을 우리는 알고 있다.

우리가 진정으로 사법개혁을 원한다면 개혁의 초점은 이 점에 맞춰져야 한다.

진정한 개혁은 "내부로부터의 개혁"에 의해서만 이루어질 수 있음을 자각해야 하고, 지적으로 우수한 집단의 최대 약점은 "용기와 결단력의 결여"에 있을 수 있음을 유의해야 한다.

다른 한편으로 진정한 사법개혁이 이루어지면, 사법부의 적극성으로 인해서 타 권력에 대한 견제의 강화 및 이로 인한 반발이 필연적이다. 이에 대한 사법부의 각오와 다짐, 유관기관의 설득이 필요하다. 고통 없는 개혁은 있을 수 없다.

―「문화일보」, 오피니언 2004년 8월 13일

개혁, 혁신의 방법 1
―"창조적" 모순 해결 : TIPS

세상을 살아가다 보면, 두 가지 상반되는 요구 사이에서 갈등하는 경우가 많다. "자장면을 먹을까, 짬뽕을 먹을까"부터, "건강을 위해서는 운동을, 실력 향상을 위해서는 공부를", "자동차 승차감을 위해서는 출력을 높여야 하고, 연료비 절감을 위해서는 연비를 늘려야 하며", "비행기 이착륙을 위해서는 바퀴가 필요하지만, 비행 시에는 공기 저항 때문에 바퀴를 없애야 하며", "권리구제를 위해서는 대법원 심사사건의 확대를, 대법원의 역량집중을 위해서는 심사사건의 제한"까지, 그 예는 도처에서 발견된다. 이러한 모순은 인간사의 숙명이라고까지 할 수 있을 것이나, 이를 어떻게 해결해나가느냐가 개혁과 혁신의 과제이다.

이 점에 관한 흥미로운 연구가 있다. 러시아의 한 학자(겐리흐 알트슐러[Genrich Altshuller])가, 러시아에서 출원된 20만여 건의 특허를 분석해보니 "창의적인 혁신"에는 몇 가지 공통적인 특징이 있음을 발견했다. 즉 두 가지 상반되는 요구 사이에서 "적절한 타협점"을 찾는 것이 아니라, 아예 "모순을 해결"하는 것이다. 그리고 이 모순 해결방법은 "모순을 시간적, 공간적으로 분리"하는 데에 있는 것이었다. 위의 예에서 보면 한 접시를 2부분으로 나누어, 한쪽에는 자장면을, 다른 쪽에는 짬뽕을 담는다거나(공간적 분리), 비행기가 착륙할 때에는 랜딩기어를 내려서 사용하지만, 비행 시에는 접어서 동체 속으로 넣도록 하며(시간적 분리), 비행기의 날개는 이착륙 시에는 넓어야 하지만, 고공에서는 공기 저항을 줄이기 위해서 좁아야 하므로, 보조 날개를 두어, 이착륙 시에만 주 날개 아래로부터 빠져나와 넓게 펼쳐지도록 하는 것이다(시간적, 공간적 분리).

이와 같은 사고의 패턴을 사회학자들은 TIPS(Theory of Inventive Problem Solving : 창조적 문제해결 이론), 러시아의 원어로는 TRIZ(Teoriya Resheniya Izobretatelskikh Zadatch)라고 명명하고 있다. 핵심은, 모순 사이에 "타협점"을 찾는 것이 아니라(두 음식을 "섞어" 먹거나, "작은" 바퀴 또는 날개를 부착하는 것이 아니라), "분리"해서 해결하는 것이다.

이와 같은 기법을, 우리 법조계의 현안 문제를 해결하는 데에 활용하여, 대법원의 구성과 운영방법에 관련하여 검토해보자. 현재 대법원의 처리방식은 4인으로 구성된 재판부에서 모든 사항을 처리하여, 일정 사건은 "심리불속행"으로 처리하고, 나머지 사건은 스스로 처리하든가 전원합의체로 보내는 것이다. 즉 앞에서 본 TIPS 이론에 비추어보면, "시간적, 인적(공간적에 해당됨) 분리"가 전혀 이루어지지 않고 있는 것이다.

따라서 이러한 "분리"를 위해서는 대법원에 대법관 수 인으로 구성된 "상고심사부"를 두어, 여기에서 상당수의 사건을 걸러내는 것이 필요하다. 이는 미국의 대법원에서도 시행되고 있다. 이 점에 관하여 대법원은 고등법원에 상고심사부를 두는 안을 제시했으나, 국회의 호응을 얻지 못했다. 이 제도는 종전에도 시도된 바가 있었으나, 그 "이후의 조치가 미흡"했기 때문에 실패한 것으로 인식되고 있다.

요컨대 대법원의 "업무부담 경감 및 역량집중"과 "권리구제의 실효성 확보"라는 모순을 해결하기 위한 첫 단계는, 문지기 역할을 하는 조직(상고심사부)을 따로 두고(공간적, 인적 분리), 여기에서 상고사건을 사전에 심사하여(시간적 분리) 상고부적격 사건을 덜어내는 데에 있다. 여기에서 과연 어느 정도의 사건을 덜어낼 것이냐가 문제인데 우리나라의 경우에는, 연간 100여 건만을 처리하는 미국 대법원과는 달리 "상당수의 사건"은 받아들여져야 할 것으로 생각된다. 왜냐하면, 미국의 경우에는 각 주의 대법원이 따로 있어서, 여기에서 권리구제 기능을 담당하고 있기 때문이다.

　여기까지의 점에서는, 최근에 제안된 국회 사법개혁 특위의 안이 타당성을 가진다. 문제는 이 관문을 통과한 사건들을 어떻게 처리할 것인가이다.

—「대한변협신문」, 제352호 2011년 5월 23일

개혁, 혁신의 방법 2
―역량축적의 원리 : 사이클로이드 곡선

두 점을 연결하는 최단거리는 직선이다. 따라서 A지점에서 B지점에 가장 빠르게 도달하기 위해서는 그 직선을 따라 움직여야 한다. 그러나 매[鳶]는 하늘을 맴돌다가 지상에 있는 사냥감을 보면 그를 향해서 직진하지 않고 우선 급전직하(急轉直下)로 하강하다가 어떤 지점에 이르게 되면, 수평에 가까운 곡선을 그리면서 먹잇감을 낚아챈다고 한다. 즉 수직에 가까운 하강운동을 하는 동안 중력가속도를 최대한 흡수하여 (속도의 제곱에 비례하는) 운동 에너지를 얻은 후, 이를 이용한 시속 320킬로미터의 고속으로 먹이에 접근하는 것이 매의 지혜라고 한다. 이와 같이 높은 곳에서 낮은 곳으로 내려올 때 최단거리가 아니라 "최소의 시간"으로 내려올 수 있는 경로를 사이클로이드(cycloid) 곡선이라고 하는데, 고전역학에서는 "최소 시간의 문제"라고 한다.

위에서 본 자연과학의 원리(신의 섭리)로부터 배울 수 있는 점은, 어떤 목표를 실현할 수 있는 능력은 "역량의 집중"에서부터 나오는 것이지, "평균적인 노력"으로부터만 나오는 것은 아니라는 점이다. 예를 들면 어떤 공부(외국어 등)를 하는 경우에도, 매일 일정시간을 꾸준히 하는 것만으로는 부족하고, 어느 단계에 이르렀을 때에는 단기간이더라도 집중적으로 몰입하는 과정이 필요하다는 것과 같다. 이

원리를 다시 우리의 현안인 대법원의 운용에 대입시켜보자.

먼저 대법원의 역량을 "양적"으로 집중시킬 필요가 있다. 이는 대법원에 제출되는 상고 이유서의 양을 일정 범위로(예를 들면 미국 대법원과 같이 A4용지 25매 이내로) 제한하는 것을 의미한다. 비법률가 및 일정 범위의 법률가들이 크게 반발할지 모르겠으나, 법적 소양이 있고 법률 이론과 실무에 정통한 법률가라면, 아무리 복잡한 사안이라도, 사실적 및 법률적 핵심쟁점을 25매 이내에 압축할 수 있다는 데에 동의할 것이다. 그렇게 함으로써만이 대법관으로 하여금 불필요한 부담에서 해방시키고, 논점에 집중할 수 있게 해줄 것이다. 미국의 경우에 워렌 버거 대법원장 시절인 1980년에 "브리프는 간략해야 하며, 적절한 제목에 따라 논리적으로 체계화되어 있어야 한다"고 규칙으로 명문화했다.

다음으로 대법원의 역량을 "질적"으로도 집중시켜야 한다. 이는 대법원의 성공적 운영에 핵심적인 부분으로서, 제한된 수의 대법관 및 이를 보좌하는 연구관들을 어떻게 효율적으로 활용할 것인가의 문제이다. 여기에서 유념할 점은 우리나라에서는 대법원의 역할이 "정책법원"으로서의 기능뿐만 아니라, "권리구제"의 기능도 어느 정도는 함께 할 수밖에 없다는 것이다. 미국의 각 주 대법원의 기능도 함께 해야 하기 때문이다. 이러한 전제에서 보면, 대법관 10여 명 및 연구관 수십 명을 보유한 우리의 대법원으로서는, 대법관 1명에 연구관 수 명(4, 5명)으로 구성된 재판부를 다수 설치하고, 대법관이 재판장, 그 전문분야에 따른 연구관 2명이 대법관 아닌 판사로서 대부분의 상고 사건을 처리하게 하는 것이 가장 능률적이라고 생각한다. 그리고 심리 도중, 판례 변경이나 중요한 이슈가 담긴 사건이 있으면 이것은 대법관만으로 구성된 전원합의체에서 이를 판결하도록 하는 방법이다. 물론 대법원 소속의 연구관 수십 명은 그 전문화된 분야에 따라 수시로 어느 재판부에든지 배속될 수 있다. 이는 결국 독일형 대법원의 구조에 유사하다. 대법원의 판결에 대법관이 아닌 법관의 이름이 들어가는 데에 대한 반대의견이 있을 수 있으나, 능률적 업무처리를 위하여 감내해야 할 것이다.

대법원의 현재의 업무처리 방식은 형식을 위하여 실질을 희생시키는 것으로서, 이를 보다 능률적으로 개선할 필요가 있다.

다행스러운 것은 위에서 본 여러 개혁조치들은, 관련 법률의 개정 없이도 대법원 규칙이나 운용방법의 개선만으로 지금이라도 바로 시행할 수 있다는 것이다. 마침 새 대법원장을 맞아들여야 할 현 시점에서, 새 대법원장의 급선무가 여기에 있다고 생각한다.

—「대한변협신문」, 제354호 2011년 6월 6일

개혁, 혁신의 방법 3
─내면으로부터의 개혁

지금까지 2회에 걸쳐 "제도적 측면"에서의 개혁을 살펴보았다. 그러나 역시 개혁의 진정한 완성은 "마음으로부터의 개혁"에 달려 있다고 할 것이다. 법조인으로서, 특히 최종적 심판자인 법관으로서 갖추어야 할 내면의 덕목은 다음의 세 가지로 요약될 수 있다.

먼저, 변화를 망설이지 않는 "행동력"이다. 법조인을 포함한 지식인의 최대 약점으로 문약(文弱)이 지적되고 있다. 즉 지식에만 열중하여 행동에 나아가지 못하고 나약해지는 것이다. 법조인 특히 법관의 신분으로서 행동에 나아가는 길은 궁극적으로 "판결에 의하여" 그 뜻을 펼치는 길이다. 큰 줄기에서 보아 옳은 일이라고 판단되면, 좌고우면하지 않고 과감한 판결이 요구된다. 이러한 관점에서 보아, 가장 적절하지 못한 발언은, "수십 년의 법관생활을 대과 없이 마치고 퇴임하게 됨을……운운"하는 퇴임사이다. 세계에서 가장 역동적인 나라인 우리나라에서 어찌 수십 년 동안 대과 없는 판결만을 할 수 있었겠는가? 요컨대, "행동하지 않으면 진보가 없다."

다음으로, 법조인은 현재, 우리 사회의 "시대정신"을 읽는 혜안이 있어야 한다. 법조에 관한 한, 우리 시대의 화두는 단연 "인권의 옹호"

와 창의성을 바탕으로 한 "변화의 주도"이다. 인권의 개념은 시대의 변화와 함께 과거의 자유권적 기본에서부터 사회권적 기본권으로 중점이 옮겨가고 있다. 사회적, 경제적 약자에 대한 배려가 그 핵심을 이루게 되었다. 이 점에 관련하여 서울변호사회의 영문 모토(Advocating Human Rights, Advancing Justice)는 핵심을 지적했고, "정의의 붓으로 인권을 쓴다"라고 멋있게 번역되었다.

다른 하나의 화두는, 우리 국민의 충만하는 에너지와 창의력을 바람직한 방향으로 결집시킬 수 있는, 역량결집의 지도력이다. 법조인은 우리 사회 최고의 엘리트 집단이다. 그 무한한 역량을 발휘할 물꼬만 잘 트여준다면 국가발전에 엄청난 기여를 할 수 있을 것이다. 이 점에서 법조삼륜(法曹三輪)의 수장들 각각의 창의적이고 열린 지도력이 기대된다. 대한변호사협회의 영문 모토(Lead the change, Widen your horizon : 변화를 주도하고, 지평을 넓혀라) 역시 적확한 지적이다. 로스쿨 제도의 도입 및 법조 일원화의 시행과 함께 우리 사회에 커다란 변화의 조짐이 감지되고 있다. 시대를 읽는 안목으로 변화를 주도해나가야 할 것이다. 여기에서 우리가 유념해야 할 경구는 "똑똑한 사람들만 모아놓은 조직은 집단적으로 우둔해진다"이다.

마지막으로 갖추어야 할 덕목은 역시 "용기"이다. 법조인으로서의 용기는 "정의를 말하는 것"이고, 더욱이 정의를 "말해야 할 때에(at the right time)" 말하는 것이다. 이 점에서 우리 법조인은, 특히 최후의 심판자인 사법부의 구성원들은 국민에게 많은 빚을 지고 있다고 생각한다. 과거 어려운 시절을 거치면서, 국민의 인권을 보호하기 위하여 얼마나 자기희생을 감수했는지 되돌아볼 필요가 있다. 최근에 대법원에서 인권침해 사례들에 관한 재심 및 무죄의 판결이 내려지고 있으나, 그때 그 시절에 대한 반성으로 충분한 것인지 의문이다. 현명한 해결 방법은 자명하다. 과거를 탓하고 남을 비판할 것이 아니라, 반대로 그 시절에 위험을 무릅쓰고 자기희생을 감내한 훌륭한 분들을 찾아내어 그 훌륭함을 현창하는 일이다. 이는 재야 변호사 단체 또는 대학에서 일하는 분들이 하기에 적합한 일이라고 생각한다. 물론 그 분들이 보상을 바라고 하지도 않았겠지만, 그러나 우리 후배들은 "보상받지 못한 (법치주의에 대한) 충성심"을 최소한 "기억해주고 칭송"해주기는 해야 한다.

다시 이 시점에서 유념할 경구가 있다. "용기와 만용은 때로는 그 경계가 애매하다"는 것이다. 균형감각이 절실한 이유이다.

우리 법조인은 나름 열심히 노력하여 어려운 자격을 획득했고, 그 이후에도 성실히 살아가려고 애쓰고 있다고 다들 자부하고 있다. 그럼에도 불구하고, 왜 국민들로부터 기대만큼의 사랑과 신뢰를 받지 못하고 있는가? 자기합리화 차원이 아닌, 사법소비자인 국민들의 눈높이와 시각에서 철저히 반성해보아야 한다. 그 원인이 혹시, 지식과 이론에만 치우친 것에 있지는 않은지? 앞의 글들을 읽고 혹시라도, "좋은 글 잘 읽고 많이 배웠다"라고 느끼고, 아무런 행동이나 다짐 없이 그대로 일상으로 돌아간다면, 그것이 바로 우리가 해서는 안 될 일이다.

—「대한변협신문」, 제356호 2011년 6월 20일

법은 이론이 아니라 경험이다

　법률가의 영원한 화두는 "법이 무엇인가"이다. 이에 대한 대답의 하나로 미국의 올리버 웬델 홈스(Oliver Wendell Holmes) 판사가 말한 "법은 이론이 아니라 경험이다"라는 문장이 흔히 인용된다.

　언뜻 생각하기에 (특히 패기만만한 젊은 법률가에게는) 법은 철저히 논리적이고 추상적이어서 감정이 개입할 여지가 전혀 없어야 하고 그리하여 "법은 언어에 의한 계산이다"라고까지 이야기되고 있다.

　그리고 법이 논리가 아니라고 한다면 법률가들은 정의에 이바지하는 존재가 아니라, 마치 시류에 편승하고, 권력에 아부하는 것 같은 인상을 주는 것으로 여겨지기도 한다.

　따라서 법은 추상같은 삼단논법에 따라서 논리정연하게 결론을 도출해야 하고 주위 상황으로부터 독립하여 어느 경우에나 일관된 추상성을 가져야 한다는 것이다. 매력적인 사고방식임에 틀림없다.

　그러나 25세부터 40세까지 15년간 변호사 생활을 하고, 그후 20년간 주법원의 대법관을, 그리고 다시 그후 30년간 연방대법원의 대법관을 지낸 홈스 판사는 "법은 경험이다"라고 했다. 즉 그는 법은 유연하고, 변화하는 사회적 환경에 반응하며, 경험적인 분석작업에 순종한다고 결론지었다. 즉 "법은 발견되는 것이 아니라, 만들어지는 것"이라고 단언했다.

어떤 견해에 동조할 것인지에 대한 판단은 잠시 유보하고, 홈스 판사의 말을 좀더 되새겨볼 필요가 있다. 즉 위에 나오는 문장의 원문은 "법은 이론이 아니라 경험이다(The law is not theory. It is experience)"라고 단순하게 표현되어 있지 않다. 원문은 "The life of law has not been theory, it has been experience"라고 되어 있다.

위의 문장에서는 적어도 다음의 두 가지를 유념해서 파악해야 할 것이다.

하나는 주어 부분이 "The law"가 아니라 "The life of law"라고 되어 있는 것이다. 이는 "법의 생명은"이라고 읽혀야 하며, 다른 말로는 "법에서 가장 중요한 것은"이라고 풀이될 수 있을 것이다. 즉 법에서 논리도 역시 법의 일부분으로 반드시 고려되어야 하지만, 더 나아가 법에서 가장 중요한 것(법에 생명을 불어넣어주는 것)은 역시 경험이라는 의미를 담고 있는 것이다.

다른 하나는 동사 부분이 현재형 "is"가 아니라, 현재완료형 "has been"으로 되어 있는 점이다. 따라서 이 부분은 정확히 번역하자면, "법은 논리가 아니라 '경험이다'"라고 할 것이 아니라, "법은 논리가 아니라 '경험이어왔다'"라고 해야 한다.

부연하자면 "역사적 경험적으로 보아, 과거부터 현재까지" 법은 경험이어왔던 것이라는 의미를 담고 있는 것이다.

여러분들은 두 가지 견해 중 어느 쪽에 동조하는가? 물론 양자의 중간점에 위치하는 견해도 있다. 즉 "법의 생명은 삶과 논리가 만나는 곳에 자리잡는다"라고 하기도 한다.

한편 홈스 판사는 이미 1897년에 "명문의 법(black letter law : 실정법)에 대한 합리적인 연구를 하는 사람은 '현재의 법률가'이지만, '미래의 법률가'는 통계학과 경제학에 능통한 사람이다"라고 했다.

이 문장을 보고 왠지 "현재의 법률가" 대신에 "사무처리 법률가"로, "미래의 법률가" 대신에 "분쟁해소 법률가"로 바꾸어 읽고 싶은 충동을 느낀다.

그렇다면, "과연 우리나라에서의 법은 무엇이었고, 현재에는 무엇인가."

—「대한변협신문」, 제321호 2010년 9월 27일

한국판, "정의란 무엇인가?"

요즈음 독서계에서 하버드 대학교 마이클 샌델 교수가 쓴 『정의란 무엇인가』가 큰 화제이다. 짧게 요약하자면, 그는 정의를 이해하는 방법으로 종래 세 가지 방식이 있었다고 정리한다.

즉 하나는 "공리주의"이고, 둘째는 "자유지상주의"이며, 셋째는 "자유주의적 평등주의"로서 가상적으로 서로 평등했더라면 어떠한 선택을 했을까를 따져보아야 한다는 것이다.

나아가 그는 전자는 정의를 원칙이 아닌 계산의 문제로 만든 잘못이 있고, 후자 두 가지 역시 인간행위가 가지는 여러 가치들의 질적 차이를 무시한 약점이 있다고 지적한다.

그리하여 그는 정의를 "미덕을 키우고 공동선을 찾아 고민하는 것"이어야 한다고 마무리하고 있다.

정의를 찾아나서는 이러한 여정은 "고난도의 지적 유희"로서 우리에게도 커다란 흥미와 관심을 불러일으켰다.

그러나 여기에서 우리가 생각할 점은, 이러한 "정의 추구 순례"가 우리 사회에서 그대로 적용될 수 있는 토양을 가지고 있는가이다.

유감스럽게도 우리나라에서는 아직까지(아니면, 적어도 최근까지)는 문자 그대로 "지적 유희"였으며, "법률가의 사치"에 머물러 있었다고 생각된다.

과거 수십 년간 군사정부하의 권위주의 시절에, 초기에는 "경제성장"이 지상목표였고, 그 다음에는 "국가안보"에 가탁한 정권 유지가 급선무였다. 이 과정에서 불행하게도 우리 국민들은, 나아가 대부분의 법관들을 포함한 법률가들까지도, 정의에 눈뜰 여유가 없었으며, 그리하여 "진정한 고민"에 빠져들 필요도 없었던 것이다.

그러나 이제는 세월이 바뀌었다. 법관들뿐만 아니라 일반 국민들까지도 "무엇이 옳은가"라는 주제로 생각하고 논의할 수 있는 여유를 가지게 되었다. 그러나 이는 쌓인 내공 없이 간단히 얻을 수 있는 것이 아니다.

특히 과거 수십 년간 이러한 훈련을 해볼 교육이나 토론문화가 없었던 우리들에게는 더욱 그러하다. 이와 같은 약점은 국민들뿐만 아니라, 우리의 법관들에게까지도 공통적이었다고 생각한다. 바로 그러했기 때문에 우리 국민들이 갈증에 목말라 이 책에 의외의 관심을 보이게 되었고, 우리의 법관들이 정치적, 사회적으로 예민한 사안에 대하여 가끔씩은 균형감각을 상실한 엉뚱한(?) 결론을 내리고 있다고 단언한다면 지나친 말일까?

세상 모든 일이 대가 없이 쉽게 얻어지는 것은 없다.

—「대한변협신문」, 제323호 2010년 10월 11일

법률학은 "저급학문"인가?
─법률가는 "기능공"인가?

　법학을 흔히 "빵을 위한 학문"이라고 한다. 그리고 법률가를 비하하여 "율사(律士)"라고도 한다. 이들 모두 법률가의 자존심을 상하게 하는 말로서, 법학에는 생각도 깊이도 없으며, 법률가는 기계적으로 조문해석이나 하는 비창조적인 직업인이라는 의미일 것이다. 과연 법학은 저급학문이고, 법률가는 기능공인가?

　추론과정상 필요하여, 잘 알고 있는 이야기부터 시작해보자.

　정치, 경제, 사회 등 인간생활에서, 첫째, 각자의 이해 조정을 위한 최소한의 방편으로 "법률"이 생겼다. 둘째, 그런데 법률은 왜 그와 같이 만들었는가의 "입법이유"(입법취지)가 있을 것이고, 셋째, 나아가서 그 입법이유는, 그 시대, 그 사회에서의 "정치, 경제, 사회적 배경"에 기초를 두고 있을 것이며, 넷째, 이러한 배경이 불만족스럽거나, 타파되어야 할 것이라면, 그 사회가 "어떤 이상"을 가지고, "어떤 방향"으로 나아갈 것인지 고뇌했을 것이다. 다섯째, 그러한 고뇌의 밑바닥에는 그 사회의 "역사, 철학, 문학 등 인문학"이 자리잡고 있고, 여섯째, 궁극적으로는 "세계관 및 신관(神觀)"이 맨 밑바닥을 차지하고 있을 터이다.

　이와 같은, 여러 스펙트럼 중에서 법률가가 어느 단계까지 고려할 것인가는 스스로에게 달려 있다. ① "문언(文言) 해석"에 치중하여,

그 법률이 의도하는 1차적이고 외형적인, 경제적, 사회적 효과만을 염두에 둘 것인지 ② 한걸음 더 나아가, 그 법률의 "입법취지"를 고려하여, 융통성을 부여함으로써 약간의 생명력을 불어넣어줄 것인지 ③ 뿐만 아니라, 그 시대의 역사적 소명과 지향하는 이상까지를 고려하여, "역사, 철학, 문학이 담긴" 법률 해석을 할 것인지이다.

법률가들이, 문언 해석에만 치중한다면, "형식적 논리"에 그치기 때문에 인문학적 깊은 고뇌를 할 여지가 없고, 따라서 가치논쟁의 핵으로부터 벗어날 수 있는 편리함이 있다. 그러나 이러한 태도는 문제의 본질에 대한 근원적 해답을 제시하기에는 턱없이 부족하고, 따라서 당사자나 일반 국민을 감동시킬 수가 없다. 이러한 법률가는 단순 기능공이고, 법학은 빵을 위한 학문으로 전락할 것이다.

이에 반하여, 법률 해석에 입법취지가 가미되고, 시대적, 역사적 소명이 덧붙여지며, 그 근저에 철학적 고뇌가 녹아 있게 되면, 그 법 해석은 생동감을 가지고 감동적일 수 있게 된다. 이와 관련하여 미국에서 오랜 기간 공부한 비법학 전공자인 어느 교수에게서 들은 이야기가 머리에 남는다. 미국에서 언론에 보도되는 법원 판결을 읽고 받은 감동을 기억하여, 어느 해 여름 휴가 동안, 우리 대법원의 판결집을 구하여 읽어보기로 작정하고 이를 실천했다. 결과는 실망 그 자체였다는 것이다. 대법원 판결을 읽고 감동을 받기는커녕, 사람이 살아가는 데에 필요한 어떠한 교훈도 담겨져 있지 않았고, 읽는 데에 짜증만 불러일으켰다는 것이다.

우리 법률가들은 왜 이 지경이 되었을까?

첫째, 교육과정 및 임용과정의 잘못이다. 객관성만을 내세워 법률지식 평가에 치중했고, 인간 및 삶의 본질에 대한 이해를 깊게 할 기회를 가지지 못했다.

둘째, 법률가 특히 법관의 정의실현에 대한 열정의 부족이다. 공연히 판결문에 쓸데없는(?) 내용을 담아 논쟁에 휘말려 구설수에 오르느니, 차라리 법률의 "문언(文言) 뒤에 숨어" 큰 탈 없이 지내는 것이 안전하다는 생각이다. 그러나 이래서는 변화를 주도할 수 없고, 단언컨대 법조인의 장래가 없다.

셋째, 과거 수십 년간 우리의 정치상황은 불행하게도, 법률가가 역사의식, 인권의식, 법치의식에 터를 잡아, 자기의 철학, 가치관, 인생관을 펼 수 있는 상황이 아니었다. 그래서 법률가들도 그저 고개 숙이고, 세월이 변화되기를 바라는 것이 상책이라고 생각해왔다.

분명, 법학은 삶의 본질을 다루는 의미에서의 고급학문은 아니다. 그러나 법률가가 마음먹기에 따라서는 그곳에 근접할 수 있다. 초년병을 지나 경험과 연륜이 쌓여갈수록, 생각의 깊이와 내용이 바뀌어야 하지 않을까?

법률가의 말이, "머리를 넘어 가슴(heart)에 닿지(touching)" 않는 한, "마음을 움직일(moving)" 수가 없다.

—「대한변협신문」, 제362호 2011년 8월 1일

법조인의 성향, "유형"과 "결정요인"

　미국의 대법원에 정치적, 사회적으로 관심을 끄는 주요 사건이 접수되면, 언론에서 대법관 9명의 성향을 분석하여 판결 결과가 어떻게 나올지에 대한 예상을 하는 등 큰 화제가 된다.

　우리나라의 경우에는 미국과 달리 성문법 국가이므로, 법관 개인의 성향에 따라서 결론에 미치는 영향이 제한적이지만, 그래도 일정범위에서는 그 역할이 적다고 할 수 없다.

　법조인의 성향(性向)은 여러 가지 기준으로 나눌 수 있겠지만, 가장 대표적인 것이, 법률의 "문언(文言)" 그대로 해석할 것인지 아니면, "입법취지"까지도 함께 고려할 것인지이다. 유언장의 작성에 자서(自署)하고 "날인"하도록 규정되어 있는데 "날인 대신 서명"을 하면 안 되는가, 또는 한밤중 교통이 한적한 외딴 도로의 횡단보도에 빨간불이 들어와 있으면 파란불로 바뀔 때까지 기다려야 되는가이다.

　한편, 법률 분야는 독창성을 보이면 오히려 실점을 당하고, 누군가 다른 사람이 먼저 이런저런 생각을 했다는 사실을 거론해야만 득점을 하는 직업이기 때문에, 법률이 개정되기 전까지는 현상 유지가 최선이라는 "보수적" 입장이 있다. 반면 법률의 개정 전이더라도 사회 발전을 위해서는, 가능한 범위 내에서 "진보적" 해석이 필요하다는 입장도 있다.

나아가서 이와는 다른 시각에서 "더 높은 정의"라는 명분 아래, 가끔은 "법률을 지키기" 위해서, "불법적인 방법"이 동원될 수도 있다고 주장하면서, 공익을 최우선으로 하는 국가지상주의 입장도 있다. 반면 정부가 범법자가 된다면 그것은 "법에 대한 경멸"을 낳을 것이고, 결국 모든 국민은 "자신이 곧 법"이라고 여기게 되어 혼란을 초래할 것이므로 "엄격한 법치주의"를 주장하는 입장도 있다.

　　또다른 측면에서, 사법부의 역할과 관련하여, 사법부는 발생된 분쟁의 해결에만 국한해야 한다는 "소극주의"와 이를 넘어 가능한 범위에서 사회개혁 및 인권신장에 기여해야 한다는 "적극주의"도 있다.

　　그리고 변호사에게만 한정되는 문제이지만, 변호사라는 직업은 "고용된 총잡이"와 같은 것이므로, 의뢰인을 위해서는 불법이 아닌 한, 윤리와 도덕에 어긋나더라도 모든 수단과 방법을 강구해야 한다는 견해가 있다. 반면 변호사 역시 "사회정의 실현의 한 축"이므로, 의뢰인보다는 "대의(大義)"를 따라야 하고, 따라서 특정한 의뢰인보다는 훌륭한 평판을 유지하기 위해서 애써야 한다는 견해도 있다.

　　이와 같은 여러 견해들 중에서 어느 것이 옳은지 단정적으로 결론지을 수는 없겠지만, 개개의 법조인이 이 중 어느 한편으로라도 치우치는 성향이 있다면, 이러한 성향은 과연 어디에서 비롯되는 것인지 숙고해볼 가치가 있다. 왜냐하면, 혹시라도 개인의 특수한 사정 때문에 평형감각을 잃게 된다면, 공정한 판단을 내리는 데에 걸림돌이 되고, 결국 다른 사람이 피해를 보게 될 것이기 때문이다. 생각건대, 가장 중요한 영향인자는, 아무래도 "개인적 성장배경"일 듯하다. 성장기에 특별한 경제적 어려움을 겪었다거나, 가정적으로 특별한 사정이 있었다면 이는 성향 형성에 결정적일 수 있다. 다른 한편, 법조인으로서 활동하는 시점에 그가 몸담고 있는 국가와 사회의 "정치적, 경제적 상황" 역시 커다란 영향을 미칠 수 있다. 우리의 현대사를 보더라도, 북한과 대치하던 상황, 경제성장을 강조하던 상황, 민주화를 위해서 투쟁하던 상황, 사회복지를 지향하는 상황 등 시대는 계속 변화하고 있기 때문이다. 다만, 우리 법조인들은 그 시대의 특수성, 즉 "당대성(當代性)을 얼마나 고려해야" 할 것인지로 고민해야 할 숙명을 안고 있다. 덧붙여, 흥미로운 현상은 법조인의 자격을 취득한 후, 법조삼륜 중에서 어느 길을 택했느냐에 따라서 중장기적으로는 그 성향이 결정되는 면도 있다는 점이다. 법관의 경우에는 상대적으로 그 영향이 적다고 하겠으나, 검찰의 길을 간 경우에 국가지상주의적인 경향이 강하고, 변호사의 경우에는 개인주의적인 경향이 강하다고 할 수 있다.

그렇다면, 우리 법조인 각자는 돌이켜보건대, 어떤 성향이 강하다고 스스로 느끼고 있는가, 그리고 그 원인은 어디에 있다고 생각하는가. 나아가, 그러한 성향은 "오늘"을 살아가는 "대한민국"의 법조인으로 과연 바람직한 것이라고 자신할 수 있는가. 혹시라도, 지나치게 소극적, 보수적이지는 않는지, 아니면 지나치게 국가지상주의에 치우쳐 소속기관의 권한 확대, 권력 강화 때문에 인권이나 법치를 소홀히 하고 있지는 않은지, 혹은 너무나 자본주의 논리에 휩싸여 정의보다는 사익을 앞세우고 있지는 않는지, 사법부, 검찰, 변호사업에 몸담고 있는 우리 모두 조용히 반성해볼 필요가 있다고 생각한다.

―「대한변협신문」, 제382호 2012년 1월 9일

청문회의 난타 피할 "공직 윤리 지침서"가 있다면

　요즘 고위 공직 후보자에 대한 청문회를 보면, 실망감과 당혹감을 느끼게 된다. 대개 자녀교육을 이유로 위장전입을 했고, 경제적인 이익을 누리기 위해 법에서 금지한 일을 했거나 법을 회피한 과거가 드러나는 경우가 많기 때문이다. 지금으로서는 이런 문제들이 청문의 대상이 되는 고위 공직자들에게만 발생하지만, 앞으로 10년 후에는 어떨까 생각해보면 마음이 착잡해지곤 한다.

　앞으로 10년 뒤면 변호사들 중에서 법관을 임명하게 되는 법조 일원화가 정착되게 된다. 미래의 법관들에게 우리는 어떤 판단의 잣대를 들이대게 될까? 우선 변호사로 활동하다 보면 경제활동에 적극적으로 참여하게 될 가능성이 크다. 하지만 어느 정도까지 용인할 것인지는 명확하지 않다. 투기에 몰입하는 것은 부적절하지만, 금융기관에 예금만을 하도록 하는 것도 지나치다. 그렇다면 과연 법관들에게는 어떤 것들을 요구할 수 있을까?

　미국에는 이런 물음에 답할 지침서 한 권이 있다. 미국변호사협회 등이 펴낸『법관의 책(*Judge's Book*)』이다. 이 책은 판사의 역할을 사실적으로 제시하고 있다는 점에서 일독을 권할 만하다.

　"판사가 박제화되어가는 첫 증상은 사소한 일을 귀찮아하고, 자신의 시간이 낭비되고 있다는 사실을 참지 못하는 것이다. 판사가 하는 일이라는 것이 사실은 99퍼센트가 하찮은 일이기 때문이다. 그러나 그런 하찮은 일이야말로 소송 당사자들의 삶을 심각하게 뒤흔들어놓을 수 있다."

정곡을 찌르는 지적이다. 이 책은 법관윤리, 법관의 업무, 법정에서의 청취기술, 사건 관련 메모 기술, 법정질서 유지방법 등 실무문제부터 스트레스 해소방안에 이르기까지 판사의 생활 전반을 다루고 있다. 모든 재산관리를 전문관리인에게 맡기고 임기 중에는 직접 관여하지 않기로 약속하는 고위 공직자 재산 관리방법도 제시되어 있다. 아쉬운 점이 있다면, 이 책이 아직까지 우리말로 번역되지 않았다는 것이다. 국내 현실에 맞는 가이드라인이 없다는 것도 안타깝다. 대한변호사협회가 10년 후 미래를 담당할 법조인들을 위해서 현실에 맞는 기준을 만든다면, 법조계가 국민의 신뢰를 얻는 데에 이바지할 수 있지 않을까?

—「중앙일보」, 2011년 10월 10일

법조인의 "바람직하지 못한" 모습들

　법조계의 발전을 위한 방안으로, 그 바람직한 모습을 제시하고 이에 따르도록 독려하는 것이 점잖은 모습임에 틀림없다. 그러나 가끔은 그 반대의 측면에서 접근하여, 경각심을 불러일으키고, 반면교사로 삼는 것도 의미 있다고 생각되어, 용기를 내어 몇 가지를 모아보았다. 법조삼륜의 각각으로 나누어본다.

　먼저, 사회정의 구현의 최후의 보루인 법관에 대한 부정적인 모습은 너무나 실망스럽다. 특히 판사가 스스로 "법률 집행체계의 일부"라고 여기며, 검찰과 경찰의 보좌역이라고 생각하여 정도에서 벗어나 검사를 보호하려고 애쓴다는 것이다. 그리하여 판사마저도, 강력한 처벌을 원하는 사회 분위기에 사로잡혀, 법의 원칙대로 중립적인 입장에서 사건을 다룰 용기를 가지지 못하는 경우이다. 오히려, "정부의 목적이 선의에 기인한 것일 때"가, 국민의 자유가 침해당하지 않도록 가장 유의할 때라는 것을 놓치는 사례이다. 나아가 재판 진행상의 속임수로서, 판사로서 "판단하기 어려운 사실들을 쉬운 사실로 대체"함으로써, 위험한 판례를 남기지 않고 사건을 처리하는 경우가 있다. 또한 1심판사의 사실인정은 특별한 경우 이외에는 항소심에서 번복되지 않는다는 점을 악용하여, 사실인정 과정을 의도적으로 재단하여 항소심의 손발을 효율적으로 묶어버리는 방법도 있다. 그러나 무엇보다도 우리를 실망시키는 것은 "판사의 검은 법복 아래에서 목격되는, 무능력, 편견, 게으름, 야비함, 평범하고 흔한 어리석음"일 것이다.

검사의 경우에는, 수사권이라는 막강한 권력을 가지고 있고, 또한 이 세상 모든 사람이 털어서 먼지 안 날 정도로 깨끗한 경우가 거의 없다고 할 것이기 때문에, 바람직하지 못한 모습을 보일 위험성이 훨씬 높다. 우선, 검사들은 "더 높은 정의"라는 미명하에 법적, 윤리적 규범에서 어긋나는 자신들의 행위를 "선의의 위반"이라고 정당화하며, 특히 "나쁜" 피고인을 처벌하려고 할 때에 극에 달한다. 검사의 이러한 형벌만능주의적 사고는, 그들만이 우리 사회에 정의를 구현할 수 있다는 "과대한 자부심"으로 이어져서, 일상생활에서 검사 특유의 "뽐냄, 뻐김(swagger)"으로 나타나고, 심지어는 "자신을 심판하는 법관"에 대해서도 이러한 태도를 보이기도 한다.

또한 검사는 수사과정에서, 사소하지만 대단히 중요한 수많은 방식으로 변호사나 피의자의 인생을 편하게 또는 고통스럽게 만들 수 있고, 그 운명에 상당한 영향력을 미칠 수 있음을 최대한 이용하여 수사에 활용한다. 예를 들면 증거가 부족한 일부 범죄사실을 인정하게 하든가, 타인의 범죄사실을 제보하게 하든가, 혐의사실을 언론에 누출하여 도덕성에 흠을 입히게 하든가 등 여러 방법이 있다. 나아가, 한번 검찰에 몸담은 경우에는, 후에 판사가 되더라도, 전직에 대한 애착 때문에 검찰의 비행을 지적하는 변호사들에게 늘 반감을 가진다. 더욱 놀라운 것은, 전직 검사 출신의 변호사들은 겉으로 변호사처럼 보일지도 모르나, 내심을 들여다보면 여전히 검사일 뿐이라는 점이다. 그들은 검찰에 다시 몸담게 될 때까지의 공백기간을 메우거나 생계비를 벌고 있을 뿐, 궁극의 희망은 언젠가 검찰조직의 고위직으로 돌아가는 것이다. 그들은 절대 공개적으로 검사들을 비판하지 않는다. 현직 검사들과의 끈끈한 우정이야말로 그들에게 최상의 자산이기 때문이다. 이러한 "변호사의 옷을 입은 검사"의 속셈에는 특정 의뢰인을 희생시켜서라도, 현직 검사들의 비호 아래 남으려는 그들의 욕망이 내포되어 있을지 모른다. 그들은 "특별한 형태의 변호활동"을 펼친다. 그들은 검찰 측의 정보원과 검찰에 협조적인 증인, 그리고 협상을 원하는 피고인들을 대변한다.

끝으로 권력도 없고, 이기적인 의뢰인에게 시달리는 변호사에 대해서는, 워낙 악평과 조롱이 횡행하여 여기에서 더 언급할 필요도 없다. 다만, 판사와 검사에게 손을 쓸 수 있다고 주장하거나 암시하는 부정한 변호사의 모습이 있다. 나아가 차원을 달리하는 이야기이지만, 급한 도움이 필요한 특정 의뢰인의 상황보다는 자신의 "평판이나 명성"을 우위에 두어 "고용된 총잡이"로서의 역할을 거부하는 고결한 변호사는 나쁜 변호사인가 아니면 반대인가?

여기까지 읽고, 그 비판이 너무 지나치다는 느낌을 주지 않았는지 걱정이 된다. 그러나 천만다행인 것은 이 내용들이 모두 사법선진국으로 알려진 미국에서의 현실고발이라는 점이다. 즉 하버드 대학교의 교수로서 형사사건 변호사인, "앨런 M. 더쇼비츠" 교수가 직접 경험한 바를 적은 책(『최고의 변론[The Best Defense]』)에 실린 내용이다.

문장 표현에서 약간 과격하다고 생각되는 부분도 원저를 그대로 옮겨적은 것이다. 끝으로 생각해보지 않을 수 없는 것은 우리나라의 법조현실은 이와 비교하여 어떠한가이다.

—「대한변협신문」, 제384호 2012년 1월 23일

몰카 테이프 압수와 판사

방송국에 제보된 몰래 카메라의 테이프에 대한 압수, 수색영장 집행에 관하여 논란이 일고 있다.

언론에 보도된 것들을 종합하면 사태의 진행은 다음과 같다.

수사를 담당한 청주 지검은, 법원으로부터 영장을 발부받아 SBS 서울 본사에 비디오테이프 등 일체의 자료를 넘겨줄 것을 요구했다. 그러나 SBS 측은 "언론사로서 취재원 보호의무도 소홀히 할 수 없는 만큼 법률적 검토에 시간이 필요하다"며 검찰의 요구를 거부했다. 이에 대해서 검찰 측도 일단 영장 집행을 유보했다. 그후 SBS 측이 원본 테이프 제출을 거부함에 따라 검찰이 압수, 수색영장 집행에 나섰으나 사원들의 사내 진입 저지로 무산되었다.

물론 이 사안의 해결점이, 충돌하는 두 가지 법익(취재원 보호와 범죄 수사)의 비교형량과 조화에 있고, 이는 어느 한쪽이 우선한다고 쉽게 단정할 수 있는 것이 아니다. 여러 가지 사정을 종합적으로 고려하여 구체적 사안에 따라서 결정되어야 함은 두말할 나위가 없다.

그러나 나는 이 사태를 지켜보면서 사실에 대한 법률논쟁보다도 훨씬 더 중대한 문제점을 발견하게 된다. 즉 우리 사회의 법치주의(rule of law)에 대한 인식 부족이 얼마나 심각한지가 적나라하게 드러나 있다는 것이다.

가장 큰 잘못은 법원 스스로가 저지르고 있었다. 즉 법률적으로 중요한 문제점을 안고 있고 또한 사회적 관심이 집중되어 있는 이와 같은 사건을 신중한 절차 없이, 마치 법원이 검찰 수사의 보조자인 것처럼 타성에 젖어 가볍게 영장을 발부해버린 것이다.

어느 사회에서나 법익 충돌로 인한 분쟁은 일어나기 마련인데, 여기에서 적절한 조화점을 찾아 최종판단을 내리는 것이 판사의 임무이다. 그리하여 인식 있는 판사라면 당연히 영장의 심사과정에서 검찰 측의 의견과 방송국 측의 의견을 상세히 듣고, 필요하다면 판사 스스로 그 테이프를 직접 틀어보기도 하며, 또한 비록 시간이 걸리더라도 양측으로부터의 법리논쟁도 충분히 이루어지도록 했어야 했다.

이와 같은 가치의 "비교형량과 이에 대한 결단"은 전적으로 "판사의 몫"이며, 일단 판사의 결정이 내려졌으면 이는 그대로 집행되어야 하는 것이 법치주의의 기본 중의 기본인 것이다.

그럼에도 불구하고 판사가 이미 발부한 영장을 놓고, 방송사 측에서는 "자문 변호사와 상의"해보겠다고 하거나, 검찰 또한 이에 응하여 "영장 집행을 유보"해주었다는 현실은 우리나라 법원, 검찰, 언론의 법치의식의 후진성을 여실히 드러내고 있는 것이다.

이와 같이 한심스러운 일들은 우리 사회에서 계속해서 일어나고 있었다.

권력의 입맛에 맞지 않는 판결을 한 판사들이 자존심에 상처를 입은 채로 법원을 떠나지 않을 수 없었고, 구속영장을 기각 당한 검사가 판사실로 판사를 찾아가 행패성 항의를 하고, 판사가 한 결정이 "국책 사업"을 망친다는 이유로 장관직을 그만두겠다고 하며, 신병의 구속을 "검사"가 했다고 자연스럽게 이야기되고 있는 것이 우리나라 법치주의의 현주소이다.

그러면 이러한 비참한 현실의 원인은 어디에 있는 것인가. 궁극적으로는 누구를 탓할 것도 없이, 법치주의 실현의 마지막 책임자인 판사들 스스로의 잘못에 있다고 본다. 판사는 법치주의 실현에 대하여 "깨어 있는 마음"을 가졌어야 했고(이 사건의 경우에는 이 점이 느껴지지 않았다), 그 실현의 의지 및 권력자에 대해서도 확실히 정의를 말할 수 있는 용기를 가졌어야 했다.

약간 이야기를 비약시키지만, 요즈음 대법관의 인선을 앞두고 보수와 진보, 남성과 여성, 구성의 다양화 등 여러 가지 논의가 있다. 그러나 이러한 논의가 발생되게 된 근본적인 원인은, 과거 우리의 사법부가 법치주의 실현의 의지 및 용기 부족과 이러한 바람직하지 못한 상태의 장기화로 인해서 법관 스스로가 왜소화, 관료화된 데에 있다고 나는 생각한다.

그 해결책의 하나로서, 나는 "사법부 스스로에 의한" 과거 사법 50년간 역사의 재조명 내지는 재평가 작업을 제안한다. 그렇게 함으로써 과거에 대한 반성과 검증을 통해서 훌륭한 선배의 기백을 기리고, 나아가 정의 실현의 용기를 북돋울 수 있을 것이다. 사법부의 분발이 요망된다.

— 「문화일보」, 오피니언 2003년 8월 11일

"헌재 무시한 발언"의 무지

　이번 총선에서 승리한 정당의 법조인 출신 어느 의원이 한 발언이 논란을 일으키고 있다. 그 의원은 어느 방송 프로그램에 출연하여, "헌법재판소는 국민이 직접 뽑은 것도 아니어서 민주적 정당성이 매우 취약하다. 이런 헌법재판소가 국민이 직접 뽑은 대통령에 대해서 정치적 생명을 좌우하는 것은 헌법적 문제점이 있다"고 주장했다는 것이다.

　그는 나아가 "우리 사회의 잘못된 도그마가 사법권 독립이라는 것이다"라고까지 덧붙여 이야기했다고 한다. 우리는 먼저, 이러한 주장이 헌법적, 법률적으로 지극히 잘못된 것임을 지적하지 않을 수 없다. 대통령을 국민이 직접 뽑은 것은 틀림없는 일이지만, 대통령을 탄핵하기로 결의한 국회의원 역시 국민이 직접 뽑은 것도 틀림없는 사실이다.

　뿐만 아니라, 대통령의 탄핵소추에 대해서는 헌법재판소가 일정한 절차를 거쳐 결정하도록 한 것 또한 국민이 직접 뽑은 국회의원들이 제정한 헌법의 규정에 의한 것이다. 이들은 어느 것이나 헌법적 우열이 있는 것도 아니다. 따라서 자기의 입맛이나 이해관계에 따라 어느 한쪽만을 강조하고 나머지를 무시하는 태도는 헌법에 대한 무지를 드러내는 것밖에는 안 된다. 시야를 잠깐 돌려 외국의 경우를 보자.

사법권의 독립이 잘 이루어져 있고 사법권이 그 기능을 잘 발휘하고 있다고 인정받고 있는 미국의 대법원에 대해서도 위와 똑같은 비판이 제기되고 있다. 즉, 국민이 직접 뽑은 의회가 제정한 법률을 국민의 의사와는 무관하게 구성된 연방대법원이 위헌법률심사라는 이름으로 무효라고 선언하는 것은 헌법적 정당성이 없다는 이론이다.

그러나 미국에서 이 이론은 그야말로 하나의 이론에 지나지 않고, 대다수의 국민이나 법률가에게 전혀 받아들여지지 않고 있다. 그 논거는 "민주주의가 신봉하는 다수결의 원리라는 것은 국민 전체의 다양한 의견을 수렴하는 하나의 차선적인 방법에 불과할 뿐이고 이에 의해서 선택된 결론이 반드시 합리적이고 정의에 부합된다고는 할 수 없다"라는 것이다.

이처럼 다수결에 의한 결론이 정의 관념에 반하거나 헌법원리에 부합하지 않는 경우에는 "9인의 현자"로 구성된 연방대법원에서 그 잘못을 시정하여 올바른 길로 가도록 유도하는 것이 보다 현명하다는 깊은 헌법적 성찰에서 비롯되는 것이다. 이러한 점에서 보더라도 앞에서 본 한 의원의 발언은 "깊은 헌법적 안목"을 결여한 것이고, 우리의 장래를 걱정하는 많은 분들이 지적하고 있는 바와 같이 현재를 살아가는 우리들의 "참을 수 없는 생각의 가벼움"을 단적으로 드러내는 것 같아 깊은 우려를 자아내고 있다.

여기에서 우리는 왜 이와 같은 헌법재판소, 나아가서는 사법부에 대한 경시 내지는 무시의 풍조가 생겼는지를 생각해볼 필요가 있다. 이러한 지극히 우려스러운 현상은 근래에만도 여러 곳에서 드러나고 있다.

새만금 사건에 대한 법원의 공사금지 가처분 결정이 내려지자, 관련 행정부의 장관이 재판부를 폄하하는 발언을 하고 항의의 표시로 사표를 내는가 하면, 검찰이 신청한 구속영장을 판사가 기각하자 검사가 판사실로 찾아가 행패성 항의를 하는 등의 선진국에서는 상상하기 어려운 일들이 우리나라에서는 아직도 일어나고 있다.

우리의 사법부에 대한 신뢰도 내지는 존경도가 어떠한지를 단적으로 드러내는 사건들이다. 내가 진단하기로는 이러한 사태의 궁극적인 원인은 굵직한 국가적, 사회적 이슈에 대한 진지한 토론과 이에 기초한 고뇌에 찬 판결을 회피해온 사법부에 있다고 생각한다.

사법부는, 간혹 그와 같은 시도가 전혀 없었던 것은 아니었지만, 대체적으로 보아 과거의 불행한 역사적 경험 때문에 왜소화되어왔고 헌법과 국민의 기본권을 지키는 데에 너무나 소극적인 태도로 일관해왔다. 진정으로 자유민주주의 헌법을 수호하기 위해서 자기 자신을 던지고 희생함으로써 국민적인 신뢰를 얻기 위한 노력을 게을리 해왔던 것이다.

이러한 경우에 사법부가 항상 의지했던 논리는 사법부는 구체적인 권리관계의 다툼만을 해결하는 기관일 뿐, 정책적인 판단이나 우리 장래에 대한 결단은 국회나 정치가들의 몫이라는 너무도 안이하고 패배의식에 가득 찬 논리였다. 이래서는 사법부가 국민을 감동시키고 국민의 신뢰를 얻을 수가 없다. 우리의 사법부는 판결을 통해서 국민이 감동받는 경험을 하도록 해야 한다.

—「문화일보」, 오피니언 2004년 4월 20일

의원 배지 단 법조인, "법률기능공"을 넘어서야

　이제 5월 30일이면 19대 국회가 개원한다. 지난 총선에서 선출된 300명의 선량(選良)이 앞으로 4년간 의정활동을 벌이게 되어 기대가 자못 크다. 이번 19대 국회에서 법조인은 42명으로 17대의 53명, 18대의 58명에 비해서 대폭 감소되었다. 이러한 변화는 이미 18대 임기 중반부터 예견되었던 바이다. 국회 내에서 그리고 국민으로부터 법조인의 역할이 부정적으로 평가되면서 국회에 법조인이 너무 많다는 비판을 받아왔다. 19대 국회에 진출한 법조인들은 이 점을 바로보고 크게 깨달아, 국민과 국가가 법조인 출신 국회의원들에게 무엇을 바라고 있는지를 잘 헤아려야 할 것이다.

　여기에서 먼저 우리가 주목해야 할 시대변화의 흐름을 읽어낼 필요가 있다. 즉 1945년 광복 이후 1961년 군사혁명까지 약 15년은 정치이념이 서로 대립하여 투쟁하는 시기였고, 그 결과 정치가 우리 사회를 지배했다. 이 시기는 반공(反共)과 반일(反日)이 핵심주제였다. 1961년 이후 1987년 민주화 선언까지 약 25년 동안은 관심의 초점이 경제성장에 의한 민생안정과 사회안정으로 변화되어갔다. 따라서 경제발전을 최우선으로 하는 정책이 개발, 집행되었고, 사회안정을 위한 독재와 권위주의가 나타났다. 이에서 따라 균형분배라든가 인권보장 등의 주제는 돌아볼 여유가 없었다.

이러한 희생의 결과, 사회가 어느 정도 안정되고 경제성장의 혜택을 누리게 되자 1987년 이후 현재까지 약 25년 동안은 두 가지 면에서 커다란 변화가 나타났다. 하나는 경제적 약자를 위한 배려의 요구가 거세진 것이고, 다른 하나는 법률의 기능에 대한 변화의 요구이다. 법률은 과거와 같이 법률의 힘으로 국민을 억누르고 통치하는 것이 아니라("법에 의한 지배"), 이제는 진정으로 추구해야 할 사회적 정의를 실현하기 위한 수단이 될 것을 요구받게 되었다("법의 지배"). 국민의 생각이 여기에 미치게 되자 무엇이 진정한 경제적 정의이며, 어떻게 사는 것이 정의롭고 보람 있는 삶인지에 대하여 고민하기 시작했다. 우리나라와 국민이 현재 위치해 있는 좌표를 위와 같이 파악한다면 이번 국회에 진출한 법조인들이 어떻게 생각하고 무엇을 해야 할 것인지 분명해진다. 그중에서 법조인 출신 국회의원들이, 특히 주의해야 할 몇 가지를 정리해본다.

첫째, 법률지식을 기능적으로 활용하여 파는 기능공에 그쳐서는 안된다. 법률에 혼(魂)을 불어넣고 생명력을 부여하는 가치창조의 역할이 없이는 법률을 해석해서 적용하는 "율사(律士)"에 머무르고 말 것이다. 이제까지 국회에서 법조인에 대한 평가가 부정적이었던 가장 큰 원인이 여기에 있다.

둘째, 법률가의 특징 중 하나로 지적되기도 하는, 현실에 안주하는 체제순응적이고 무사안일적인 태도를 버려야 한다. 정치는 생물(生物)이라고 하고, 국민의 생각과 바람은 하루하루 달라져갈 가능성이 크다. 정치인이 한순간 가지는 안이하고 오만한 생각이 국민에게 실망을 안겨주고, 회복할 수 없는 불신을 야기할 수 있다. 직업적으로 정치활동과 무관했던 법조인에게 가장 부족한 점은 정치적 상상력,

미래지향적 창의력, 정책개발 능력 등일 것이다. 정치에 뜻을 품고 국회에 입성한 이상 책을 읽고, 다양한 사람들을 만나고, 깊은 사색을 통하여 이런 능력을 키워가는 데에 게으름이 없어야 한다.

셋째, 의정활동 중 법조 관련 이슈가 발생했을 때 결코 법조인의 이익만 대변하는 근시안적인 생각을 가져서는 안 된다. 그보다는 무엇이 진정으로 국민에게 도움이 되고 국가의 민주화에 기여할 것인지를 기준으로 판단해야 한다. 소탐대실(小貪大失)의 어리석음을 범하지 말 것이다. 법조인이 갈 길을 밝혀주는 영원한 등대는 "법치(法治)"와 "인권(人權)"이다. 물론 이는 시대변화에 부응하여 "정의가 실질적으로 실현되는 법치"와 "인간다운 생활이 보장되는 경제적, 사회적 인권"이 되어야 한다.

법조인 출신 정치인들은 출세와 권력을 위하여 국회에 진출하지도 않았을 것이고, 당리당략과 극한투쟁을 위하여 법률을 공부하지도 않았을 것이다. 어려운 선거운동 과정에서 국민에게 약속한 바를 항상 머리에 두고, 시대의 흐름을 꿰뚫어보는 혜안을 가지며, 여기에 덧붙여 전략적 마인드까지 갖춘다면, 편협하고 현상유지적인 법조인 출신 정치인에서 포용력 있고 미래지향적인 법조인 출신 정치인으로 도약할 수 있을 것이다.

―「조선일보」, 아침논단 2012년 5월 21일

청년 법률가에게 고(告)함

　여기에서의 "법률가"라고 함은 집권법률가(판사 및 검사)와 재야법률가(변호사 및 법학자)를 모두 포함한다. 그리고 여기에서의 "청년" 법률가라고 함은 6/29 민주화 선언이 있은 1987년 이후에 법률을 공부하기 시작한 분들을 말한다. 그러니까 1987년경에 대학에 입학한 1969년생 전후로서, 2010년 현재 대략 40세 초반 이하인 법률가들을 말한다. 왜냐하면, 이들은 과거 권위주의 정권 시절 및 이를 극복하기 위한 비정상적인 (진정한 의미에서의 "정의"나 "법치"에 대한 관념이 없었던) 시절을 경험하지 않은, 때 묻지 않은 세대이기 때문이다.

　이러한 분들에게 한 가지 예를 들어 함께 생각해보고자 한다. 잘 아는 바와 같이 우리의 헌법(제12조 제4항)은 변호인의 접견권을 보장하고 있고, 수사기관이 이를 방해한 때에는 법원에 준항고를 제기하여 이를 취소할 수 있으며(형소법 제417조), 이 접견권은 절대적 권리로서 어떠한 경우에도 제한할 수 없다. 그런데 정치적으로 민감한 (집권세력에 타격을 줄 수 있는) 사안에서 막강한 최고 수사기관이 수감 중인 피의자에 대한 변호인의 접견을 허용하지 않자, 변호인이 법원에 준항고를 했다. 갈 수 있는 길은 두 가지 중 하나이다. 하나는 헌법과 법률에 따라서, 즉각적으로, 접견불허가를 취소하는 길이다. 다른 하나는 비공식적인 방법으로 수사기관에 접견을 제한할 방법은 없다는 것을 알려주고, 스스로 접견을 허용하게 한 후, 이를 이유로 준항고를 각하하거나 준항고를 취하하게 하는 길이다.

전자의 방법은 판사로서 "무엇이 정의인가"를 명확히 말했으나, 집권세력에 대한 배려가 없어 앞으로 어떠한 불이익이 없을까 우려되는 점이 있다.

후자의 방법은, 사태를 원만히 수습한 모습은 갖추었으나, "정의를 말해야 할 때에 말하지 않은" 가책을 느낄 것이고, 그럼으로써 장래에 다시 유사한 사태가 발생할 소지를 남겨놓았으며, 이러한 일이 반복되면, 국민으로부터 사법부에 대한 신뢰를 잃어가는 단초를 제공하게 될 우려가 있다.

진정한 사법권 독립과 법치주의가 정착되지 못한 "사법후진국"에서는, 항상 집권세력 및 이를 대변하는 수사기관의 입장도, 정의가 무엇인가를 판단할 때에 함께 고려되어야 할 것인가로 고민하고 있다. 여러분 청년 법률가들은 어떤 길을 가야 할까? 위에서 든 예는 십수년 전에 2회 연속 발생한 실제 상황이었다. 당시의 결론은?

―「대한변협신문」, 제328호 2010년 11월 22일

존경받는 법조인이 되는 길

외국 속담에 "좋은 법률가는 나쁜 이웃"이라는 것이 있다. 또 멀리할수록 좋은 직업인으로 단연 법률가가 먼저 꼽힌다. 이러한 오명(汚名)은 법률가들이 매사를 너무 논리로 따지려고만 들고, 생산적이고 발전적인 대안을 제시하는 데에는 소홀하기 때문이다. 그렇다면 어떻게 해야 법률가들이 존경받고 사랑받을 수 있을까? 시대의 흐름을 염두에 두면서 우리나라의 특수성을 고려한다면, 다음 세 가지로 요약할 수 있을 것이다.

첫째는 인간성 회복 또는 인문학적 가치 도입이다. 흔히 "법률은 개념에 의한 계산"이라고 하여 법률 규정은 최대한 추상화, 객관화되어야 하는 것으로 인식되고 있다. 그러나 그런 법률을 실제 사건에 적용, 해석하는 것까지 비인간적으로 해서는 안 된다. 이는 법률에서 피와 생명을 빼앗고 법률을 박제화하는 것이다. 법률이 결국은 사람이 사는 일을 다루는 것일진대, 어떻게 속을 들여다보지 않고 겉만 보고 판단할 수 있겠는가? 법률가의 마음속에는, 그리고 그 결과로서 판결 속에는 인간다운 삶을 사는 데에 필요한 모든 요소가 들어 있어야 한다. 여기에는 사랑, 희망, 비전, 절제, 합리성이 포함되지만, 절망, 고독, 죽음, 비합리성도 포함된다. 정의 실현에 관심이 있는 우리 지식인들이 미국 대법원의 판결을 읽고는 감동받으면서 우리 대법원의 판결에 대해서는 그러지 못하는 이유가 여기에 있다. 오늘날 시대의 흐름은 하드웨어에서 소프트웨어로 넘어가고 있다. 선명한 화질, 더 큰 화면, 획일화된 상품만으로는 소비자를 감동시킬 수 없다. 마찬가지로 획일화된 재판 진행과 핵심을 비켜가는 무미건조한 판결문만으로는 법률 소비자인 재판 당사자들을 설득할 수 없다. 도표화된 양형(量刑) 기준표의 무조건적인 적용으로 불만이 쌓이면, 자칫 폭발로 이어질 수 있다. 법률가에게 인문학적인 자질과 소양이 요구되는 이유이다. 판결문에서 법률이론뿐만 아니라 구체적인 인간의 삶에 대해서, 또 우리 사회가 나아갈 방향과 이상에 대해서 깊이 있는 설시(說示)가 있어야 한다. 이제 시민들은 맹목적이고 강압적으로 복종만 하기에는 너무 성숙했다. 부드럽고 유연한 것이 힘세고 딱딱한 것을 이길 것이며, 여성적인 것이 사람들을 구원할 것이다.

둘째는 창의성 개발이다. 보통 창의성은 과학자나 예술가에게 요구되는 것으로 인식되고 있다. 그러나 깨어 있고 열린 마음을 가진 법률가도 창의력이 번득일 수 있다. 우리 사회에 적용되고 있는 여러 법적 제도가 그 산물이다. 최근에 발명된 것으로는 "반론보도 청구권"이라든가 일정 거리 이내의 "접근금지 가처분" 등이 그런 예이다. 이러한 창의력이 발휘되기 위해서는 고정관념 탈피가 가장 중요하다. 좋은 아이디어를 내는 데에는 자본이나 원료, 공장이 필요 없는데도 선진 외국에서 어떤 제도가 시행되고 나서야 이를 모방하는 것은 궁극적으로 우리가 진취적이지 못하고 자신감이 없기 때문이다. 사상이나 제도를 창출한 중심에서는 융통성이 충만하지만, 이를 모방한 변방에서는 변화를 두려워한다. 따라서 우리 실정에 맞는 제도를 개발하고 응용할 수 있는 창조정신이 법률가에게도 요구된다.

셋째는 사고방식의 세계화이다. 세계화의 의미는 세계적으로 공통되게 적용할 수 있는 합리적이고 이성적인 생각이 지배하게 된다는 것이다. 우리나라에서만 통하는 생각으로는 충분치 않다. 미국 등 선진국과 달리 왜 우리나라는 법원 옆에 검찰청이 나란히 자리잡고 있는가? 이는 자칫 한국에서는 정의보다 권력이 지배한다는 인상을 줄 우려가 있다. 또 우리나라의 대법원 판사는 1인당 연간 2,770건, 공휴일을 제외하면 하루 10건을 판결한다. 과연 이렇게 처리해도 사건마다 깊은 고뇌와 심사숙고를 담고 있다고 말할 수 있을까? 참고로 미국 대법원 판사는 연간 120건 정도 판결한다.

그리고 수십 년 전 권위주의 정부 시절에 국가보안법 등으로 유죄 판결을 받았던 사람들에 대하여 최근 재심을 통해서 무죄가 선고되는 경우가 많다. 그러면 재발 방지 차원에서라도 당시 왜, 누구의 잘못으로 무고한 사람에게 유죄판결이 내려졌는지 철저히 조사해야 하지 않을까? 하지만 이에 대한 관심은 전혀 보이지 않는다. 이런 점들에 대하여 합리적인 의문을 가지지 않는다면, 아직 생각이 세계화, 합리화되어 있지 않다는 증표일 것이다. 법조인이 진정으로 품격을 인정받고 다른 사람을 감동시킬 수 있으려면, 정의감, 용기, 인간과 역사에 대한 이해 같은 높은 정신적 가치를 갖추지 않으면 안 된다.

— 「조선일보」, 아침논단 2012년 6월 13일

변화와 역사 창조의 사법부를 기대한다

양승태 대법원장이 지난 27일 취임식을 가졌다. 양 대법원장은 먼저 우리 사법부에 대한 국민의 인식이 결코 우호적이지 않다는 점을 알아야 한다. 그 원인은 상당 부분 과거 어두웠던 정치현실에서 비롯된 것이기는 하지만, 그것이 정당한 면책사유는 될 수 없다. 사법부의 구성원인 법관들이 우리 사회의 최고 엘리트인 것은 틀림없지만 "똑똑한 사람들만 모아놓은 조직은 집단적으로 우둔해진다"는 경구(警句)를 가볍게 보아서는 안 된다. 법관들 마음속에, 주어진 사건들에 대해서 "적당한 심리"와 "대과(大過) 없는 판결"에 안주해버리고, 시대적 문제점을 회피하는 모습이 있어서는 국민의 신뢰를 얻을 수 없다.

특히 대법원은 더욱 절실하다. 대법원까지 구체적 권리구제에 매몰되어서는 사법부의 미래가 없다. 이 점이 대법원 재판운영에 관한 대법원장의 참신한 지도력이 요구되는 부분이다. 따라서 새 대법원장이 청문회에서 밝힌 바와 같이 법원 행정의 일상적인 부분, 즉 "관리"나 "개선"에 관한 부분은 과감히 고등법원장이나 지방법원장에게 넘겨주고, 대법원장은 시대와 함께 열려 있는 진지한 내적 고민을 해야 한다.

우리나라의 눈부신 발전에 비추어본다면 사법부의 신뢰도는 혁명적인 변화가 요구된다. 혁명의 시대에는 부지런한 군대가 아니라 자율적이고 동기가 부여된 게릴라가 필요하다. 법관 인사를 포함한 사법정책은 이런 기조에서 이루어져야 한다. 인류 역사에서 진리와 정의를 수호하려는 목소리는 고귀했으나 항상 소수였다. 그리고 그런 목소리는 흔히 보상받지 못한 충성심으로 남아 불만요인으로 작용했다. 사려 깊은 지도자라면 백성의 소리를 귀가 아니라 가슴으로 들어, 무사안일과 복지부동으로는 성공할 수 없음을 보여주어야 한다.

오는 11월에 있을 새 대법관 2명의 제청, 내년부터 배출될 로스쿨 졸업생 활용방안, 앞으로 10년에 걸쳐 단계적으로 도입될 법조 일원화 방안 등 새 대법원장의 철학과 비전이 펼쳐질 사안이 줄을 지어 기다리고 있다. 특히 대법원 운영방안에 관해서는 과감성과 결단력을 기대한다. 개혁의 핵심은 "국민 입장"에서 출발해야 한다. 그렇다면 대법관 증원까지는 아니더라도 증원효과를 얻을 수 있는 방안, 즉 대법원 이원제, 대법원에서 변호사 강제주의, 상고 이유서 면수의 합리적 제한 등 타협적 대안도 긍정적으로 고려할 필요가 있다. 대법원의 정책법원화 필요성을 모를 리 없는 재야 법조단체에도 이해와 협조를 구해야 할 것이다.

그리고 한걸음 더 나아가, 새로운 사법부 "역사 창조"의 토대 마련까지 부탁하고 싶다. 이는 궁극적으로 대통령, 국회, 검찰, 언론 등 인접영역과의 관계를 재정립하는 것이다. 과거 사법부는 강자에게 약하고, 약자에게 강한 모습을 보임으로써 오늘의 신뢰 수준으로 전락했다. 이제는 장기적 안목에서 미국 대법원 정도의 신뢰 획득을 위한 초석을 만들어가야 한다. "질투는 노력을 해야 받지만, 연민은 거저 얻는다"고 했다. 그동안 우리 사법부는 "연민"에 의존해왔다. 이제는

"질투"를 받는 한이 있더라도, 적극적인 조치를 취할 때가 되었다. 생각 있는 법조인이라면 이런 조치로 우선 과거사 정리와 극복, 독자적 법률안 제안권, 검찰과 확실한 차별화 등 세 가지 정도를 떠올릴 수 있다. 양승태 대법원장에게 부디 영광의 6년이 되기를 기원한다.

—「조선일보」, 시론 2011년 9월 29일

우리는 어떤 대법원을 원하는가? 1

사법개혁, 그중에서도 특히 "대법원의 개혁"에 관한 문제는 적어도 당분간은 법조계의 중요한 화두일 것이다. 그런데 이에 대한 견해가 크게 나뉘고 있는데, 이는 결국 논자에 따라서 "바람직한 대법원의 모습"을 각각 다르게 그리고 있기 때문이다. 이 문제는 궁극적으로 "우리는 어떤 대법원을 원하는가"의 문제로 돌아가게 된다.

그렇다면, 대법원은 어떤 모습을 가질 수 있는가.

첫째는, "권리구제형"으로서, 1심, 2심의 연장선상에서 구체적 사건의 타당한 해결에 중점을 두는 것이다. 둘째는, "법령해석 통일형"으로서, 최고법원의 지위에서 통일된 법질서의 확립에 기여하는 것이다. 셋째는 "정책법원형"으로서 "법치원칙"의 확립 및 "인권 보장"의 최후의 보루로서 주요 이슈에 대한 최종적 정책방향을 제시하는 것이다. 이런 기능들 중 어느 것에 중점을 둘 것인지는, 각국의 대법원의 위상과 직결되어 있다.

흥미로운 점은 각각 그 종사하는 분야에 따라서, 그들이 원하는 대법원의 모습이 판이하게 다르다는 점이다. 이는 자기의 권한을 최대한 신장하려고 하는 "기관이기주의"의 발로이기도 하고, 또한 각 기관 간의 실질적 우위를 다투려는 "권력의지"의 발로이기도 하며, 보다 현실적으로는 집권세력의 권력창출과 유지에 얼마나 기여했는가에 따른

어떤 기능 우리		A 권리구제형 (2심의 연장)	B 법령해석 통일 (법률심 기능)	C 정책법원 기능 (주요 이슈 방향제시)	비고
I. 대법원 (스스로)	이념적	△	○	△	
	현실적	○	○	X	
II. 사법부 구성원 (판사)		△	○	△	
III. 변호사(회)		○	△	△	
IV. 검찰		○	△	X	
V. 일반 국민		○	△	△	
VI. 언론		○	△	X	
VII. 대통령 (국가수반)		○	△	X	
VIII. 미국 국민 (미국 경우)		X	○	○	
IX. 이상형		△	○	○	

※ △ : 미온적, ○ : 적극적, X : 소극적

현실적 평가이기도 하다.

이러한 사정들을 종합하여, 가로 축으로서 대법원의 기능 3가지와, 세로 축으로서 대법원의 위상에 대하여 이해관계를 가지는 7가지의 주체(① 대법원 ② 사법부 구성원[판사] ③ 변호사[회] ④ 검찰 ⑤ 일반 국민 ⑥ 언론 ⑦ 대통령[국가수반])와 이에 덧붙여 ⑧ 미국의 예를 보태어, 그 조합으로 각각의 상호관계 속에서 바라는(또는 바란다고 보이는) 모습을 나누어 정리해보면 "별표"와 같이 된다.

위의 도표에 따라, 몇 가지 경우를 예로 들어 설명해보자. 즉 첫째, 일반 국민은 웬만큼 법치의식이 높지 않고서는, 법령해석 통일이나 정책법원 기능은 안중에 없고, 오로지 자기 자신의 권익(즉 구체적 권리)이 대법원에서도 진지하게 검토되고 보호되기를 원할 것이다. 둘째, 변호사(회)의 경우에도 정도의 차이는 있겠으나 이와 유사하리라고 생각된다.

반면, 셋째, 언론이나 검찰 또는 대통령의 경우에는 사법부(대법원)가 나서서 국가의 주요 정치적 이슈에 대하여 최종적 판단을 내리는 것을 내심으로 달갑게 생각하지 않을 것이며, 아마도 이를 자기 고유 영역의 침범 따위로 여길 가능성이 높다. 이러한 기관들은, 대법원도 역시, 개인 간의 "구체적 법적 분쟁"에 대한 최종적인 판단자로서 남아주기를 바랄 것이다.

그러면, 넷째, 대법원 자체의 생각은 어떠할까? 추론컨대, 이념적으로는 권리구제 기능을 넘어, 법령해석 통일기능까지는 당연한 임무로 생각하겠으나 아마도 과거의 어두운 역사적 경험 및 사법 자제를 내세워, 정책법원 기능까지를 행사하려고 할지는 의문이 든다.

다섯째, 미국에서는 국민적 결단으로 대법원의 기능을 정책법원으로 과감히 한정했다.

그렇다면, 우리의 경우에는 어떤 모습이 "이상형"인가. 다른 견해가 있을 수 있다는 것을 숙지하면서도, 경제발전 및 인권의식 향상을 염두에 두고, 기록에 의한 사실판단의 한계를 고려한다면 우리도 이제는 정책법원에 중점을 두고, 아주 예외적인 경우에만 권리구제 기능을 하도록 하는 것이 바람직하다고 생각한다.

그러면 이를 실현하기 위하여, 우리는 "무엇을", "어떻게" 해야 할 것인가? 이어서 생각해보기로 하자.

—「대한변협신문」, 제374호 2011년 11월 14일

우리는 어떤 대법원을 원하는가? 2
—"무엇을", "어떻게" 해야 할 것인가?

지난번 글에서, 비록 정교한 논리전개를 거치지는 않았으나, 결론적으로 우리 대법원의 바람직한 모습이 궁극적으로는 "정책법원형"임을 확인했다. 따라서 이를 실현시키기 위해서 우리는 무엇을, 어떻게 해야 할 것인가의 방법론을 고려해야 할 필요가 있다. 여기에는 두 가지가 있다.

먼저, "해서는 안 될 일"이다. 이는 궁극적으로는 "사실심판사적"인 생각이나 조치들이다. 가장 전형적인 것으로는, "사실인정을 위한 증거판단에서 채증법칙을 크게 벗어난 것"은 법률문제이므로, 대법원이 이를 다룰 수 있다는 이론을 전개하여 결과적으로 대법원이 사실인정에 관여하는 조치이다. 유감스럽게도 대법원 판결의 적지 않은 수에서 이러한 논리전개를 볼 수 있는 것이 현실이다.

여기에서 명심할 점은, 법관은 민사사건의 당사자나, 형사사건의 피고인보다, 그리고 변호인 또는 검사보다 사건의 진상에서 멀리 떨어져 있어서, 사건의 진실발견의 측면에서 가장 부적당한 사람이라는 점이다. 따라서 법관이 "사실적 진상"에 관하여 상세히 언급하면 할수록 재판의 신뢰가 상실될 가능성이 높아진다.

더욱이 기록으로만 사건을 보는 대법원의 경우에는 약점이 극대화된다. 사실에 관하여 언급하는 한, 대법원의 법관은 "무결점(flawless)"

일 수 없다.

다음으로, "해야 할 일"이다. 이는 역시 궁극적으로 정책법원으로서의 기능을 극대화할 수 있는 조치들을 취하는 것이다. 가장 구체적인 방법으로는, 대법원에 접수되는 사건을 우선 쟁점별로 구별하여 정리할 필요가 있다. 즉 첫째, 사실인정문제 둘째, 법률해석문제 셋째, 헌법문제 및 정책결정문제로 분류한 후, 사실인정문제는 심리불속행 등으로 과감히 기각하고, 법률문제는 간명한 정리로 해답하고, 정책문제는 심도 있고, 철저한 검토를 거쳐 가능한 한 모두 전원합의체의 판결을 통하여 찬반 의견을 함께하여 결론을 내림으로써, 국가와 사회의 나가야 할 방향을 제시하는 역할을 제대로 해야 한다.

이와 같이 대법원을 정책법원으로서 제대로 기능하게 하기 위해서는, 그 인적 구성부터 재고해보아야 한다.

가장 바람직하기로는, 일정 직급 또는 경력 이상의 법관 또는 변호사들 중에서, 헌법문제나 국가와 사회의 정책적인 문제에 대하여 깊은 고민과 사색을 해온 법관 또는 변호사 등을 발굴, 추출하여 대법원의 법관으로 등용하는 것이다. 너무 추상적이라고 비난할 수 있겠으나, 인사권자를 돕는 능력 있는 조직을 평소부터 잘 가동하여 이러한 작업을 맡긴다면, 크게 어려운 일이라고는 여겨지지 않는다.

이러한 전통이 자리잡게 되면, 일반 법관이나 관심 있는 변호사들이 스스로 경력을 쌓아올라가면서, 역사, 철학, 문학 등 인문, 사회 분야에 대한 독서와 성찰을 계속하여 국가와 사회의 진정한 지도자로서의 역량을 축적해나가는 동기부여가 될 것이고, 편협한 법조인이라는 부정적인 인식도 불식될 수 있을 것이다. 이러한 관점에서 보아, 가장 바람직하지 못한 현상이, 대법관의 인선기준으로, "사건처리 능력"을 들먹이는 것이다. 이는 전형적으로 대법원의 권리구제 기능을 염두에 둔 근시안적인 발상이고, 결과적으로 대법원의 왜소화에 귀결되는 것이다. 지난번 이야기에서 언급한 바와 같이 "대법원의 왜소화"("권리구제형 기능화")는 인접기관 또는 이해관계에 치중한 일반 당사자들이 내심으로 바라는 바일 것이다. 그리고 이러한 대법원은 청렴한 대법원, 격무에 시달려 사건처리에 매몰된 대법원으로서 "연민"을 기초로 한 "동정"을 받을 수는 있겠으나, 결코 제대로 된 대법원의 모습은 아니다. 오히려, 인접기관으로부터 "질투"를 받고, "견제"의 대상으로 부각되어 갈등과 고민을 자초하게 된다고 하더라도, 이를 감수하고 극복해나가는 것이 장기적으로 바람직한 대법원의 모습으로 가는 길일 것이다.

앞에서 본 여러 조치들을 당장 일거에 취하기가 부담스럽다면, 과도기적으로 다음과 같은 완화적인 방법들을 고려할 수 있다.

첫째는 대법원 구성의 이원화를 진지하게 검토할 필요가 있다. 비교법적으로는 독일형 대법원이지만, 여러 가지로 변형이 가능하고, 융통성도 풍부하여, 전문화 및 사건처리의 능률화에도 크게 기여할 수 있다.

둘째는, 현재의 구조하에서도, 대법원 구성원 스스로의 자각과 결단만 있으면 권리구제 사건의 비율을 대폭 줄이고, 큰 이슈에 대한 과감한 정책결정형 판결의 비율을 늘려나갈 수 있다. 그리하여 업무과중 등 악조건 속에서도 국민의 공감을 얻을 수 있는 커다란 판결들을 계획적, 간헐적으로 내려줌으로써, 대법원의 정책법원화에 대한 공감대 형성을 주도해나가야 한다.

셋째는, 대법원에 제출되는 상고 이유서 등 주요 서류의 면수를 합리적으로 제한하여 대법원 구성원의 역량을 주요 사항에 집중할 수 있는 방법을 강구해야 한다. 대국민 설득 및 재야단체의 수긍이 전제가 되겠으나, 불가능한 일은 아니라고 생각된다.

결론적으로, 관건은 대법원장을 비롯한 대법원 구성원 스스로의 용단과 굳은 결의이다. 결단이 요구된다.

— 「대한변협신문」, 제376호 2011년 11월 21일

대법원, "논쟁의 중심에 서라"
―대법원이 해야 할 일, 해서는 안 될 일

　사법개혁, 그중에서도 특히 대법원의 개혁이 문제가 되는 경우 이에 대한 처방은 양극단으로 나누어진다. 재야 법조계의 거의 대부분은, "권리구제 기능"의 부족함을 지적하면서 대법관 수의 대폭적인 증원을 요구한다. 이에 대하여 대법원 스스로는, "정책법원"으로서의 기능과 "법령해석 통일"을 위한 단일합의체(one-bench)의 필요성을 강조하면서, 증원에 극력 반대한다. 더하여, 대법원은 본질적으로 구체적 권리구제를 담당하는 곳이 아니므로, 대법원 심리사건의 대폭적인 감경방안이 절실하다고 요구한다.

　대법원의 이상형이 위와 같다면 우리의 대법원이 어떠한 모습을 가져야 할지 살펴보자.

　첫째, 대법원은 국가적 주요 의제에 대하여, 정면대결을 피하지 말고, 과감하게 문제의 본질에 접근하고, 격렬한 토론을 벌여 우리 사회가 나아가야 할 방향을 제시해주어야 한다. 예를 들면, "교사의 체벌 허용 여부", "양심적 병역거부", "전면적 무상급식" 등등 뜨거운 감자에 해당하는 논점들은 수없이 많다. 현재 우리나라의 상황은 이러한 문제의 거의 대부분이 정치권에서 또는 언론의 도마 위에서 논의되고 따라서 정치적이거나 비법률적인 방식으로 처리된다. 이렇게 되어서는 우리 사회에 법치가 뿌리를 내릴 기회가 없다. 물론 이러한 문제에 법원이, 특히 대법원이 끼어들었다가는 자칫 뭇매를 맞고 험한 격랑에 휩쓸릴 위험이 있다. 그러나 안이함만을 추구하다가는 결코 우리 사회의 등대가 될 수 없다. 우리의 대법원의 지난 수십 년간을 돌이켜보면, 현재의 대법원의 위상이 그냥 만들어진 것이 아님을 통감해야 한다. 논쟁의 중심에 서는 것을 두려워해서는 안 된다. 세계에서 가장 훌륭한 대법원으로 평가받고 있는 미국의 경우를 보자. 1년에 100여 건의 사건만을 심리하면서, 5 대 4의 비율로 의견이 나뉘는 경우가 얼마나 많은가? 주요한 논점에 위와 같이 견해가 나뉘는 것은 지극히 당연한 일이다.

둘째, 대법원이 권리구제 기능을 담당하는 곳이 아님은 원론적으로 옳다. 그리고 현재의 실정이 개개의 대법관이 상상을 초월하는 업무량에 시달리고 있는 것도 맞다. 그러나 여기에서 우리가 주목하고자 하는 것은, 그럼에도 불구하고 우리의 대법원은 현실적으로는, 죽을 고생을 하면서 수많은 개개 사건의 구체적 타당성을 찾기 위하여 애쓰고 있다는 점이다. 대법원이 진정으로 정책법원, 법령해석 통일법원으로 자리잡기 위해서는, 현재의 어려운 여건하에서도 그 주장과 같이 "바람직한 모습을 보이는 판결들을 쏟아내야" 한다. 그럼으로써 국민들로 하여금, 대법원이 제대로 기능하기 위해서는 사건을 대폭 줄이는 방안을 강구해주어야겠구나 하는 마음이 들도록 해야 한다. 즉 "사건을 줄여주면 잘하겠다"고 말할 것이 아니라, "먼저 잘하는 모습을 보여주는 것"이 우선이다. 형사재판의 예를 들어보면, 사건의 진상을 가장 잘 아는 사람은 피고인 본인이다. 그 다음으로 진실에 근접해 있는 사람은 검사이다. 진실에 가까울 수 있는 다음 사람은 변호사이다. 진실에서 가장 멀리 있는 사람은 판사이다. 그런데 사건의 결론을 내는 사람은 (진상에서 가장 먼) 판사이다. 그리고 그 결론을 적용받는 사람은 (진상을 가장 잘 아는) 피고인이다. 어마어마한 역설이지만, 이것이 재판제도의 현실이다. 최고법원의 법관이 사실관계만을 토대로 한 구체적 권리구제에 나서는 한, 당사자로부터 절대로 존경받을 수 없다. 대법원이 살아남을 수 있는 길은 보편적 가치판단만을 하는 것이다.

대법원의 정책법원화에 우리의 법관들은 숙달되어 있지 않다. 우리의 사법사(司法史)가 그렇게 만들어놓았다. 이제부터라도 내공을 키우는 데에 각고의 노력을 해야 한다. 그런데 그 길이 결코 쉽지가 않아 보인다. 사법부 인접영역의 어느 누구도 이를 달가워할 리가 없다. 최고 통치권자가 강력하고 독립된 사법부를 내심으로 좋아할 것 같지 않고, 헌법재판소와는 경쟁관계이며, 검찰권이 사법부를 존중해줄 풍토도 아니고, 언론계 역시 여론 주도의 기득권을 양보해줄 리가 없다. 명심해야 할 일은, "국민 대중은 결코 싸구려가 아니다. 조금 심하게 말하자면, 그들의 본질은 싸구려일지 몰라도, 절대로 싸구려로 취급받고 싶어하지 않는다. 국민 대중은 그들을 무시하는 사람을 결코 용서하지 않는다"는 점이다. 따라서 대법원이 해야 할 일은 "국민 대중의 뜻을 읽고 이를 실현"해주는 것이고, 해서는 안 될 일은 "시대의 변화에 무임승차"하는 것이다. 현재는 과거의 그림자이고 미래는 현재의 거울이다.

—「대한변협신문」, 제360호 2011년 7월 18일

대법원에 검찰 출신 인사가 필요한가?
─대법원 구성방법 재고

    오는 7월 10일이면 총 12명의 대법관 중 4명의 임기가 동시에 끝나면서 새 대법관을 임명하게 된다. 헌법상 대법관 후보 제청은 대법원장의 권한으로서, 적절히 훌륭한 분을 고를 것으로 믿어 의심치 않는다. 다만 이번에 퇴임하는 4명 중에는 검찰 출신의 인사가 있는 만큼, 그 후임을 다시 검사들 중에서 뽑는 것이 옳은지에 대한 의견을 개진하고자 한다. 물론 이 점을 거론하는 것이 여러 가지 불편을 야기할 줄로 예상되나, 해야 할 말을 해야 할 때에 하는 것이 진정한 용기라고 생각한다.

    먼저, 대법원에 검사가 들어오게 된 역사를 간단히 살펴본다. 최초로는 박정희 대통령 시절인 1964년 주운화 씨가 대법원 판사로 임명되었다. 당시 법무부 장관은 민복기 씨, 검찰총장은 신직수 씨였는데, "대법원이 전체 법조계를 대표하기 위해서는 대법원에 검찰 출신도 들어가야 한다"는 논리를 내세웠다. 참고로 주운화 씨는 임기 도중, 재판능력의 부족을 통감하고 스스로 사임하는 용단을 내렸다. 그후 1975년에는 한 사람이 임명되었다가, 1981년과 1986년 전두환 대통령 때에는 검찰의 입김이 강화되어 각각 두 사람이 대법관에 임명되었다. 그리고 1988년 6공헌법의 시행과 함께, 그 수를 3명으로 늘리려는 시도가 있었으나, 오히려 젊은 법관으로부터 강한 역풍을 맞아, 1

명만이 임명되었고 그후로는 이러한 "관행이 형성"되었다는 이유로, 그리고 최근에는 "대법원 구성의 다양화"를 이유로 1994년, 2000년 및 2006년에 6년마다 1명씩의 검찰 출신 인사가 계속해서 대법원에 들어오게 되었다.

요컨대, 그 논거는 "대법원의 전체 법조계 대표성", "대법원 구성의 다양화", 그리고 "관행"의 세 가지로 정리될 수 있다.

이 세 논거를 검증해보자. 우선 검찰에게 진정으로 묻고 싶다. "검찰이 대법원의 법조계 최고대표성을 진심으로 인정해왔는가?" 그렇다면, "주요 법조현안이 발생할 때마다, 검찰이 대법원에 대하여 취해왔던 태도는 과연 이러한 자세와 부응하는 것이었는가?" 그리고 "검찰 출신 인사가 대법관으로 일하면서, 과연 어떠한 역할을 했으며, 사법부의 발전에 얼마나 기여했는가?" 생각해보아야 한다.

다음, "대법원 구성의 다양화"를 내세운다면, 검찰 출신 인사보다는, 훨씬 우선적으로 재야 법조 인사의 영입을 고려했어야 했다. 인품이나 "재산 형성의 정당성" 그리고 실무능력의 측면에서 훌륭한 분들이 적지 않음은 우리들 모두가 알고 있다. 오늘의 시점에서 가장 절실한 것은, 구태(舊態)에서 벗어나 대법원 구성의 민주성을 회복하는 것이고, 검찰 인사를 포함하는 다양성은, 20, 30년 후 그 폐습이 확실히 없어진 후에 이루어져도 늦지 않다.

끝으로, "관행"이라고 하는데, 과거 권위주의적인 군사정권 시절에 정권의 정당성에 대한 취약성을 보완하기 위하여, 막강한 검찰권을 정치세력이 이용하고, 이에 대한 반대급부 내지는 사법부 견제수단으로 검찰 출신이 대법원에 들어오게 되었음은 이제 누구도 부정하지 못할 것이다. 따라서 이러한 잘못된 행태는 즉시 타파되어야 할 "악습"이지, 길이 보전할 "관행"은 아니다.

나아가, 사법부 구성원에게 진정으로 묻고 싶다. "대법원에의 검찰 출신 인사 영입이 대법원의 법조 대표성 때문이라는 "궤변"에 진심으로 수긍하는가?", 아니면, 혹시라도 "최고권력자 또는 그를 돕는 법률 참모의 심기를 건드리는 것이 불편하기 때문에 그냥 참아왔던 것은 아닌가?"

결론적으로, 1964년 이래 오늘까지 48년 동안 이어져온 이러한 일 그러진 모습이 결코 사법부의 순수하고 자발적인 의사에서 비롯된 것은 아니라고 생각한다. 사회의 각 분야가 비약적으로 발전하고, 민주화되어가는 마당에 유독 사법부만이 구태의연한 악습을 고수해서는 안 된다. "불의(不義)가 승리하는 데에 필요한 조건이 있다면, 그것은 정의(正義)를 지켜야 할 사람이 아무것도 하지 않는 것이다." 1956년 고(故) 이태영 박사가 가정법률 상담소를 출범시키면서, 설정한 여러 가지 목표들 중에서 마지막 과제로 설정했던 "호주제 폐지"조차도, 꼭 50년이 지난 2005년에는 헌법재판소의 위헌판결로 결국에는 달성되었다.

이제 사법부에서도 반세기 만에 잘못된 관행을 바로잡을 기회가 도래했다. 판단의 기준은, 대법원에의 검찰 출신 인사 영입이 진정으로 사법부를 위하고 국민을 위한 것인지에 달려 있다. 부디 법조계와 국민의 마음 깊은 곳에 자리잡고 있는 "진정한" 민의를 잘 살펴서, 역사의식이 담긴 현명한 결단이 있기를 기대한다.

— 「대한변협신문」, 제398호 2012년 5월 14일

대법관 제청과정에서 느낀 단상들

　현직 검사장인 대법관 후보자에 대한 인사청문회에서 나타난 문제점들이 본인의 자진사퇴로 마무리되었다. 대법관 후보자가 본회의 표결 전에 사퇴한 것은 헌정사상 처음이라고 하니 경위야 어떻든 안타까운 일이다.

　이러한 불행한 사태를 보고, 그 원인이 어디에 있으며, 무엇이 아쉬웠고, 앞으로 유념할 점은 무엇인지 반추해보는 것이 생산적인 태도이다.

　먼저, 일차적이고 표면적인 잘못은 부적절한 인사를 추천한 법무부 장관에게 있고, 이와 함께 후보자에 대한 인사검증을 소홀히 한 청와대의 민정수석실도 책임을 면할 수 없다. 그 원인으로 추천과정이나 검증과정에서 사적인 고려가 작용했는지 따져볼 일이다.

　다음, 이차적이고 중간적인 잘못이 제청권자인 대법원장에게 돌아가는 것 역시 피할 수 없다. 우선 법무부 장관에게 추천을 허용한다고 하더라도 헌법상, 법률상 권한과 책임은 대법원장에게 있는 만큼, 그 채택 여부를 보다 신중히 고민했어야 했다. 한걸음 더 나아가 생각하자면, 도대체 "법무부 장관의 추천"이라는 것은 법의 어느 구석에도 규정되어 있지 않다. 법의 규정대로, 대법원장이 독자적이고 적극적으로 적절한 인사를 골라야 했다. 장관의 추천에만 의존하는 것은 권한의 양보가 아니라, 의무의 태만일 수 있다.

셋째, 근본적이고 원천적인 잘못은, 대법원에 검찰 몫 한 자리가 있다는 잘못된 관행에 맹목적으로 추종한 데에 있다. 과거 군사정권 시절 이래의 관행은 잘못된 동기에 기인한 것으로서 진작 타파되었어야 할 것이었다. 많은 분들이 다양화를 명분으로 이를 수용하고 있으나, 이점은 관점을 바꾸어 받아들여야 할 것이다. 즉 대법원의 구성에 "공익 우선" 혹은 "국가주의적 관점"을 가진 인사가 포함되는 것도 필요하고, 그러한 인사라면 검찰이라는 직역에 관계없이 선임되어야 한다는 취지로 이해해야 한다. 임명권자의 의중을 암시하는 검찰과의 갈등과 불편함을 견디지 못하여 좋은 것이 좋다는 식의 생각은 복종의 속성에 지나지 않는다.

삶은 뒤돌아보아야 제대로 이해가 되는데, 앞을 보고 살아갈 수밖에 없는 것이 인간의 숙명이다. 하지만 이번 사태를 돌이켜보면서, 사법부로서는 멋진 결정을 내릴 수 있었는데 하는 아쉬움이 남는다. 즉, 우리가 사는 세계의 비밀의 창을 열고 들어가서, 변화하는 이 시대의 흐름을 감지하여, 반 발자국만이라도 앞서서 "과거의 잘못된 선례는 더 이상 답습하지 않겠다"고 선언했으면 좋았을 텐데 하는 것이 나의 생각이다. 우리 사법부의 지난 역사를 보면, 기성질서에 순응하여 가장 저항이 작은 노선을 취하려는 경향이 있었다. 그리하며 시대변화를 주도하지 못하고, 여기에 편승하거나 무임승차함으로써, 국민의 신뢰를 얻는 데에 실패해왔음을 인식해야 한다.

발전적 차원에서 앞으로의 과제인 후임자의 인선과 관련해보면, 좀 더 넓고 멀리 응시하는 통찰력을 키울 필요가 있다고 생각한다.

기본적인 전제로서, 대법원은 송사 한 건을 해결하는 권리구제기능을 넘어서, 우리 사회가 나아갈 길을 제시하는 정책 법원의 역할도 있음을 고려해야 한다. 이러한 차원에서 대법원은 다양한 경험과 가치관을 가진 인물로 골고루 채워지는 것이 바람직하다. 적절한 범위 내에서는 여성의 권익, 소수자의 권익, 개인의 자유, 공공의 이익, 진보 및 보수의 옹호 등 시대의 변화와 함께 가치의 다양화를 포섭할 수 있는 구성이 필요하다.

그러나 그렇다고 해서, 반드시 그러한 부류에 속하는 인사들 중에서만 선임해야 한다는 것과는 별개의 문제이다. 물론 그러한 인물이 그러한 가치관을 가질 가능성이 높기는 하겠지만, 보다 중요한 것은 그와 같은 "생각을 가진" 인물을 찾는 것이다.

기본 입장을 이와 같이 정리하면 선택의 폭이 훨씬 넓어지게 된다. 즉 여성 후보자 중에서 적임자를 구하는 것도 좋은 방책일 수 있지만, 앞으로 10년 후, 모든 법관을 재야 법조인 중에서 선발하기로 하는 법조 일원화가 이미 약속되어 있는 만큼, 지금부터라도 변호사 중에서 적임자를 고르는 노력도 게을리 해서는 안 될 것이다. 변호사에 대한 막연한 부정적 인식, 부(富)와 명예의 동시소유에 대한 거부감 등은 합리적인 근거가 될 수 없다.

부디 이번의 불행한 사태를 전화위복의 계기로 삼아, 앞으로는 진취적인 사법철학이 실현되는 훌륭한 인사가 이루어지기를 바란다.

—「조선일보」, 아침논단 2012년 8월 23일

"바람직스럽지 못한 판결"의 유형
—판결이 잘못을 범하는 이유

전국의 법원에서 매일 수많은 사건에 대한 판결이 내려진다. 그 판결의 "대부분"이, "적어도 결론에서만은" 정의에 부합할 것이라고 개인적으로 확신한다. 더욱이 판결의 내용(결론)에 대해서 그 잘잘못을 거론하는 것은 지극히 신중해야 하고, 또한 조심스러운 일이다.

그러나 수 년 혹은 수십 년의 기간을 놓고, 예전의 판결들을 분석해 보면, 사후적이지만 그 잘못이 두드러지거나, 분명해 보이는 경우가 드물지 않다. 반성적 차원에서 이와 같이 바람직스럽지 못한 판결들은 "어떠한 환경에서" 이루어졌는지 살펴보는 것도 유익하리라고 생각된다.

첫째로, 가장 전형적인 경우가, 전시와 같은 "국가적 위기상황"에서 내려진 판결들이다. 제2차 세계대전 당시 미국 대법원이 "일본인들의 격리수용"을 인정했고, 얼마 전 관타나모 수용소에서 "9/11 테러범에 대한 가혹행위"를 인용했으며, 나치 시대에 독일 법원 판결들이 그러했고, 유신시대 및 군사정권 시절 우리 법원의 판결들이 그러했다. 이러한 상황에 대처하는 법관의 태도는 크게 두 가지일 수 있다.

하나는, 시민의 자유와 권리의 보장이라는 법관 본연의 임무에 충실하여 "희생을 각오"하고(또한 대부분 희생되었다) 기본권 수호에 앞장서는 것이다.

다른 하나는 이러한 용기의 부족이거나 아니면, 실제 이념적으로 국가위기 극복에 공감하여, 국익수호의 판결을 내리는 경우이다. 어느 쪽이 옳은지는 여기에서 논란할 문제가 아니지만, 중요한 것은 이러한 위기상황이 소멸된 이후 우리가 취할 태도이다. 하나는 국가우선주의의 태도를 철저히 반성하고 재발 방지를 약속하거나(독일의 경우가 그러하다), 다른 하나는 당시의 특수상황을 헌법적으로도 수긍하여, "정의의 상대성"을 고집하는 것이다(미국의 경우가 그러하다). 유감스럽게도 우리의 경우는 어느 쪽에도 철저하지 못하고 있다.

둘째로, 법원이 판결을 내리는데 "역사에 의존"하여, 시대의 변화에 눈을 감는 것이다.

예를 들면, 법원이 "이러한 관행은 지난 수십 년 동안 깨어지지 않았다"라고 말하면서 과거에 얽매여 있는 것이다. 노예제도를 인정한 미국의 판결들, 여성참정권을 부정한 외국의 판결들, 여성종중원의 종원자격을 부정했던 우리의 판결들이 이러한 예에 해당된다. 법원의 판결이 시대의 흐름을 반영해야 함은 당연한 것이지만, "얼마나 적절한 시점에서" 시대의 변화를 받아들일 것인지가 깨어 있는 현명한 법관의 임무이다.

셋째로, 법원의 판결이 맹목적으로, 이전의 선(先)판례에 의존하여, 그 정당성을 재음미하는 과정 없이, 선례를 맹종하는 경우이다. 그리하여 하나의 잘못된 판례가 이에 의존한 수백 개의 잘못된 판결을 낳게 되는 것이다. "집행유예 기간 중에는 어떤 경우에도 다시 집행유예를 할 수 없다"는 예전의 대법원 판결 및 임기가 있는 해직 교수의 경우 "소송 중 임기가 경과되면, 소의 이익이 무조건 상실된다"는 종전 판례 등이 그 예이다. 이 판례들은 다행히 후에 모두 변경되었지만, "법원의 판단미숙"으로 인하여 불이익을 받았던 종전 피해자들을 생각하면 미안함을 금할 수 없다.

넷째로, 결국은 "법관의 용기 부족"의 문제로 귀결되지만, "강력한 처벌을 원하는 사회 분위기"(여론의 압력) 또는 당시 "권력기관의 무언의 위세"에 휘둘려, 엄벌 또는 중형주의로 나아가는 경우이다. 잠시의 폭풍이 지나가고 평온을 되찾았을 때의 피해자의 입장을 생각하고, 경우에 따라서는 자기 자신이 그 피해자가 될 수도 있다는 생각도 해야 할 것이다.

다섯째로, 민-형사 사건을 막론하고, "입증책임분배의 원칙으로 '너무 성급히' 도피"하여, 자유심증주의의 진면목을 살리지 못하는 경우이다. 즉 사안을 철저히 심리하여 자유심증을 적절히 활용하면, 사안의 실체적 진실에 접근할 수 있는 경우에도 이를 소홀히 하는 잘못을 범하는 것이다. 이는 물론 법관의 입장에서는 법률상 하등의 잘못도 없다. 그러나 이러한 일이 반복되다 보면, 실체적 진실을 원하는 국민과의 사이에 괴리가 생기고, 사법부 신뢰도에 문제가 생길 수 있다.

결론적으로, "정부의 목적이 선의에 기인하고", "더 높은 정의를 위하여"라는 명분을 법관은 항상 경계해야 한다. 정부 공무원이 헌법을 위반하는 것은 "하나의 사건"이지만, 법관이 이를 승인하면 이는 "헌법의 원칙"이 되고 만다는 점을 잊어서는 안 될 것이다. "삶은 뒤돌아봐야 이해되는데, 거꾸로 살아갈 수밖에 없는 것"이 인간의 숙명이라는 것을 잘 알면서도, 위와 같은 생각을 해보지 않을 수 없다.

—「대한변협신문」, 제388호 2012년 2월 27일

"똑똑한 재판"이 아니라 "지혜로운 재판"을

요즈음 법원의 재판이 국민들 사이에 뜨거운 관심과 논란의 대상이 되고 있다. 곽노현 서울시 교육감에 대한 벌금형 선고와 이로 인한 직무집행 재개 논란, 그리고 영화화된 소위 "석궁 사건"에 대한 진위 공방 논쟁이 그것이다. 분쟁 해결을 임무로 하는 법원이 오히려 분쟁을 야기하여 국민을 불안하게 만드는 우려스러운 상황이다. 이 시점에서 우리가 진정으로 관심을 가져야 할 부분은 이 판결들의 정당성 여부보다는 어찌하여 사법부의 재판이 여론의 도마 위에 올라 난도질당하는 형국이 되었는지 하는 것이다. 그럴진대 문제의 핵심은 사법부가 국민으로부터 신뢰를 얻지 못하고 있는 데에 있음이 분명하다. 그리고 그 신뢰 획득 실패의 원인으로 세 가지를 들 수 있다.

첫째로, 표피적이면서 감성적인 원인은 최근 법관들 스스로 품위를 손상한 데에 있다. 일부이지만 재판 주체인 법관들이 점잖음과 품위가 결여된 막말과 비속어를 쏟아냄으로써 국민의 신뢰를 실추시키고 있다. 가는 말이 곱지 않았는데, 오는 말이 고울 수 없는 자업자득(自業自得)이다.

둘째로, 원천적이면서 역사적인 원인은 과거 권위주의 정부 시절 사법부가 지은 원죄(原罪)에 있다. 최근 과거의 국가보안법이나 긴급조치 위반에 대한 재심과 무죄 및 위헌판결 등을 통하여 사법부의 원죄 극복 노력이 행해지고 있으나, "솔직한 잘못 인정"과 "통렬한 자기 반성"이 없이는, 그 정도 노력으로 효과를 거둘 수 있을지 의문시된다. 예를 들면, 2010년 12월 대법원은 유신헌법 시절에 내려진 긴급조치는 헌법에 어긋나므로 위헌이라고 판결했다. 그러면서도 그 위헌의 논리적 근거, 특히 과거에 있었던 상반된 판결에 대한 진정성이 담긴 반성은 없이, 오히려 판결문 대부분을 헌법재판소와 권한을 다투는 데에 소비해버린 것은 국민 입장에서 너무나 실망스러웠다. 차라리 "그 시대의 특수성[當代性]"을 주장하여 합헌(合憲)을 고집하거나, 아니면 철저한 자기반성을 수반하는 위헌(違憲)을 선언하거나, 양자 중의 택일이 바람직했다.

셋째로, 현실적이면서 실제적인 원인은 지혜 부족에 따른 재판 역량 미숙에 있다. 먼저 곽 교육감 사건에서, 재판부는 금전수수의 발단이 곽 교육감 쪽의 주도로 이루어진 후보자 "매수"가 아니라, 상대방의 요구로 이루어진 후보자 "매도"였기 때문에 주는 자보다 받는 자를 더욱 엄하게 벌해야 한다고 판단했다. 그러나 좀더 사려 깊은 법관이었다면, 피고인이 석방됨으로써 곧바로 직무 집행을 재개할 수 있고, 그 결과 학생인권조례 등 중요 사안에 대한 커다란 혼란이 발생할 우려가 있었다는 점 역시 고려했어야 했다. 석궁 사건은 지혜 부족이 훨씬 더 심각했다. 현직 법관에 대한 테러라는 사건의 특수성과 재판의 공정성에 대한 불신에 가득 찬 피고인의 특수성 등을 감안했다면, 재판절차에서 공정성의 외관을 확보하는 데에 더욱 유념했어야 했다. "논리적인 설득"을 넘어 "감성적인 승복"을 이끌어낼 수 있는 세심한 절차 진행이 아쉬웠던 점이다.

그러면 문제 극복을 위한 방안은 무엇인가? 법관의 개인적인 인격

도야와 어두운 과거사 탈출은 시간이 걸리겠지만, 법관의 지혜로운 재판역량 강화는 당면한 과제이다. 그 해결방안의 핵심은 머리로 하는 재판이 아니라 가슴으로 하는 재판에 있다. 사람들은 누구나 그렇게 살아야만 하는 절실한 이유가 있다. 그렇기 때문에 "차가운 가슴과 뜨거운 머리"에서 나오는 재판은 법관 자신을 위한 것일 뿐 국민을 설득할 수 없다. "재판은 논리가 아니라 경험이다"라는 말이 있듯이 판결로 대중을 가르치려고 해서는 안 된다. "일시적인 이성"에 호소할 것이 아니라 "지속적인 감성"의 문을 두드려야만 국민을 감동시킬 수 있다.

　이러한 차원에서, 법조 일원화를 통한 경륜 있는 법관 임용이 절실하고, 실무적으로는 법관들 사이에서 재판 진행기술에 관한 상세한 실무요령을 만들어 공유할 필요가 있다. 또 특별한 경우에는 배심원을 재판에 참여시키거나 재판의 전 과정을 중계방송함으로써 법관에 대한 불신의 소지를 원천 봉쇄할 수도 있을 것이다. 상대방 설득의 방법으로 논리를 동원할 경우 논리가 불완전하면 반박할 것이고, 논리가 완벽하면 "그래, 너 잘났다. 그런데 왠지 나는 네가 싫다"라고 반발하는 것이 인간의 심리이다. 똑똑한 재판이 아니라, 지혜로운 재판이 요구되는 이유가 여기에 있다.

─「조선일보」, 아침논단 2012년 2월 5일

오판의 위험은 법관의 숙명이다
─판사가 해야 할 일, 해서는 안 될 일

　한해 한해 법조인으로서의 경력이 더해가면서, 특히 변호사로서 재판과정에 참여하는 세월이 길어지면서, 새롭게 느끼게 되는 몇 가지 현상들이 있다. 그중의 하나가, 우리 법률가들이 오랫동안 의심 없이 받아들여온 민사, 형사 재판의 기본원칙들, 즉 수학으로 비유하자면 공리나 정리에 해당하는 기본개념에 대하여 의문을 품게 되는 것이다.

　대학에서 법률을 배우면서부터 민사재판의 기본원칙은 당사자주의이고 변론주의이며, 사실관계가 불분명할 경우에 판사는 입증책임분배의 원칙에 따라서 재판하면 된다고 알아왔다. 사람은 누구나 자기 자신의 일에 대하여 자기가 가장 잘 알고 있고, 또한 자기 일은 자기 스스로 하게 하는 것이 가장 능률적, 효과적이라는 생각에 기초하는 것이다. 즉 공산주의적 사고보다는 자본주의적 사고의 우월성을 전제로 하는 것이다.

　그런데 실제로 사람이 살아가는 모습을 보면, 특히 민사소송을 수행하는 당사자들을 보면, 비논리적, 비이성적으로 행동하는 경우가 허다하고, 또한 누구나 자기 일을 합리적이고 최선의 방법으로(변호사의 도움을 받은 경우를 포함하여) 처리하지 못하고 있음도 분명하다. 따라서 법관이 사건을 처리하면서 합리성 기준만을 내세워 판단하고 재판하는 것은 자칫 진상에서 벗어날 가능성이 있다. 당사자가 비이성적인 행동과 말을 했을지라도, 그것이 진실인 경우가 흔히 있을 수 있는 것이다. 요컨대, 변론주의, 입증책임 분배법칙 등 민사재판의 기본원칙은 진실 발견을 위한 "차선책이지 최선책은 아니고", 진실 발견을 최고목적으로 한 원칙이 아니라, 궁극적으로는 "오판의 위험성을 당사자 본인의 잘못으로 귀착"시키고 "법관에게는 면책의 길을 열어주는" 면이 있다는 점을 놓쳐서는 안 된다.

각도를 바꾸어 형사재판의 경우를 보면, 이러한 경향은 더욱 두드러진다. 의심스러우면 무죄, 위법수집 증거의 배제, 자백의 증거능력 제한, 전문증거 배제 등, 어찌 보면 형사재판에서는 진실 발견 자체는 어느 정도 포기하고, 인권 보호만을 염두에 두고 있는 것같이 보인다. 그러나 이는 헌법적 결단이고 역사적 선택인 만큼, (어쩌면 죄를 지었을지도 모를) 피고인이 부당한 이득을 보아도, 또한 (피의자의 숨소리에서 유죄를 확신한) 검사가 아무리 억울해도, 어쩔 수 없는 일이다. 이 역시 판사의 오판에 의한 유죄판결을 피하기 위한 불가피한 선택이다.

이와 같이 법관은 그의 잘잘못과 상관없이 그 판결이 진실에서 멀어질 위험성을 항상 안고 있다. 그럼에도 불구하고 사건의 결론을 내려야 하는 것이 그의 숙명이라면, 법관으로서 "해서는 안 될 일"과 "해야 할 일"이 분명해진다.

먼저 "해서는 안 될 일"이다.

첫째, 법정에 나타난 모든 자료들이 전부 진실을 대변한다고 쉽게 속단해서는 안 된다. 앞에서 본 형사재판의 기본원칙 때문에, 혹은 민사재판 당사자의 한쪽이 능력이 모자라거나 또는 출중하기 때문에, 진실에서 어긋난 자료들이 제출될 수 있다. 나아가 당사자들의 말이나 주장이 비록 "비논리적이기는 하지만, 진실에 부합되는 경우"가 있을 수 있음을 인정해야 한다. 따라서 재판에 나타난 자료를 철저히 논리적, 합리적 기준으로 판단하면, 진실에 도달할 수 있다는 생각은 판사로서 존경받을 태도이기는 하지만, 위험한 생각일 수도 있다.

둘째는 입증책임 분배의 법칙이라는 것이 진실 발견을 위한 "차선책"이기 때문에 "너무 일찍 이 원칙으로 도피"해서는 안 된다. 즉 진실 발견을 위해서 여러 가지 최선의 노력을 다하는 것을 게을리 해서는 안 된다.

셋째는, 하급심 법관으로서, 내가 내린 판결이 상급심에서 깨지지 않았다고 해서 사실인정이 잘된 것으로 자만해서는 안 된다. 어차피 상급심으로 갈수록 사실인정에 관한 한, 진실에서 멀어질 수밖에 없는 것이다.

따라서 법관이 "해야 할 일"은 다음과 같을 수밖에 없다.

먼저, 법관은 진실 발견을 위한 최대의 수단인 "자유심증주의"를 적극 활용해야 한다. 인간의 마음에는 논리로 설명하기는 어렵지만, 무엇인가 핵심을 꿰뚫어보는 능력이 있다. 신이 준 재능을 잘 이용할 필요가 있다.

그리고 사실인정에 관한 한, 법정에서건 판결문에서건 말을 아끼고, 꼭 필요한 말만 할 필요가 있다. 말이 많아지면, 사실을 가장 잘 알고 있는 당사자에게 책을 잡힐 위험이 높다.

결론적으로 법관이 자신 있게 할 수 있는 일은 두 가지밖에 없다.

하나는 참을성 있게 당사자의 말을 들어주는 것, 다른 하나는 사실

판단이 아닌 법률판단, 가치판단에 주력하는 것이다. 최고법원에 헌법판단, 법률판단만을 하라고 요구하는 이유가 여기에 있다.

— 「대한변협신문」, 제400호 2012년 5월 28일

사법부의 포퓰리즘을 경계한다
―거인(巨人)의 출현을 기대하면서

요즈음 사법부에 관한 언론보도 중에, 몇 가지 눈에 띄는 기사들이 있었다. 가장 최근의 것으로는 7월 초 서울 중앙지법 형사재판부 판사들이 회의를 열고, 학교폭력, 성폭력 등 반사회적 범죄와 금융관련 및 사학관련 범죄 등에 대해서 적극적인 구속과 함께 엄벌을 하여, 범죄예방을 위한 "선제적, 선도적 역할"을 하기로 의견을 모았다고 한다. 같은 맥락에서 5월에는 판사들이 참여한 학교폭력 심포지엄도 열렸고 앞으로는 음주감경도 하지 않기로 했다. 또한 근자에는, 장애인을 성폭력한 피고인에 대하여 구형보다 훨씬 중한 12년의 형을 선고하였고, 역시 선거범죄 및 사학재단 사건에서도 사회적 비난여론을 고려하여 구형보다 높은 형을 선고하는 일이 드물지 않게 되었다.

반면 이러한 사건들과 방향은 다르지만, 수 년 전부터, 과거 권위주의 정권시절에 국가보안법 등 위반으로 유죄판결을 받았던 피고인들에게, 재심을 통하여 무죄를 선고하는 사례가 심심치 않게 보도되고 있다. 최근 소위 "학림사건" 관련 피고인들에 대한 무죄선고가 그 대표적인 예이다.

이러한 판사들의 움직임을 보면서, 나는 국민정서와의 괴리를 극복하고, 국민에 다가가는 사법부를 이루려는 의지를 읽을 수 있어 다행이라는 생각도 든다.

그러나 다른 한편에서는, 사법부가 국가에서 차지하는 역할의 특수성을 고려한다면 다음과 같은 의구심이 드는 것도 피할 수 없다.

첫째는, 사법부의 "잘못된" 모습이다. 즉 법관들이 집단적으로 재판 사항에 관하여 어떠한 결의를 하는 것은 사법부에 어울리는 일이 아니고 더욱이 "선제적, 선도적" 같은 용어는 법관이 쓸 단어가 아니다. 이러한 행동은 국가적, 사회적 어젠다 설정기능을 하는 정치권이나 언론계 또는 "법집행기관"인 검찰이나 경찰에서 하는 것이다. 사법부는 "법선언기관"으로서, 구체적 사건에서 여러 가지 사정들을 감안하여 무엇이 정의인지를 선언하는 기관이기 때문이다.

둘째는, 사법부의 "바람직하지 못한" 모습이다. 즉 형사사건의 양형에서, 일시적인 흥분과 복수감정에 사로잡힌 여론에 휩쓸려 엄벌주의로 나아가는 경향이다. 여론은 자칫 유행과 같아 감정적이고 불안정할 수 있기 때문에, 사법부마저도 여기에 휩쓸려서는 안 된다. 이와 관련하여, 특히 문제가 되는 것이 소위 양형기준표에 대한 종속 내지는 맹종의 심각성이다. 즉 양형기준표는 사법부의 강한 반대에 부딪쳐, "권고적 사항"으로 타협하여 법원조직법에 도입되었다. 그런데 권고적 효력임에도 불구하고, 실제 재판에서는 마치 강제력이 있는 것같이 기계적 대입으로 형량을 정해버리는 현상이 나타나고 있다. 양형기준표에로의 도피현상이 나타나고 있는 것이다. 이는 여론을 지나치게 의식하여, 양형에 대한 법관의 깊은 고민이 결여되어 있다는 인상을 준다. 만에 하나라도, "피고인 한 사람만 손해를 보면, 판사, 검사, 국민여론 모두가 만족할 수 있다"는 생각이 있다면, 이는 심각한 문제이다. 양형기준설정의 주된 목적은 양형 편차를 시정하자는 것이지, 개별사건에서 구체적 타당성을 외면하라는 것이 결코 아니기 때문이다.

이 점에 관한 통계수치를 보면 걱정이 앞선다. 즉 양형 기준이 도입된 이후의 적용실태 분석의 결과, "양형기준 준수율"이 90퍼센트 안팎이고 특히 중한 범죄사건인 형사합의사건에서는 그 비율이 95퍼센트에 달하고 있다. 참고로, 미국에서는 그 기준 준수율이 60퍼센트 미만이다. 적절한 재량권 행사가 아쉬운 대목이다.

셋째는, 사법부의 근본적이지 못하고 "미봉적인" 모습이다. 즉 과거 권위주의 시절의 판결에 대한 재심을 통한 구제에 관련하여, 그 결론에는 동의하면서도 두 가지 아쉬움이 남는다. 하나는, 왜 과거에는 동일한 증거하에서 유죄판결을 했는가에 대한 반성이 있어야 할 것이다. 다른 하나는, 과거 그와 같은 잘못된 판결을 하게끔 만든 원초적인 원인을 제공했던 수사와 공소제기 담당자들에 대한 역사적인 조치는 내려져 있는지에 대한 근본적인 성찰이 필요하다.

그런데 앞에서 들었던 몇 가지 사례들은, 모두 동일한 연장선상에 있음을 간과해서는 안 된다. 즉 "법관의 집단결의"나 "엄벌주의"나 "재심무죄판결"이나, 더욱이 "과거의 유죄판결"까지도 모두 "당시의 여론에 부응"했다는 중요한 공통점이 있다는 점이다. 뒤집어 말하면, 언젠가 여론의 방향이 바뀌게 되면, 이에 맞추어 판결방향이 또다시 바뀔 가능성을 안고 있다는 것이다. 거센 여론의 쓰나미 속에서도 사법부는 꿋꿋이 정의를 선언하는 기개를 가짐으로써, 한 사람이라도 억울한 일이 없도록 해야 한다. 오늘날 사법부에 거인(巨人)이, 거목(巨木)이 없어지고, 시류에 영합하여 무사함을 추구하는 "사법부의 가벼운 모습"이 드러나는 것 같아 아쉬움을 어쩔 수 없다.

　　　　　　　　　　　　—「대한변협신문」, 제408호 2012년 7월 23일

사법부와 판사의 왜소화

전해들은 이야기로, 초대 대통령 이승만 박사는, 초대 대법원장인 김병로 씨를 언급하면서는 항상 "대한민국 헌법 선생님"이라고 했다고 한다. 한편 실화로서, 미국의 어느 대법관이 주중에 골프를 치는 것을 기자가 발견하고는, "국민의 세금을 쓰는 공직자가 주중에 골프를 쳐서 되겠느냐"고 비난한 적이 있었는데, 대답은 "더 좋은 판결을 하기 위하여"라는 짤막한 것이었고, 이로써 모든 잡음이 사라졌다는 얘기가 있다. 부시와 고어 사이의 미국 대통령선거에서 플로리다 주의 개표에 문제가 생겨 수작업을 할 것인지가 쟁점이 되었고, 그 결과 근소한 표차로 승부가 갈릴 것이 예상되었다. 이러한 결정적인 순간에 미국 대법원이 개입하여 "수작업 불가의 판결"을 내려 혼란국면이 일거에 수습되었으며, 미국 국민 어느 누구도 더 이상 이의를 제기하지 않았다.

사법부 내지는 판사가 왜소화(矮小化)되었다는 것은, 판결이 권위와 신뢰를 잃고, 판결이 있은 후에도 왈가왈부 시비가 끊이지 않는 것을 의미한다. 판결을 소재로 한 최근 두 편의 영화에 대한 국민들의 호응도가 우리 사법부의 위상을 여실히 나타내고 있다. 이러한 현상은 어디에서 비롯되었는가? 무릇 인간이 인간을 지배하는 방법, 즉 질서유지의 방법에는 세 가지가 있다. 첫째는 물리력 또는 "강력한 정치권력"이고, 둘째는 "지적 우월성의 확보"이며, 셋째는 "도덕적 우월성"이다. 하나씩 살펴보자.

우선, 강력한 통치권력과 관련하여, 과거 특히 5/16 군사 쿠데타로부터 1987년 6/29 민주화 선언 때까지는 정치적 필요성에 따라서 권위적 체제가 유지되었고, 그 부수현상으로 사법부의 권위도 "외형적으로는" 유지되었다. 그러나 그 이후 민주화되는 과정에서 이러한 바람막이는 없어지고 사법부의 신뢰도가 있는 그대로 노출되게 되었다.

다음으로, 지적 우월성에 의한 지배와 관련해서는, 전체 국민의 지적 수준이 급격히 향상되고, 특히 정보공개와 인터넷 등에 의한 지식검색이 용이해짐에 따라서 판사를 포함한 전문가 집단과 사건 당사자를 포함한 일반인 집단과의 지적 차이가 현저하게 줄어들었다. 그 결과 법관에 대한 무조건적인 존경심이 크게 희석되게 되었다. 더욱이 재판의 속성상, 사실관계는 당사자 본인이 훨씬 더 잘 알고 있고, 게다가 당사자들이 스스로 검색한 법률지식을 아전인수격으로 해석하고 고집함으로써 판결의 장악력은 더욱 떨어지게 되었다.

끝으로 도덕성에 의한 지배력인데, 여기에는 도덕적으로 깨끗하다는 것만으로는 부족하고, "도덕적 헌신도" 소위 노블레스 오블리주 (noblesse oblige)까지도 요구된다. 평균적으로는 사법부 구성원의 도덕성이 다른 직업군에 비하여 높다고 평가된다. 그러나 세상의 흐름이 경제 위주로 바뀌고, 법관들도 생활인인 이상 세속을 초월할 수 없으니, 종교인과 같은 정도의 존경과 신뢰를 기대하기는 어려워졌다. 도덕적 헌신도의 면에서는 상황이 더욱 어렵다. 권위주의 시절 초기에는 일부 저항적인 판결이 있었으나, 권력자에 의해서 철저히 보복당했고, 그 이후에는 이것이 나쁜 선례가 되어 사법부가 국가의 민주화에 거의 기여하지 못했다. 이 점이 오늘날 국민으로부터의 신뢰 획득에 큰 걸림돌로 작용하고 있다.

여기에 더하여, 상황을 더욱 어렵게 만드는 것은 "사법 인접권력" 이 강한 사법부를 내심으로 원하지 않고 있다는 점이다. 수사, 소추 기관은 물론이고, 최고법관의 임명권자인 대통령, 그 동의권자인 국회, 사회발전을 주도하려는 언론 그 모두가 각각의 권력의지 또는 이해관계에 따라서 얌전한 사법부, 소소한 법적 다툼만을 처리하는 사법부가 되기를 원한다. 커다란 정치적 이슈나 사회변화를 주도하는 결단이 사법부에서 내려지기를 원치 않는다. 가장 전형적인 사례가 양형기준표의 제정에 의한 사법부의 형사양형에 대한 "적절한 그리고 당연한" 재량권의 박탈이다. 그 피해는 결국 국민에게 돌아갈 운명이다.

또다른 사례는 최고법원 법관의 대통령에 의한 임명 및 그 동의를 위한 국회에서의 청문회 과정에서 나타나는 "안전 또는 온건" 위주의 선택이고, 이에 대한 사법부의 순응적 태도이다. 최고법원 법관의 선택과정에서, "재산 형성과정의 투명성 그리고 실무 처리능력"이 지나치게 집중 거론되고, "역사의식이나 법조철학"이 등한시되는 현상은 바람직하지 않다. 타개책은 사법부 구성원 스스로의 인식 전환밖에는 있을 수 없다. 법관은 결코 법률지식만 갖춘 기능인이 아니다. 인간에 대한 깊은 이해를 갖추고 우리 사회가 나아갈 길을 고민하는 지성인이 되어야 한다. "모든 법률문제는 결국 무엇이 공평한가로 귀결되기 때문에 전문법원이 필요하지 않다"는 미국의 사법철학을 음미해야 한다. 그리고 명문가 출신이며 유복한 환경에 있었으면서도, 국가의 위기 때마다 자리를 박차고, 위기상황에 몸을 던진 홈스 판사의 이력을 본받아야 한다. "몸 사리는" 판사에게 국민은 신뢰를 주지 않는다. "몸을 던져야" 거인이 된다.

—「대한변협신문」, 제390호 2012년 3월 12일

판사가 피고인에게 사과하다

최근의 보도에 따르면, 지난 9월 10일, 49년 전(1961년) 민통련 소속의 학생이 남북학생회담을 제안한 것이 북한의 통일방안에 찬동한 것이라는 이유로 징역 15년을 선고받고 7년 6개월간 수감생활을 했던 피고인에 대한 재심판결에서 무죄의 선고를 했다.

그리고 재판부는 선고 시에 다음의 세 가지 내용을 구두로 덧붙였다고 한다.

첫째는, "불법수사와 불분명한 증거"로 유죄를 선고한 것을 부끄럽게 여기고, 둘째는 이에 대해서 "법원을 대표하여 사과와 위로의 말씀"을 드리며, 셋째는 지금이라도 과거의 잘못된 재판을 바로잡는 것은, 피고인 등의 희생으로 이룩한 민주화의 성과이므로, 피고인의 "그동안의 고난과 희생이 헛된 것이 아니었다"고 위로했다는 것이다.

위와 같은 보도를 읽고, 그 판결의 당부와는 무관하게, "자연스럽게 마음속에 떠오르는 의문점들"을 적어본다. 이에 대한 대답은 각자의 생각에 맡기기로 하고.

첫째, 그 판결문을 구하여 읽어보니, 무죄의 이유로 6가지 점을 상세히 적시했는데, 하나같이, "새로운 사실의 발견"에 기초하는 것이 아니라, 기존의 공소사실에 대한 "법률적 평가를 달리" 하는 것들이었다. 그렇다면, "정의라는 것은 세월 따라 바뀌는 것"이 당연하다고 수

궁하면서, 앞으로도 그와 같이 판결하며 무난히 처신하면서 지낼 것인가?

둘째, 당시의 법적 판단이 잘못된 것이라면, 왜 그런 일이 벌어졌는가? 당시 판사의 판단 능력이 모자라서인가, 아니면, 수사 또는 공소 유지 담당자의 부적절한 영향력에서 비롯된 것은 아니었는가?

셋째, 보다 원천적인 재발 방지를 위한 차원에서, "원인 제공자 내지는 그 하수인들"이었던 "그때, 그 사람들"은, "현재, 어디에서 무엇을 하며, 어떻게 지내고 있는가?"

넷째, 49년 뒤의 후배 판사가 선배 판사의 잘못을 사과하면서, 마음 속으로는 어떤 생각을 하고 있었을까? 혹시라도 손상된 자존심을 억누르면서, 앞으로는 어떠한 경우에라도 "법대로 재판"하겠다고 다짐하지는 않았을까?

다섯째, "판사의 피고인에 대한 사과"를 보면서, 우리 국민들은 사법부에 대하여 어떠한 생각을 할까? 혹시라도 "사법부가 국민의 권익을 지켜주기보다는 정권의 하수인"이라고 치부해버린다면, 우리 사법부는 앞으로 어떻게 해야만 국민의 신뢰를 얻을 수 있을까?

"현재는 과거의 그림자"일 수밖에 없기 때문에 우리 법률가의 마음은 한없이 무거워진다.

— 「대한변협신문」, 제326호 2010년 11월 1일

비속어 쏟아내는 일부 법관의 만용

최근 한-미 FTA 비준동의안의 국회 통과를 계기로 일부 판사들의 정치적, 사회적 이슈에 대한 개인 의견 표출이 언론에 잇달아 크게 보도되고 있다. 그리고 그 의견 표출방법이 지나치게 과격하여 진중함을 잃었으며, 대통령을 조롱하고 대법원 판결을 비판하는 등 정도(正道)를 벗어났다는 비판이 일고 있다. 다른 한편 언론에서는 단신 정도로 취급되었지만, 사법정의의 관점에서는 주목받아야 할 판결들이 근자에 내려지고 있다. 과거 권위주의 정권 시절 민주화 운동 과정에서 옥고(獄苦)를 치른 인사들에 대하여 세월이 한참 흐른 뒤에야 재심(再審)을 받아들여 무죄 또는 위헌판결 등 명예회복 조치가 취해지고 있는 것이다.

두 가지 현상은 서로 무관해 보이지만, 법관이 갖추어야 할 덕목의 하나인 "용기"라는 측면에서는 비슷한 문제점을 안고 있다. 즉 전자는 법관의 용기가 너무 지나쳐 "만용"에 이른 것이고, 후자는 원래 잘못된 판결을 내렸던 법관이 용기를 가지지 못하여 "비겁"을 보였던 것이다. 법관의 진정한 용기란 "말해야 할 때"에, "적절한 방법"으로 정의(正義)를 말하는 것이다. 이런 점에서 두 가지 현상 모두 "중용(中庸)"을 갖추지 못한 것으로 비판받아 마땅하다.

먼저 후자는 그 시대의 특수성을 아무리 고려한다고 하더라도 현실과 적당히 타협한 것으로 지식인의 배신행위였음이 명백하다. 당시 잘못된 판결을 하게 된 것이 법관의 잘못이라면 그 법관이 비난받을 일이고, 수사기관의 잘못이라면 그 원인과 책임자를 지금이라도 명백히 밝혀두는 것이 재발 방지 차원에서도 필요할 것이다.

요즘 논란이 되는 전자의 경우는 세 가지 측면에서 잘못을 지적할 수 있다. 첫째는 인간적인 면이다. 법관은 우리 사회의 지도층으로 성숙되고 세련된 모습으로 다른 사람들의 갈 길을 밝혀주는 안내자가 되어야 한다. 그래서 언행에도 특별히 유념하여 품위를 유지하고 남을 배려하는 모습은 당연하다. 비속어를 남발한다거나, 남의 약점을 거침없이 드러내는 무분별한 언행은 한 인간으로서도 옳지 않은 일이며 법관에게는 더구나 어울리지 않는다.

둘째는 법관으로서의 직업적인 면이다. 직업인으로서의 법관이 지녀야 할 기본소양은 불편부당(不偏不黨)이다. 이는 법관으로서 사건을 처리할 때에 편파적이지 않고 공평해야 한다는 것을 의미한다. 더욱 중요한 것은 편파적일 것 같은 모습이나 외향을 보여주어서도 안 된다는 점이다. 따라서 법관도 자기의 정치적 의견을 외부에 공표하는 것이 허용되어야 한다는 주장은 성립될 수 없다. 그 자체로서 이미 재판이 공정성을 잃을 수 있다는 우려를 야기하기 때문이다. 덧붙여 강조해둘 것은 헌법상 "법관은 양심에 따라 독립하여 재판한다"는 것은 법관의 개인적인 소신에 따른다는 의미가 아니라 법관으로서의 직업적인 양심에 따라야 한다는 의미라는 점이다. 만약 어느 법관의 정치적 소신이 우리 헌법의 기본원칙과 도저히 조화를 이룰 수 없을 때에는 그 직(職)을 떠나 다른 길을 찾아나서는 수밖에 없다.

셋째는 법관으로서 가져야 할 몸가짐이다. 법조계의 어느 대선배께서 오래 전에 신임 법관들에게 들려주신 일화가 있다. 그분이 어린 시절 시골에서 자랄 때 잘 다듬은 옷과 깨끗한 신발을 신고 이슬을 머금은 풀들이 무성한 논두렁 밭두렁길을 지나 학교에 가게 되었다. 처음에는 옷과 신발이 이슬에 젖지 않도록 조심해서 걸었다. 그런데 시간이 지나면서 옷과 신발이 점점 더 이슬에 젖게 되면서 "어차피 젖었는데……" 하는 생각이 들고, 나중에는 일부러 이슬 먹은 풀들을 발로 차면서 가게 되더라는 것이었다. 그분 말씀의 취지는 법관으로서 처음 출발하면서 지녔던 맑은 생각이 세월이 흘러 이러저러한 사정으로 약간 흐려지더라도 쉽게 포기하지 말고 몸가짐을 바르게 지키라는 것이었다.

법관의 통념에서 벗어난 언행으로 물의를 빚은 법관들은 우선 인격적 수양을 게을리 하지 말 것을 권하고 싶다. 또 만일 그러한 언행의 원인이 그들의 정치적 소신에서 비롯된 것이라면, 진지한 직업적 고민을 거치는 것이 필요하다. 그리고 혹시라도 그 원인이 앞에서 든 세 번째에 해당된다면, 그 대선배님의 말씀대로, 다시 마음을 다잡고 올바른 법관의 길을 찾아 정진해야 할 것이다.

—「조선일보」, 아침논단 2012년 1월 2일

사법부와 판사를 위한 변론

최근 사법부 판결을 소재로 한 두 편의 영화가 국민의 뜨거운 호응을 받고 있다. 이에 대응하여 사법부는 영화의 내용이 재판의 실상과 다르고 흥미를 위한 각색이 많이 가해졌다고 해명하고 있지만, 일부 국민은 쉽게 수긍하지 않는 분위기이다. 이런 현상은 일시적으로 이성에 호소하는 것보다 계속적으로 감성에 호소하는 것이 얼마나 효과적인지를 보여주고 있다. 여기에 일부 판사들이 비속어를 남발하고 재임용 탈락 법관까지 겹쳐 사법부의 신뢰는 끝 모를 추락을 하고 있다.

그러나 아무리 미워도 자식은 자식이듯이 나라가 존속하는 한, 사법부 그리고 판사가 없을 수 없다. 인간에게는 남들이 자신에게 기대하는 대로 행동하는 묘한 습성이 있는 만큼, 우리는 판사들에 대해서 긍정적인 관심과 애정을 가질 필요가 있다. 그러기 위해서 우리 국민은 다음 세 가지를 우선 이해할 필요가 있다.

첫째는 "사실관계 확정"의 문제이다. 판결을 하기 위한 전제로서 먼저 사실관계를 정해야 하는데, 사실 이것은 판사가 잘할 수 있는 일이 아니다. 민사나 형사 사건에서 사안의 진상을 가장 확실히 알고 있는 사람은 하느님 말고는 당사자 본인이다. 그 다음이 양쪽의 변호사나 검사이고, 판사는 진상에서 가장 멀리 떨어져 있는 사람이다.

그래서 미국 법제에서는 민사소송이 제기되면, 먼저 양쪽 당사자들이 서로 "증거개시제도(discovery)"를 통해서 사실관계를 확실히 정리한 다음, 이를 토대로 판사 앞에서 한두 차례의 재판을 거쳐 판결을 받는다. 형사사건의 경우는 배심원들이 사실 확정을 통해서 유죄, 무죄의 판단을 하고, 판사는 이를 토대로 형량만 정하게 된다. 그런데 우리나라에서는 양쪽 당사자가 처음부터 판사 앞에서 증거를 제출하고 판사가 직접 증거조사를 한다. 따라서 당사자들이 진실 발견에 협조하지 않고 자기주장만 하는 경우에는 판사가 점쟁이 역할을 강요받는다. 그 결과 판결이 일부라도 진실에 반(反)할 위험성이 커지고, 판결 결과에 당사자들이 불만을 가질 가능성이 훨씬 높아진다.

우리나라는 일본에 비해서 인구가 절반도 되지 않는데 소송 건수는 두 배 이상 많다고 한다. 사법 서비스를 효과적으로 이용하려면 판사가 잘할 수 있는 것을 요구할 필요가 있다. "판사는 점쟁이가 아니다."

둘째는 "법률판단 또는 가치판단"의 문제이다. 사실관계가 확정되면 판사는 법률 또는 헌법을 적용하여 결론을 내린다. 이는 사람이 어떻게 살아가야 하는가의 가치판단에 대한 대답을 주는 과정이다. 그런데 이 과정이 간단하지 않다. 사람살이의 거의 모든 경우에 서로 모순되어 보이는 두 가지 명제가 존재한다. "티끌모아 태산"이라는 말이 있는가 하면 "너무 절약하면 가난해진다"라는 말도 있다. "거짓말을 절대 해서는 안 된다"면서도 때로는 "선의의 거짓말은 필요하다"고 한다. 법률도 마찬가지이다. "개인의 자유와 권리는 보장"되어야 하지만, "공공복리를 위해서는 제한"될 수도 있다. "언론의 자유는 무제한"이지만, "타인의 권리나 국가의 기본질서를 해쳐서는 안 된다."

이 넓은 선택범위 속에서 판사는 그 시대, 그 사회에 가장 적합하다고 생각되는 기준, 즉 정의(正義)를 찾아야 한다. 대법원을 정점으로

하여 공평, 타당한 결론을 찾느라 고민하지만, 당연히 반대되는 의견을 가진 사람이 없을 수 없다. "어떤 옷이 가장 좋은 옷이냐"는 질문에 정답이 있을 수 없다. 날씨에 따라, 온도에 따라, 지역에 따라, 체형에 따라 다를 수밖에 없다. 이러한 정의의 상대성에 우리 모두가 익숙해져야 하고, 다른 의견을 존중해주는 성숙함을 가져야 한다. "판사는 신(神)이 아니다."

셋째는 "판사의 용기"의 문제이다. 과거 권위주의 시절에 사법부가 국가의 민주화에 국민의 기대만큼 기여하지 못했고, 이로 인한 실망감이 큰 것도 부정할 수 없다. 그러나 한편으로는 국가배상법의 위헌을 선언했거나 박정희 전 대통령을 시해한 김재규에 대해 내란목적 살인 의도를 부정한 대법관들이 권력자에 의해서 축출당하는 용기를 보인 적도 있음을 상기할 필요가 있다. 현실상황을 묵인하거나, 회피하거나, 또는 상황과의 관계설정을 기권으로 얼버무리는 것은 지식인, 특히 법관이 해서는 안 될 배신행위라는 점에서 사법부가 그동안 미흡했다는 것은 분명하다. 다만 "판사들이 모두 독립투사이기를 바라기는 어렵다."

칭찬은 고래도 춤추게 한다는데, 우리 국민에게 사법부와 판사들에 대한 이러한 아량을 부탁하는 것은 무리일까?

—「조선일보」, 아침논단 2012년 3월 7일

정치권력으로부터 자유로운 검찰

　선거의 해를 맞아 정치권은 요즈음 총선을 앞두고 득표활동에 여념이 없다. 이러한 분위기는 대통령 선거가 실시되는 연말까지 이어질 것이다. 그런 와중에 민간인 불법 사찰문제가 불거졌고, 이는 정치권력 특히 형사사법권력 남용 방지대책으로 확대되어갈 것이 예상된다. 따라서 국회의 다수당이나 대통령이 확정되기 전에 형사사법 권력을 공정하게 행사하기 위한 기본적인 틀을 미리 정리해둘 필요가 있게 되었다.

　1960년대의 군사정권 시대 이래 정치권력과 형사사법권력, 특히 검찰권력의 연결 고리는 법무부 장관과 검찰총장 및 청와대 안 비서실 조직의 일부인 민정수석 등 3자의 상호관계로 만들어졌다. 즉 수사권과 공소권을 독점하는 막강한 검찰권력과 정치권력을 잇는 권력의 축(軸)이 형성된 것이다. 그리고 이 세 자리에 모두 검찰 출신 인사를 기용함으로써 그 연계 정도는 더욱 강화되었다. 사실 편견 없는 눈으로 보면, 형사사법, 특히 범죄 수사와 기소권을 어떻게 운용할 것이냐는 최고권력자인 대통령 몫으로서 국가 통치수단의 핵심요소이다. 그러나 권력은 항상 남용 위험이 있는 것이어서 때로는 정치권력의 부족한 정통성 때문에, 때로는 정책의 무리한 집행을 위하여 형사사법권력이 이용되었다.

이 문제의 생산적인 논의를 통하여 해결의 실마리를 찾아보자. 국가 통치 차원에서 법무부 장관, 검찰총장, 비서실 조직이 필수적임은 분명하다. 그렇다면 결국 이를 운용하는 사람 문제로 돌아갈 수밖에 없다. 물론 가장 중요한 열쇠는 최고책임자인 대통령이 쥐고 있다. 권력의 정통성에 자신이 있고, 나아가 법치주의 실현의지가 확고하다면 발상의 획기적인 전환을 통하여 못할 일이 없다.

예를 들면, 이 세 자리를 반드시 검찰 출신 인사로 채워야 할 당위성은 없다. 검찰 출신이 아니라도 대통령이 신뢰하고 법치의식이 투철한 인물에게 맡길 수 있다. 과거 정권 때 법무부 장관과 민정수석을 그러한 방식으로 기용한 적이 있었지만, 의욕이 넘친 나머지 실무감각이 부족하여 기대만큼 성과를 거두지 못했다. 하지만 법치의식과 실무감각의 조화를 이룬 인재는 발굴하기 나름이다. 좀더 크게 생각을 바꾸면, 검찰총장까지도 그러한 인사를 생각해볼 만하다. 조직 장악력이 문제가 될 수 있지만, 야권에서는 선거에 의한 임용까지도 주장하고 있다. 나아가 법무부 내부의 주요 보직을 모두 현직 검사가 차지하고 있는 것도 시정할 필요가 있다. 전문성을 갖춘 재야 변호사 기용도 고려할 수 있을 것이다.

다음 단계의 열쇠는 법무부 장관, 검찰총장 및 검사들 스스로의 의식 전환이다. 과거 이승만 정권 시절, 검찰은 우리가 잘 알고 있는 바와 같이 부정한 정치권력에 저항해온 훌륭한 선배들을 가지고 있었다. 법치주의를 실천하려는 높은 기개를 가진 검사를 발굴하고 음지에서 묵묵히 일하는 검사를 찾아내어 이들이 조직 내에서 성장할 수 있는 인사가 이루어져야 한다. 권력욕에 사로잡힌 검사, 정치권을 기웃거리는 검사들은 자연히 도태되는 조직문화가 만들어져야 한다. 이와 같은 맥락에서 다음 몇 가지는 반드시 시정되어야 할 것이다.

청와대 비서실 민정수석실에 파견되는 검사는 독립성 확보라는 명분으로 검찰에 사표를 내고 민간인 신분으로 근무한다. 그러나 임무가 끝나면 예외 없이 다시 검사로 임용되는 편법을 쓰고 있다. 이는 눈 가리고 아옹 하는 것이 명백하다. 그리고 서울을 둘러본 지성 있는 외국인들은 한결같이 법원 건물 옆에 나란히 서 있는 건물이 검찰청임을 알고는 놀라움을 토로한다. 그들은 과연 사법부의 독립이 확실한 나라인지 의심을 품게 된다. 여기에 한 가지 더한다면, 검찰과 경찰 간의 수사권 조정문제는 기관이기주의에서 벗어나 어느 것이 국민에게 이익이 되는가 하는 차원에서 해결점을 찾아야 한다. 법치 선진국인 외국에서는 어떤 모습을 하고 있는지를 참고할 필요가 있다.

어떠한 개혁이든지 자발적이고 내부적인 것이 가장 바람직하지만, 이는 항상 이상에 그치고 마는 경우가 많다. 대안은 철저한 외부의 감시와 견제이다. 그 역할은 사법부와 언론이 맡아야 한다. 부당한 수사와 기소로부터 국민의 기본권을 보장하는 것은 사법부의 숭고한 책무이다. 언론 역시 형사사법기관에 대해서 빛과 소금의 역할을 게을리 해서는 안 될 것이다.

— 「조선일보」, 아침논단 2012년 4월 8일

검찰 스스로 변해야 산다

　최고의 엘리트 집단이라는 검찰의 비리가 잇달아 보기가 민망할 정도이다. 검찰이 현재 위기에 처해 있다는 뜻은 국민이 검찰을 불신하고 심지어는 싫어하고 있다는 말이다. 그 이유는 한마디로 정리하면, 그동안 검찰이 주권자인 국민에게 오만불손하고 안하무인으로 행동해온 데서 비롯된 것이다. 왜 그렇게 되었을까? 원인은 크게 두 가지로 나뉜다.

　첫째, 외부적, 정치적 원인이다. 흔히 통치자가 국민을 다스리는 몇 가지 전통적인 방법이 있다고 한다. 총과 칼이라는 무력을 사용하는 방법과 정보기관을 동원해 약점을 확보하고 이를 활용하는 방법이 있다. 또, 한 단계 진보된 것으로 국가기관의 합법적 공권력, 즉 수사권이나 조세 징수권을 동원하여 합법에 의탁하는 방법이 있다. 우리의 지난 반세기 역사는 이러한 과정을 순차적으로 밟아왔다. 특히 국민의 민주화 의식이 점차 고양되면서부터는 권력유지의 수단으로 검찰의 수사권이 크게 활용되었다. 그 과정에서 검찰은 본의 아니게 정통성이 약한 정권의 시녀 역할을 하게 되었다. 그리하여 정권에 대한 국민의 비판과 혐오감은 곧바로 검찰에 대한 불신과 혐오로 이어졌다.

　둘째, 내부적, 자책적 원인이다. 검찰은 그러나 정권의 정통성이 더 이상 문제가 되지 않는 시대에 이르러서도 국민의 검찰로 거듭나지 못했다. 오히려 정권의 시녀 역할을 하면서 누렸던 권력에의 단맛을 더 확대하려고 했고, 더 즐기려고 했다. 권력기관의 특징은 두 가지이다. 하나는 의사결정 과정의 밀행성이고, 다른 하나는 의사결정의 근거를 밝히는 것이 반드시 요구되지는 않는다는 점이다. 검찰은 그동안 이 두 가지 특성을 최대한, 그리고 적절히 활용하고 막강한 수사권한을 배경으로 하여 여론을 오도하고 국민의 시각을 흐려왔다. 심지어는 자기의 심판기관인 법원마저도 압도하려는 잘못을 저질렀다. 이에 대한 해결책은 세 가지 측면에서 가능하다.

먼저, 검찰이 스스로 변해야 한다. 이를 위해서는 검찰이 정치적 고리를 끊는 것이 필수적이다. 다행히 새 정부는 이러한 의지를 천명하고 있으니, 그 귀추를 눈여겨볼 일이다. 얼마 전 한 시민단체가 역대 검찰총수의 임명과정을 상세히 밝혀 드러내는 작업을 하겠다고 선언한 바 있다. 이러한 신선한 시도 역시 크게 도움이 될 것이다.

그러나 검찰 개혁의 핵심은, 그 구성원인 검사들이 자기만이 옳다는 아집과 그 아집을 권력을 배경으로 해서 어떤 경우에든지, 또 누구에게나 관철시킬 수 있다는 오만함을 버리고 겸손해지는 데에 있다. "검찰과 겸손", 이는 어울리지 않는 한 쌍의 단어일 수 있다. 그러나 그럼에도 불구하고 "검찰이 죽어야 검찰이 산다"는 역설은 우리의 현실에서 충분히 타당성이 있다.

다음으로, 언론 및 변호사단체, 시민단체 등 외부 감시기구들의 비판 기능 강화가 요구된다. 그동안 언론은 우리나라 법조 내지는 사법구조의 바람직한 큰 그림을 외면한 채, 검찰의 일방적인 논리만을 여과 없이 그대로 보도함으로써 결과적으로 검찰 위기에 일조해왔다는 비판을 면할 수 없다. 판사의 무죄판결에 대한 검사의 불만 섞인 강변을 무죄판결 이유만큼이나 상세하게 실어주고, 조사받던 피의자가 고문으로 죽어갔는데 그 바로 후속보도로 그럴 수밖에 없었던 전후의 사정, 감시 카메라가 작동하지 않은 이유의 설명(그 이유 역시 언어도단이다) 등을 그렇게 친절히 보도하는 언론은 분명 사법구조의 큰 틀을 읽지 못한 것이다.

변호사단체 등 시민단체도 제때에 제 목소리를 내는 자기 역할을 충실히 해야 한다. 요즈음 제 역할을 다하지 못하는 영장실질심사제도를 제대로 정상화시켜야 한다는 논의가 일고 있다. 5년 전, 대법원에서 제대로 된 영장실질심사제도를 입법화시키려고 온갖 노력을 다했을 때, 변호사회 등 그 많은 비정부기구(NGO)는 어떤 자세를 취했으며 왜 그러했는지 반성해보아야 한다.

끝으로, 검찰 개혁의 헌법적, 법률적 마무리는 사법부에 의해서 이루어져야 한다. 우리의 헌법상 검찰의 독선, 권한 남용 등 모든 잘못을 시정할 수 있는 유일한 법률적 기구는 바로 사법부이다. 이론상으로는 사법부가 추상같은 공정한 판결을 한다면, 검찰의 잘못은 모두 그곳에서 바로잡을 수 있다.

그러나 우리 사법부의 그동안 모습이 반드시 긍정적으로만 평가받기는 어려울 것이다. 원인은 여러 가지일 수 있다. 또다시 정권의 정통성 결여, 검찰의 위압적 논리전개와 그 강요, 과거 사법부의 비극적 역사적 경험(우리나라는 대법관이 두 차례나 그 판결의 잘못을 이유로 한꺼번에 여러 명이 옷을 벗은 쓰라린 경험을 했다) 등을 들먹일 수도 있다.

그러나 이는 법관의 자존심상 도저히 말도 꺼낼 수 없는 변명에 불과하다. 어느 경우에도, 법관은 "정의를 말해야 할 때에, 말할 수 있는 용기"를 가졌어야 했다. 법관에게 요구되는 세 가지 덕목 "성실, 정직, 용기" 중에서 현재의, 우리나라 법관에게 가장 절실한 덕목은 단호해야 할 때에 단호할 수 있는 "용기"라고 생각된다. 사법부의 제모습 찾기가 절실히 요망된다.

—「문화일보」, 오피니언 2003년 5월 19일

준법서약 폐지, 과정이 문제다

　법무부는 지난 7일 소위 공안사범의 가석방을 위한 전제조건인 "준법서약제"를 폐지하기로 했다. 이는 12인의 외부 인사로 구성된 법무부 장관 자문기구인 "법무부 정책위원회"의 결의를 받아들인 것이라고 한다. 그 법리적인 근거는, 첫째 이는 사상의 변경을 강요해 양심의 자유를 침해하는 것이고, 둘째 형사정책적으로도 그 실효성이 없다는 데에 있다고 한다.

　그런데 주지하는 바와 같이 이 준법서약제도의 위헌성 여부에 관하여 1년 3개월 전인 작년 4월 헌법재판소에서 결정이 있었는데, 그 결론은 위와는 정반대되는 논리로서 이 제도가 합헌이라는 것이었다.

　위와 같은 상황의 변화를 보면서, 내가 주목하는 부분은 위헌성 여부라는 결론의 타당성 여하가 아니라, 이러한 변화의 과정이 과연 법치주의가 지배하는 국가의 바람직한 모습인가 하는 점이다.

　여기에는 다음과 같은, 반드시 짚고 넘어가야 할 문제가 담겨 있다.

　먼저, 불과 1년 3개월 전 헌법재판소에서 이 사건을 심리할 당시 법무부 장관(물론 현재의 장관과는 다른 사람이다)은 그가 제출한 의견서에서, 강경한 어조로 공안사범은 사상범 내지 확신범으로 재범의 위험이 극히 높아, 다른 범죄인들과는 달리 취급해야 하며, 남북 대치의 현실을 비추어볼 때 이 정도의 불이익은 경미한 것으로 용인되어야 한다고 주장했다.

그렇다면, 1년 3개월이 지난 현재 법무부가 제도의 폐지를 결정했다면, 이에 대한 적절한 해명이 있어야 한다고 생각한다. 그 해명으로는 당시의 주장이 과장된 것으로서 현실에 부합하지 않는 잘못된 것이었다든지, 아니면 그동안 남북의 상황이 변화되어 더 이상 위험성이 없어졌다든지일 것이다.

다음은, 헌법재판소에서 위와 같은 합헌결정을 할 당시 과연 현실을 직시하고 통찰력 있는 판단을 했는가 하는 점이다(여기에는 물론 반대의견을 낸 두 분이 있었다). 결정이 있은 후 불과 1년 3개월 뒤에, 특별한 상황 변화가 없었음에도, 법무부가 스스로 태도를 바꿀 정도였다면 그 당시에 헌법재판소가 먼저 위헌의 결정을 할 수도 있지 않았나 하는 아쉬움을 떨쳐버릴 수 없는 것이다.

여기에서 우리는 다음의 점들을 반성하고 배워야 한다. 법무부는 1년 남짓 뒤에 스스로 바꿀 일이라면, 1년 남짓 전에 스스로 전향적인 자세를 취하여 국민을 위하는 모습을 보여줄 수는 없었나 하는 점이다. 내가 스스로 나의 잘못을 고칠 수는 있어도, 남의 지적에 의하여 (더욱이 재판 기관에 의하여) 그 잘못을 고칠 수는 없다는 생각은 버려야 한다.

바로 이와 같은 생각 때문에 검찰이 국민의 검찰이 되지 못했다는 사실을 인식해야 할 것이다.

불과 얼마 전의 경험으로, 통행금지를 해제하면 큰일이 날 듯이 떠들어대고, 서울시의 상세 지도를 만들어 판매하는 것을 허용하면 간첩이 날뛰어 나라가 금방이라도 망할 듯이 강변하던 지난날의 모습들이, 모두 권위주의적이고 국민에 군림하는 공안당국의 모습이었다는 것을 왜 그리도 쉽게 잊어버리는지 답답할 따름이다.

또한, 헌법재판소는 국가의 공권력과 국민의 기본권이 서로 대립하는 경우에 과연 저울추가 정중앙에 위치하는 중립적인 자세를 견지하고 있었는지, 혹시라도 시대의 변화에 뒤처지는 판단을 하고 있지는 않은지 반성해야 한다.

미국의 대법원 역사상 가장 부끄러운 판결의 하나로 항상 인용되고 있는 것이, "미국의 노예는 사람이 아니고 물건이므로 노예제도는 합헌"이라는 판결이고, 이 판결이 있은 지 불과 몇 년이 지나지 않아 링컨 대통령의 노예 해방이 있었다는 사실을 우리는 역사의 교훈으로 받아들여야 할 것이다.

끝으로, 법치국가가 제대로 자리잡은 나라에서는, 커다란 헌법문제나 법률문제가 상세한 토론을 거쳐 최종적으로 사법부에서 마무리되는 모습을 보여야 한다.

위에서 본 바와 같이, 기껏 힘들게 헌법재판소의 판단을 거치고 난 후에, 이를 무시하고 슬그머니 바꾸어버리는 태도는 사법기관, 나아가 법치주의를 경시하는 지극히 바람직하지 않은 현상임을 자각해야 한다.

—「문화일보」, 오피니언 2003년 7월 12일

법원 판결은 검찰 위에 있다

며칠 전 송두율 교수에 대한 검사의 피의자 심문과정에 변호인의 입회를 허용할 것인지에 대한 논란에 대하여 법원의 판결이 있었다. 법원은 변호인의 입회는 헌법상 "변호인의 조력을 받을 권리"에 당연히 포함된다는 변호인의 논리를 받아들여 입회를 허용해야 한다고 판결했다.

이는 법률판단으로서 물론 반대의 견해도 있을 수 있다. 그러나 법치국가의 원리상 도저히 일어나서는 안 되는 일들이 판결 이후에 벌어지고 있다. 즉 판결이 내려진 뒤에도 검찰은 계속 자기의 논리를 내세워 판결이 잘못된 것이라고 비난하고 있고, 언론은 이를 받아 그대로 보도하고 있는 것이다.

이와 같은 현상은 다음의 세 가지 점에서 크게 잘못된 것이다.

첫째, 헌법상 법률분쟁에 관한 다툼은 당연히 사법부가 최종적으로 판단하도록 되어 있고, 이 원리는 한쪽 당사자가 검찰이라고 해서 조금도 달라지는 것이 없다. 따라서 판단을 받는 당사자로서 결코 법원과 대등한 위치에 있을 수 없는 검찰이, 판단을 하는 주체인 법원의 판결에 대해서 왈가왈부하는 것은 크게는 헌법의 기본질서를 무너뜨리는 것이다.

둘째, 검찰이 내세우는 법원 판결의 부당함을 지적하는 논리는 "판결 이전에 "법원에" 주장했어야 할 것들이다. 결코 "판결 이후에" "언론에" 주장해서는 안 될 것이고 "헌법적 안목이 있는 언론"이라면 이를 그대로 보도해서도 안 될 것이다. 우리 헌법은 법률분쟁에 관한 "마지막 말을 할 권한"을 사법부에 주고 있기 때문이다.

셋째, 사법부의 판결에 대한 검찰의 비판은 종래에도 "의도적으로" 반복되어오고 있다. 그런데 이는 자칫 국민들로 하여금 검찰이 법원과 대등한 기관 또는 수사권까지 가지는 보다 우월한 기관으로 잘못 인식하게 하는 극히 우려스러운 결과를 초래할 수 있다. 과거 어두운 시절에 우리는 군부나 정보기관에 의해서 지배되는 경험을 해왔고 자칫 이제는 수사기관에 의해서 지배되지 않을까 우려되기 때문이다.

이러한 잘못된 흐름을 바로잡기 위해서 중장기적으로 다음과 같은 것들이 이루어져야 한다.

첫째, 사법부의 구성원, 그 가운데서도 특히 수장을 비롯한 고위직 구성원들의 법관 역할에 대한 혁신적인 인식 전환이 요망된다. 이 점에서는 과거에 실로 실망스러운 일이 많았던 것이 우리의 현실이다.

예를 들면, 최근 대법관 인선과정에서의 법원 내부의 이견 표출을 염두에 두고 "물의를 일으켜 죄송"하다는 표현을 하는 것이나, 대법관의 역할은 당사자 간의 구체적 권리의 구제에 있으므로 대법관은 법원의 "재판실무에 밝은 사람"이 되어야 한다고 주장하거나, 몇 년 전 변호인의 피의자 접견을 거부한 조치에 대해서 준항고가 법원에 제기되자 결정을 일부러 미루는 사이에 접견이 이루어지도록 유도함으로써 "검찰의 잘못을 지적하는 결정을 회피"하는 태도 등은 모두 부끄러운 일들이었다.

둘째, 이러한 법관의 인식 전환을 위해서 사법부는 특단의 조치를 취해야 한다. 우선 법관의 재교육과정으로 법관의 용기와 헌법적 위상을 고취하는 기회를 가져야 한다. 특히 강조할 것은 우리 사회 최고의 인재들인 법관들이 기술적, 지엽적 법리논쟁에 몰두하여 "지적 자위행위"에 빠지지 말고 보다 근본적인 문제에 정면으로 부딪치고 보다 큰 안목으로 판단하는 용기를 가져야 할 것이다.

셋째, 우리 헌법이 상정하고 있는 사법부의 위상을 제대로 찾기 위해서는 사법부와 검찰과의 관계에서 "오해의 소지가 있는 연결 고리"들을 과감히 잘라버려야 한다. 우선, 법관의 임용 자격 내지는 방식을 검사와 완전히 차별화해야 하고 현행의 여러 법률상 검사에 관한 여러 규정이 (의도적으로) 법관에 관한 규정들을 원용하거나 준용하도록 되어 있는 것들을 삭제시켜야 한다. 또한, 검찰 청사가 법원 청사와 나란히 붙어 있는 것도 과감히 분리해야 한다.

넷째, 사법부의 외부에서도 시민단체 등 비정부기구(NGO)가 용기 있는 사법부가 되도록 감시와 함께 적극 지원해주어야 한다. 특히, 언론의 역할이 중요하며 선진화된 사회일수록 사법부의 역할이 중요하다는 인식을 가지고 이에 따른 보도태도가 필요하다. 또한, 훌륭한 판결, 훌륭한 법관에 관한 연구 발표회 개최와 자료의 수집, 기타 적절한 방법에 의한 경의의 표시도 바람직하다.

이번 사법부의 판결은 과거에 물들지 않은 "젊은 세대의 법관"에 의한 "헌법적 인식"이 깃든 전향적인 판단이다.

—「문화일보」, 오피니언 2003년 11월 4일

법원은 검찰의 카운터파트가 아니다*

2003년 11월 13일자에 게재된 "법원과 검찰 '협력, 견제' 바람직"이라는 윤장석 검사님의 글에 대해서, 우리나라 형사사법제도의 근본구조에 대한 이해를 돕기 위해서 재반론한다.

윤 검사님은, 우리의 형사소송은 다른 대륙법계 국가와 같이 "법원과 검찰이 서로 견제"하는 구조를 가지고 있다고 주장한다. 그러나 형사소송법의 어느 기본 교과서에 따르더라도, "대륙의 개혁된 형사소송법을 모델로 한 구법과 달리, 현행법은 영미, 특히 미국의 당사자주의를 대폭 도입한 점에 특색이 있다"고 하고 있으며, 1995년 11월 30일자 헌법재판소 결정도 이 점을 명백히 하고 있다.

쉽게 설명하자면, 형사소송에서 검찰의 카운터파트는 피고인 및 이를 보조하는 변호인이지, 법원이 아니며, 법원은 두 당사자 사이의 공방이 공정하게 이루어지도록 지휘, 감독한 후 이에 대한 결론을 내리는 "심판"과 같은 위치에 있는 것이다.

물론, 하급법원의 판결에 대해서 검찰이 상소를 제기할 수 있으나, 그렇다고 해서 검찰이 법원과 상호 견제관계에 있다고 할 수 없음은

---

* 이 글은 「문화일보」, 2003년 11월 4일자에 내가 쓴 "법원 판결은 검찰 위에 있다"(174쪽 참조)는 글에 대한 윤장석 검사의 반론("법원과 검찰 '협력, 견제' 바람직")에 대해서 내가 재반론한 것이다.

피고인도 똑같이 상소할 수 있다는 점에서 명백하다.

운동경기의 한쪽 선수만이 심판과 대등하고 서로 견제하는 관계에 있다고 해서는 누가 봐도 공정하지 못할 것이다. 검찰이 "공익의 대변자"라는 진정한 뜻은, 반대 당사자인 "피고인의 이익까지도 보호"하라는 뜻이지, 검찰"만"이 공익을 대변한다거나 변호인이나 법원이 "사익을 도모"하는 것을 견제하라는 뜻은 결코 아니며, 더욱이 무엇이 진정한 "정의"(공익을 포함한)인지의 최종적 판단은 역시 사법부에 의해서 내려지는 것이다.

법원과 검찰의 청사가 나란히 있는 것에 대해, 진심으로 "국민의 편의를 위하여" 그래야 된다고 생각하는지, 형사사건뿐만 아니라 민사와 행정 사건까지도 취급하는 법원에 볼 일이 있는 국민의 어느 정도가 이로 인한 편의를 보는지, "서면 심리"만을 하는 대법원과 함께 대검찰청 건물이 왜 나란히 있어야 하는지, 선진 외국의 법조인들이 우리 법조를 둘러보고 가장 이상하게 느끼는 점이 무엇이라고 이야기하는지, 질문만을 던져둔다.

진행 중인 사건에 관하여, 일방 당사자의 지나치고 의도적인 언론 접촉은 공정한 재판을 해칠 수 있는 요인인 것은 분명하다. 미국의 예이지만, 판사가 경우에 따라서 당사자의 "언론 접촉을 금지하는 명령[gag order]"을 내릴 수 있는 것도 같은 맥락이다.

지엽적인 논쟁은 이만 접어두고, 본질적인 것을 보자.

나는 지난 30년간의 판사, 변호사로서의 법조생활 동안 기회가 있는 대로 앞서와 같은 맥락의 의견을 계속 표명해왔다. 그 본뜻은, 우리 사회가 정신적으로 선진화되고 살맛이 나는 사회가 되기 위해서는 "힘"이 아닌 "합리성"이 지배하는 사회가 되어야 한다는 데에 있고,

이것은 역사의 필연일 것이다.

선진 외국의 어느 나라치고 군부나 정보기관, 수사기관이 사법부에 비합리적인 방법으로 영향력을 행사하려는 나라는 없다. 이러한 권력기관은 이미 그 자체로 충분히 강력한 것이며, 그 이상의 것을 바라는 것은 국가적 재앙으로 연결된다는 점을 우리는 역사적 경험으로 알고 있다.

과거 우리의 사법부는 몇 차례 이러한 권력기관의 비합리적 지배에 대항하여 헌법 수호적 판결을 한 후에 커다란 상처를 입은 쓰라린 역사를 안고 있다. 그후 사법부는 알게 모르게 소극적, 자기방어적이 되고, 큰 문제는 외면하고 작은 문제에만 매달려 기능공화하는, 지극히 바람직스럽지 못한 경향을 보여왔다.

이러한 점들을 종합해볼 때, 사법 선진화를 위해서 오늘날 우리 법조가 안고 있는 과제는 합리성에 양보할 줄 아는 검찰의 "자제", 헌법의식으로 무장된 변호인의 "투지", 정의감에 넘치는 사법부의 "용기"이다.

사법부는 칼도 지갑도 없다. 오로지 합리성에 기초한 정의만을 먹고 산다. 사법부에 "정의를 말해야 할 때에 말할 수 있도록" 채찍질하고 북돋워주는 것이 우리 사회가 선진화되는 길이다. 검찰과 "협력"하는 법원에 대해서 피고인은 어떤 느낌을 가질 것이며, 어느 누가 진정한 신뢰를 주겠는가.

예의를 갖추어, 서면으로 속내를 담아 반론을 제기해주신 윤 검사님께 감사드리며, 이러한 논의가 우리의 사법제도를 선진화하는 데에 도움이 되기를 바란다.

—「문화일보」, 오피니언 2003년 11월 27일

심판에게 대드는 운동선수 같은……

요즈음 일련의 사태에서 영장 발부 등을 둘러싼 법원과 검찰과의 대립이 날로 격화되고 있어 국민들이 불안해하고 있다. 쌍방이 논리를 내세워 자기의 정당성을 주장해도 상대를 설득시키지 못하고 교착 상태에 빠져 있는 경우에 서로가 한 걸음씩 뒤로 물러나 기본원칙을 냉정히 되돌아봄으로써 해결의 실마리를 찾을 수 있지 않을까 생각해 본다.

의과대학생들은 대학을 졸업하면서 히포크라테스의 선서를 통하여 "환자의 건강과 생명을 첫째로 삼고, 양심과 위엄으로 의술을 베풀 것"을 다짐한다.

법과대학생들은 대학에서 형사법을 수강하면서 우리의 선조들이 오랜 세월에 걸쳐 뼈저린 희생과 값비싼 대가를 치르면서 깨우친 삶의 지혜가 담긴 대원칙들을 배우기 시작한다.

어떤 행위가 아무리 괘씸해도 이를 범죄라고 법률로써 미리 규정해 놓지 않은 경우에는 처벌할 수 없다(죄형법정주의). 어떤 행위가 아무리 미워도 사후에 법을 만들어 과거의 일을 처벌해서는 안 된다(형벌 불소급의 원칙). 혹은 "열 사람의 범인을 놓치더라도 한 사람의 억울한 범인을 만들어서는 안 된다"고 한다. 또한 인간의 생명과 신체에 관한 중요한 결정은 어느 것으로부터도 독립된 법관만이 할 수 있다(사법권 독립의 원칙). 이와 같은 원칙들은 너무나도 중요하고 민주국가의 근간이 되기 때문에 나라의 기본법인 헌법에까지 규정되어 있다.

여기에서 우리들은 숨을 한 번 가다듬고 그 원칙들에 담긴 조상의 지혜를 가슴에 되새겨 (경우에 따라 아무리 아쉽더라도) 흔들림이 없을 것을 다짐해야 한다. 즉 우리의 선배들은 어느 한 곳에서도 "못된 짓을 저지른 범인은 모두 잡아들여 엄하게 벌해야 한다"고 이야기하지 않았다는 것이다. 이는 결코 정의감이 없거나 부정을 척결함으로써 사회에 정의가 흘러넘칠 수 있다는 것을 몰라서가 아니었다.

이는 오히려 오랜 역사적 경험과 힘들게 깨우친 인생의 지혜에 의하면 "인간은 어차피 완전할 수 없는 것", "사람 사는 사회에 옳지 못한 구석이 전혀 없을 수는 없는 것", "형벌 만능의 생각에 빠지면 자칫 크게 위험할 수 있는 것", "형벌권이 한 번 잘못 집행되면 치명적인 피해가 발생되고, 그 피해자는 항상 남만이 아니라 나 자신, 나의 형제, 나의 친구가 될 수도 있다는 것"이라는 생각에서 스며나온 것들이다.

여기까지 말한 바에 공감해준다면, 이제 문제의 해결점이 도출될 수 있다. 검찰은 모든 사건에서 자신들이 힘들여 수사한 결과가 반드시 법원에서도 받아들여져야 한다고 생각해서는 안 된다. 이는 앞에서 본 형사법의 대원칙에 반하는 것이고 헌법의 기본정신에 반하는 것이다. 검찰은 정의실현의 사명감을 가지고 수사하고 범죄 척결을 위하여 진력함으로써 그의 숭고한 임무를 다한 것이다. 수사권이라는 막강한 힘(권력)을 가진 검찰이, 옳고 그름을 가리는 판단권(명예)까지도 가지려고 해서는 안 된다. 판정에 불만인 운동선수가 심판에게 지나치게 대들어서는 안 되지 않겠는가. 아무리 아쉽더라도 국가의 각 기관은 자기가 맡은 역할이 있고, 그 역할에 최선을 다함으로써

만족할 줄 아는 성숙함을 가져야 할 것이다.

그렇다고 해서 법원 역시 만능의 권한을 가지는 것은 물론 아니다. 법원의 결정이 검찰이나 나아가 국민들의 공감을 얻고 신뢰를 얻을 수 있어야 할 것이다. 그러기 위해서는 절차의 진행이나 결론의 도출에서 고뇌와 성숙함과 지혜가 담겨 있어야 하고, 법관 개개인은 이를 위하여 구도자적인 노력을 아끼지 않아야 할 것이다.

—「조선일보」, 시론 2006년 12월 22일

변호사로 사는 길

―자유(自由)냐 대의(大義)냐

　우리 변호사들은 변호사라는 같은 일을 하고 있으면서도, 각기 나름의 다른 생각 내지 목표를 가지고 있다.

　우선, 무엇보다도 경제적 안정을 최우선으로 하고, 좋은 의뢰인, 좋은 사건을 많이 수임하기 위하여 백방으로 노력하고 전문성을 높이기 위하여 노력을 기울이는 분들이 있다. 물론 대부분의 변호사들이 이러할 것이고, 그것은 가장 보편적인 변호사로서의 삶이다. 반면, 자신의 주의(主義)와 주관(主觀)에 철저하여, 경제적으로는 조금 어려울지라도 이념과 원칙에 철저하면서, 많은 어려움을 달게 받아들이는 변호사들도 있다. 비교적 소수이겠지만, 훌륭한 변호사들이다.

　또한, 연수원 또는 로스쿨을 마치고 바로 변호사로서 활동하는 사람들이 있다. 보다 구체적으로는 로펌에 소속되어 일하거나, 개인 변호사로서 일하거나 또는 사내 변호사로서 경력을 시작할 수도 있겠다. 그러나 공통적으로는, 법조인으로서의 사회 첫걸음을 소위 갑(甲)이 아닌 을(乙)의 입장에서 시작하는 만큼 약간의 두려움과 불안감을 가질 수밖에 없다. 하지만 시간이 지나면서 거의 대부분은 잘 적응해 나간다. 반면, 법원이나 검찰의 공직에 상당 기간 종사하다가 중도에 퇴임하여 변호사의 길을 가는 사람들도 있다. 이들 중 어떤 사람은 재직 시의 평판이 좋았거나, 아니면 재직 중의 업무능력이 뛰어났거나 혹은 퇴임 직전의 보직이 변호사 업무에 도움이 되거나 하여 변호사업을 더 활발하게 영위하는 경우도 있다.

또한 공직 종사 후에 변호사로 활동하게 되는 경우에도 각각 사정이 다르기는 마찬가지이다. 어떤 변호사는 무슨 연유로든 공직에 대한 미련을 완전히 버리고, 보다 자유로운 삶을 찾아 그리고 자연인으로 새로 태어나기 위하여 변호사업을 시작하기도 한다. 반면에 어떤 변호사는 비자발적으로 공직에서 물러나 공직에서의 성취욕을 충족시키지 못하여, 변호사업을 하면서도 언젠가는 공직에의 화려한 복귀를 꿈꾼다. 그리하여 항상 현직과 좋은 관계를 유지하려고 애쓰고, 처신 역시 후일의 복귀에 지장이 되지 않도록 조심한다. 또한 어떤 변호사는 공직에서 원하던 자리에까지 도달하여 영광의 퇴직을 한 경우로서, 나머지 여생 동안의 변호사업이 지난날의 명예를 훼손하지 않도록 근신, 절제하면서 지내는 사람들도 있다. 당연히 그들의 변호사업은 치열하거나 투쟁적이지 않다.

젊은 나이에 처음부터 변호사의 길을 택했거나, 아니면 최초에는 공직에 종사했다가 후에 변호사가 되었더라도, 퇴임 후 상당한 시간이 지나게 되면, 그때부터 자연인 본연의 상태에서 생존의 문제에 부닥치게 된다. 나름의 인간관계, 즉 지연, 혈연, 학연에 힘입어 활로를 찾아나가지만 세상이 결코 만만치 않음을 점점 깨닫게 된다. 소위 친척, 친구, 친지의 3친(親)에 의존하여 변호사업을 한다는 것이 허황된 바람이라는 것을 알게 되는 데에는 별로 시간이 걸리지 않는다. 결국은 성실성과 전문지식에 그 성공의 열쇠가 있음은 다른 직업에서와 전혀 다르지 않다. 이를 위해서는 당연히 각고의 노력이 필요하고, 상당한 정도의 시간이 소요된다.

이와 같이 의뢰인의 확보야말로 변호사업의 생명이고, 활로이지만, 이는 책상에 앉아 열심히 일하고 연구하는 데에 장기가 있는 법조인에게 결코 녹녹한 일이 아니다. 그리하여 아예 정면으로 이를 포기하고 다른 길로 나서는 분들도 있다. 보다 좋은 사회를 만들기 위하여 각종 NGO 활동을 하거나, 아니면 본격적으로 정치에 뛰어들기도 한다. 드물지 않게 성공하는 사람들도 있지만, 그 물이 역시 변호사가 놀던 물이 아니어서 실패하는 경우도 많고, 성공하기까지에 각고의 노력과 희생이 따른다.

세상의 모든 일이 쉽게 이루어질 수 없음은 만고의 진리이다. 노자(老子)가 "배움을 단절하면 근심이 없어진다(絕學無憂)"고 했듯이, 경제적인 여유로움을 포기하거나, 법치와 인권의 대의(大義)를 포기하거나, 정치적, 사회적 야망과 명예를 포기해버리고, 현재 누리고 있는 지위에 만족하고, 하나의 생활인으로 평범하기 그지없는 변호사로 살아가는 것도 하나의 좋은 태도일 수 있다.

그러나 젊은 시절에 꿈을 가지고 법률을 공부했던 그 기개를 쉽게 버릴 수 없다면, 맹자(孟子)의 다음과 같은 말을 거듭 새기지 않을 수 없다. "하늘이 장차 사람에게 큰 일을 맡기려고 할 때에는 반드시 먼저 그 마음과 뜻을 괴롭혀 뼈마디가 꺾어지는 고난을 당하게 하며, 그 몸은 굶주리게 하고 생활은 빈궁 속에 몰아넣어 하는 일마다 어지럽게 만드나, 이는 그 마음에 참을성을 길러주어 가능하지 않은 일도 할 수 있게 하기 위함이다."

—「대한변협신문」, 제402호 2012년 6월 11일

변호사라는 직업의 "빛과 그림자"
―변호사를 위한 변론

    법조삼륜에 대한 우리 시대의 화두는 "법조 깎아내리기"이다. 과거 권위주의에 대한 저항의식의 발로이겠으나, 필요한 최소한의 권위마저도 부정당하는 것은 안타까운 일이다. 삼륜 중에서도 공권력이 없는 "변호사 직업"에 대한 폄하는, 서운함을 넘어 울분을 자아내기도 한다. 여기에서는 변호사라는 직업의 애환 몇 가지를 적어봄으로써 서로의 위안으로 삼고자 한다.

    변호사라는 직업은 아무에게도 종속되어 있지 않아 세상에서 가장 자유로운 직업이라고 부러워한다. 다만, 자기의 "소송의뢰인과 동료들과 법관들에게 종속"되어 있는 것을 제외하고는 그렇다.

    변호사에게는 정년이 없으므로, 건강이 허락하는 한 언제까지나 일할 수 있어서 좋겠다고 한다. 물론 규정으로 정해진 정년은 없다. 그러나 세월이 흘러 본인과 같은 연배의 동료, 친구 등등이 이런저런 사유로 직장을 떠나 사회활동의 뒷전으로 물러나게 되면, 변호사 역시 "자연스럽게 은퇴"의 길을 가게 된다.

    흔히들 변호사는 돈을 많이 번다고 한다. 물론 상위 몇 퍼센트의 소수는 많은 수입을 올리는 경우도 있겠다. 그러나 과반이 훨씬 넘는 대부분의 경우는 결코 풍족하지 못하다. 나아가 좀더 크게 보면, 현재 변호사 수 1만2,000명 정도의 우리나라 법률시장 전체 규모는 연간

2조원 내지 3조원 정도라고 한다. 그리고 10대 로펌의 연간 평균 매출액은 1,000억원을 넘기 어렵다. 이 정도의 "매출액"은 웬만한 중(中)기업의 매출보다도 적고, 연간 2조, 3조의 시장규모는 대기업, 예를 들면 삼성전자의 연간 "순이익"보다도 훨씬 작다. 발품 팔고, 글을 쓰고, 열변을 토하는 것으로는 큰돈을 벌 수가 없다. 돈 버는 데에는, 물건 1개에 10원을 남기더라도 1억 개를 만들어 파는 것이 훨씬 낫다.

변호사를 가장 슬프게 하는 것은 권력이 없다거나, 큰 수입을 올리지 못한다거나 하는 것이 아니다. 오히려 도움을 구하여 변호사를 찾아오는 의뢰인으로부터 "정당한 대우"를 받지 못할 때이다. 흔히 변호사를 "선임한다"는 말 대신에 "산다"고 표현한다. 많은 의뢰인들 특히 지적 수준이 낮은 의뢰인들은 "착수금"과 "성공보수금"에 대한 개념 구분이 없다. 수임단계에서 기껏 두 개념을 설명하고 계약서까지 작성했는데도, 일이 원하는 방향으로 끝나지 않으면, "착수금을 반환"해 달라고 하기 일쑤이다. 반면 일이 잘 끝난 경우에는 그때부터 연락을 피하거나, "변호사의 기여도"를 따지고 들기 시작한다. 드문 경우이기는 하지만 변호사의 변호과오(mal practice)를 문제 삼기도 한다. 이러한 경우의 대부분은 의뢰인들이 합리적이고 균형 잡힌 사고를 거부하고, "이기적이고 아전인수적"인 생각에 빠져 있는 경우이다. 노력해도 설득되지 않는 때가 많다. 이런 때에는 책에서 읽은 여러 말들이 생각난다. 즉 "인간은 그 자신에 대해서 정직해질 수 없다. 자기 자신을 이야기할 때는 언제나 윤색하지 않고는 못 배긴다." 또는, "우리는 종종 자신의 판단오류로 나쁜 일이 일어나도, 자신의 불행이 부당하다고 생각한다"든가, 아니면 "삶은 우연과 필연의 상호작용으로 이루어진다"는 것을 알면서도, 유독 "우연"의 부분에 대해서는 자학적으로 받아들인다. 바라건대는, "우리는 자신의 운명에 대하여 다른 사람을 전혀 비난할 수 없다는 사실을 (일정한 치유기간이 지나면) 깨닫게 되는데, 이유는 바로 그 운명을 스스로 불러들였기 때문"이라는 점을, 의뢰인들이 선선히 깨우쳤으면 하는 것이다.

제한된 경험, 짧은 경험에, 선배와 동료들로부터 전해들은 이야기들로 변호사 직업의 "음지"를 쓰다듬어보려고 했으나 오히려 마음이 흡족하지 않다. 차라리 "양지"를 부각시켜 희망과 용기를 북돋우는 것이 낫겠다. 젊은이들이 변호사가 되고자 하는 가장 큰 공익적 동기는 "사회를 합법적으로 변화시키기 위해서"일 것이다. 그렇다. 변호사가 수입에만 몰두하고, 개인적 안일에 집착하는 한, 존경과 신뢰를 받지 못할 뿐만 아니라, 직업적 만족도 떨어진다. 세상에는 가장 무서운 두 종류의 사람이 있다고 한다. 하나는 "출세를 포기한 공무원"이고, 다른 하나는 "돈 벌기를 포기한 변호사"이다. 여기에, 변호사들이 살아갈 길이 있다고 생각한다. 의뢰인을 위하여 열심히 일하면서도, 기회가 닿는 대로 공익을 위해서도 헌신하자. 어려움에 처한 사람을 도와주는 것에서 나아가, 우리 사회를 혁명이 아니라 "합법적인 방법으로" 더 좋은 사회로 변화시켜나갈 수 있다는 것은 얼마나 축복받은 일인가?

—「대한변협신문」, 제392호 2012년 3월 26일

청년 변호사를 위로함

　요즈음의 청년 변호사들은 여러 면에서 심각한 어려움을 겪고 있다. 우선 법조영역에의 진입과정에서부터 치열한 경쟁을 이겨내야 한다. 로스쿨이 도입되기 전에 사법시험의 합격자 수를 대폭 늘렸다고는 하지만, 그래도 법조를 지망하는 지원자의 수가 크게 늘어나다 보니, 그 경쟁률은 여전히 심해서 오직 3퍼센트의 선택받은 분들만이 이 관문을 통과할 수 있다.

　이 관문을 통과하더라도 난관은 첩첩산중이다. 그 이후의 진로가 사법연수원에서의 성적에 크게 좌우되는 만큼, 또다시 2년간의 힘든 세월을 보내야 한다. 대부분 결혼적령기를 맞은 이들은 학업성취도의 문제와 함께 배우자 선택, 생활비의 충당 등 삼중고에 시달리게 된다. 연수원을 마치고 법원이나 검찰 등 관직으로 진출하는 경우에도 앞길이 수월하지 않지만, 변호사로서 법조사회에 첫발을 딛는 경우에는 여러 가지 불확실성이 앞에 놓여 있다. 비교적 안정적인 직업환경이라고 여겨지는 중, 대형 로펌에의 취업은 그 수가 제한적이다. 사회경험이나 인맥 등의 형성이 당연히 허술한 그들이 처음부터 단독개업 내지는 소수의 동료들끼리의 합동개업을 결심하는 것은 커다란 용기를 필요로 한다. 사건수임의 어려움에서부터 시작하여, 실무경험의 부족에서 유래되는 법원이나 검찰 단계에서의 어려움, 사건당사자들과의 의사소통 역량부족에 따른 어려움과 고독감을 느끼며 홀로 헤쳐 나아가야 할 가시밭길이 험하다.

중, 대형 로펌에서의 생활이라고 해서 녹녹치 않음은 마찬가지이다. 초기 몇 년간의 수습기간 동안은 선배들의 배려 덕택에 보호막 속에서 지낼 수 있다고 하더라도, 곧바로 동료들과의 경쟁을 의식하지 않을 수 없다. 외국연수 기회의 포착이나 입사 후 8년 전후에서 닥칠 파트너 진입의 기회가 모두에게 다 허용될 수는 없기 때문이다. 근무하는 로펌의 근무환경이 가족적인 경우도 드물지는 않지만 수임 경쟁이 치열해지고, 더욱이 외국 로펌과의 경쟁까지 겹치게 되면, 자연히 실적 위주의 평가가 피할 수 없게 되어, 근무여건은 더욱 열악해지기 쉽다. 정시 퇴근은 그림의 떡이고, 사무실에서 밤샘 근무를 하는 경우도 드물지 않다. 아직 배우자를 찾지 못한 변호사들은 데이트 할 시간조차 없음을 아쉬워한다. 기혼의 변호사들도 상황이 쉽지만은 않다. 특히 여성 변호사들의 어려움은 중첩적이다. 직장에서의 강도 높은 근무에 더하여, 가정에서의 부인으로서 그리고 어머니로서의 역할까지 함께 떠맡아야 할 상황이다. 대형 로펌인 경우에는 소속 변호사의 수가 많아 상대적으로 대체인력에 여유가 있는 편이지만, 중소형 로펌에서 여성 변호사가 출산휴가라도 가게 되면, 가시방석에 앉는 분위기이다. 더욱이 둘째나 셋째라도 가지게 되면, 은근히 퇴사를 종용하는 눈치를 받게 된다.

그러나 이러한 여러 어려움은 어찌 보면 개인적인 노력과 인내력으로 극복할 수 있다고 하더라도, 보다 근본적인 불안감은 다른 곳에 있다. 즉 어느 날엔가는 본인이 단독개업 변호사로서 또는 로펌 소속의 파트너 변호사로서 독자적으로 생존해나갈 수 있을 것인가에 대한 두려움이다. 이는 자기자신의 노력에 더하여, 인간관계라든가 사회생활의 네트워크에 크게 의존할 수밖에 없는 것이기 때문이다.

위와 같은 상황에 더하여, 2012년 금년부터 배출하게 된 로스쿨 출신 변호사들의 어려움은 당연히 처음 겪는 것들이다. 우선 과거 사법시험 합격자 수의 두 배에 해당하는 변호사들이 매년 배출되어 법조시장에 진입하게 된다. 당연히 취업경쟁이 그만큼 치열해질 것이고, 어쩔 수 없이 탈락자가 생기게 마련이다. 설상가상으로, 기성 법조인들의 이들에 대한 시선이 부드럽지 않다. 우선 실무경험의 부족에 대한 부정적 인식이 팽배해 있고, 직전 사법연수원 출신의 변호사들로부터는 자기 몫의 일자리를 빼앗겼다든가, 아니면 함께 경쟁해야 한다는 데에 대한 싫은 감정을 배제할 수 없다.

젊은 변호사들의 어려움과 서러움을 여기에 일일이 다 적어 위로할 수는 없겠지만, 최소한 선배 법조인으로서 미안함과 책임감을 느끼지 않을 수 없다. 우선 로스쿨 제도 도입과정에서 충분한 논의를 거치지 못한 것은 전적으로 선배 법조인들의 잘못이다. 특히 우리나라의 현실을 분석하여, 법조 인력의 수요량을 정확히 예측하고, 이에 따른 합리적인 공급 방안을 마련하지 못한 것은 커다란 과오이다.

나아가 기성의 선배 법조인들은, 단순히 청년 변호사들을 위한 일자리 창출이라는 직역이기주의적인 차원을 떠나서, 우리 사회의 선진화를 위해서 법조인이, 특히 청년 변호사들이 어떻게 기여할 수 있는지에 대한 방안을 마련해주어야 한다. 여러분들이 여러 가지 방안을 제시하고 있지만, 가장 중요한 점은 고정관념에서 벗어나서, 창의적이고 진취적인 사고를 하는 것이다. 우리 국민은 과거 국민소득 최하위 2위국에서, 2만 달러를 넘는 성과를 이루어냈다. 우리 법조인 역시 이러한 노력을 게을리 해서는 안 된다.

내우외환의 변호사단체가 나아갈 길

　요즈음 변호사업계의 상황은 내외적으로 큰 어려움에 봉착해 있다. 국내적으로는 변호사 수의 급격한 증가, 국외적으로는 법률시장의 개방 등 가히 내우외환이라고 할 수 있을 정도이다.

　정부수립 이후 60여 년간 2세대에 걸친 이러한 법조 환경의 변화는 크게 세 가지로 요약할 수 있다. 즉 첫째 민주화 경향의 확대, 둘째 로스쿨 도입과 법조 일원화로의 이행, 셋째 국제화 및 세계화의 세 가지로 압축된다.

　이 세 가지의 시대변화에 적응하여 변호사들 및 변호사단체가 앞으로 나아갈 길이 자연스럽게 부각되어 나온다.

　먼저 우리 사회가 정치적으로 크게 민주화되어감에 따라서 법조계 역시 민주화의 바람이 거세다. 법조삼륜의 다른 두 축인 사법부와 검찰의 분위기가 더 이상 예전같이 권위와 통제로서 다스려질 수 없듯이, 변호사 사회 역시 신세대의 바람이 거세다. 법조 인구의 급격한 증가에 따라서 청년 변호사를 위한 일자리 창출 및 취업여건과 근무여건의 개선이 시급한 과제이다. 여러 가지 해결책들이 제시되고 있으나 국가경제 상황과 맞물려 있는 내용이어서 돌파구를 찾기가 쉽지 않다. 그리고 자칫 이 문제는 변호사들의 직역이기주의라는 반감을 불러일으킬 수 있기 때문에 신중한 접근이 필요하다. 오히려 이 문제는 경제적 이익을 추구하는 것보다는, 역발상으로 변호사들의 공적인 역할의 증대, 즉 사회공헌 활동의 증대에서 해결책을 찾는 것이 필요할 수도 있다. 무료변론 등 프로보노(pro bono) 활동을 대폭 늘리고, 국선변호제도와 법률 구조사업을 더욱 활성화시키는 것이다. 이러한 측면에서, 현재 법원의 주도하에 이루어지고 있는 국선변호인제도 및 법무부의 주도하에 운영되고 있는 법률 구조사업을, 원래 그 제도의 취지에 맞도록 변호사단체로 이관하여 "관치(官治)가 아닌 자치(自治)"의 방향으로 나아가는 것이 시대의 흐름에 맞는다고 생각한다.

다음으로, 우리는 많은 논란을 거쳐 로스쿨 제도를 도입하고, 그 연장선에서 앞으로 10년 후에는 변호사들 중에서 법관을 선발하기로 하는 법조 일원화를 채택하여, 법조 인력의 양성체계에 혁명적인 변화를 예고하고 있다. 따라서 당연히 이에 수반되는 문제점들을 예상하고 그 대비책을 미리 마련해두어야 한다. 당면한 과제는, 법조인의 양성과정에서 단순히 "법률지식의 축적"을 넘어, "법률가적 소양"의 개발에 힘쓰는 것이다. 따라서 현행의 변호사시험에 더하여, "상담수행시험"을 추가할 필요가 있다. 이는 변호사가 의뢰인의 사정을, ① 잘 물어보고 ② 잘 들어주고, ③ 잘 이해하고, ④ 잘 설명하고 ⑤ 좋은 관계를 형성했는지를 테스트하는 것이다. 의료계에서는 이미 "진료수행시험"이라는 형태로 2009년부터 시행되고 있으며, 법조계에도 이를 발전적으로 도입할 필요성이 절실하다.

뿐만 아니라, 변호사로부터의 법관 임용에 부응하여, "변호사의 법관 적격성"을 심사하고 평가할 수 있는 제도와 조직을 갖추어둘 필요가 있다. 여기에는 법률지식과 실무처리 능력뿐만 아니라, 법관의 자질로서 요구되는 여러 덕목들에 대한 평가항목이 추가되어야 한다.

즉 이제는 법관과 검사를 포함한 전체 법조 인력양성의 주체가 변호사단체로 넘어온다는 것을 깊이 인식해야 한다. 외국의 제도, 특히 미국 변호사회(ABA)의 운영실태를 참고하는 것도 도움이 될 것이다.

끝으로 우리는 FTA의 체결과 함께 법률시장을 단계적으로 개방할 것을 약속하고 있다. 당면의 과제로서 외국 대형 로펌의 국내 상륙에 대비하여 국내 로펌의 경쟁력 강화에 치중하고 있으나, 여기에 그쳐서는 안 된다. 좀더 전향적이고 적극적인 자세를 취하여, 유능한 국내 변호사들의 외국 진출 및 이미 외국에서 활동하고 있는 한국 및 한국계 변호사들의 활동영역 확대 및 지원방안을 강구해나가야 한다. 이와 관련하여 기존의 세계한인변호사회가 조직되어 매년 정기적인 모임을 가지고 있으나, 이를 좀더 체계화, 활성화할 필요가 있다. 변호사단체야말로 이 역할을 맡아 할 최적임자이다. 나라별로, 언어권별로, 그리고 경제구역별로 세분화하여, 전문가를 양성하고 국내기업 등과의 인적 연계망도 갖추어나가야 할 것이다.

요컨대, 다른 어느 분야와 마찬가지로 재야 법조계 역시 도전과 응전의 발전양식에서 벗어날 수 없다. 다행스럽게도 우리나라는 훌륭한 인적 자원을 가지고 있고, 그중에서도 법조 인력은 가장 우수한 것으로 평가받고 있다. 이를 잘 조직하고 운용할 수 있는 능력을 갖춘 지도자가 필요할 따름이다. 이 역할을 가장 효율적으로 수행할 수 있는 조직이 변호사단체이다. 창의적이고 진취적인 발상이 요구되는 시점이다.

—「조선일보」, 아침논단 2012년 9월 24일

에세이 III :

생(生)의 이삭 줍기

법조 풍자 모음

사전적인 정의로 "풍자(諷刺, irony)"란, "잘못이나 모순 등을 무엇에 빗대어 재치 있게 비웃으면서, 깨우치게 하거나 폭로하고 비판하는 것"이라고 한다. 법조에 관련된 풍자 몇 가지를 모아보았다.

• 어떤 형사사건(살인사건)이 발생했다. 피고인은 범행을 부인하고 있다. 이 경우 사건의 진상을 정확히 알고 있는 사람은, 하느님 이외에는 피고인 본인이다. 그 다음으로 진상에 접근해 있는 사람은 이를 조사한 검사이고, 다음 순위는 피고인을 도와주는 변호사이다. 진상에서 가장 멀리 떨어져 있는 사람은 재판하는 판사이다. 그런데 사건의 결론은 내리는 사람은 (진상에서 가장 먼) 판사이고, 그 결론을 적용받는 사람은 (진상을 확실히 알고 있는) 피고인이다.

• 교수가 학생에게, "'증인'과 '감정인'과 '판사'의 차이"를 설명해보라고 했다. 학생의 대답은, "'증인'은 무엇인가를 보았으나, 그것에 관하여 아무것도 이해하고 있지 못합니다. '감정인'은 아무것도 보지 않았으나 모든 것을 이해하고 있습니다. 그리고 '판사'는 어떤 것을 보지도 못했고, 또한 그것에 관해서 어떤 것도 이해하고 있지 못합니다."

• 유수의 법과대학을 갓 졸업하고, 국가시험에 합격한 전도유망한 젊은이가 한 도시의 경찰서장으로 부임했다. 업무보고를 받던 중, 살인사건이 오랫동안 미제로 남아 있는 것을 알고, 전 경찰관을 불러놓

고 엄하게 지시했다. 앞으로 한 달 이내에 이 사건의 범인을 체포하지 못하면, 모두 인사상 불이익을 주겠다고 했다. 한 달째 되는 날, 경찰관들이 5명의 범인을 체포해왔다. 그것도, 그 모두가 각각 범행을 자백했다(이는 실화이다).

• 한 남성에게 동시에 2개의 소송이 제기되었다. 하나는 성불능으로 인한 부인으로부터의 이혼소송이고, 다른 하나는 한 사생아로부터의 친자확인소송이었다. 그는 어쨌든 두 소송 가운데 하나는 이기게 될 것이라고, 스스로 위안하고 있었다. 그러나 그는 두 소송 모두에서 졌다. 두 소송이 각기 다른 법정에서 심리되었기 때문에.

• 어떤 교통법규 위반자가 관청에 교통범칙금을 납부하자, 경찰관이 그에게 영수증을 건네주었다. 그가 투덜거리면서 말했다. "이걸로 뭘 하란 말이요?", "잘 보관하십시오"라고 경찰관이 말했다. "보관해서 뭐 하게요?", "이걸 4장 모으면 당신은 자전거를 받게 됩니다."

• "미국이라는 나라는?" "배심원은 가두어두고, 피고인은 풀어주는 나라."

• 판사가 안경을 벗고 증인석을 향하여 말한다. "당신은 진실만을 말하겠다고 선서하는 뜻을 이해하십니까?" "이해합니다." "그러면 만약 당신이 진실을 말하지 않을 때에는 무슨 일이 생길지 아십니까?" "압니다. 우리 측이 승소하겠지요."

• 한 부유한 재산가에게, 항상 서로 다투기만 하는 두 아들이 있었다. 그는 자신이 재산을 분할하는 유언장을 어떻게 만들어야 두 자식이 싸우지 않을지를 공증인에게 물었다. 공증인의 대답은, "한 아들로 하여금 유산을 똑같이 둘로 나누게 하시오. 그리고 다른 한 아들에게 그중의 하나를 먼저 선택하게 하면 됩니다."

• 마을에 한 명의 변호사가 있으면 그는 가난하다. 그러나 변호사가 두 명 있으면, 두 명이 모두 부자가 된다.

• 재판 경험이 풍부한 노련한 판사는, 젊은 판사에게 항상 다음과 같은 충고를 한다. "판결만 내리고 이유는 설명하지 말라. 너의 판결은 결론에서는 정당할지 모르나, 이유는 확실히 잘못된 것일 테니까."

• 블레즈 파스칼은 그의 『명상록』에서 법의 상대성에 관하여 다음과 같이 말했다. "모든 진리는 자오선이 정한다. 피레네 산맥 이쪽에서의 정의가, 저쪽에서는 부정의이다."

• 다음의 말은 검사의 생리를 꿰뚫는 지적이다. "예수의 십자가 처형은 정당했다고 믿는 검사들이 아직도 있다. 왜냐하면 당시 빌라도 총독은 '법의 힘으로' 그를 처단했기 때문이다."

• "법의 본질"에 관한 명구들도 있다. 법철학자인 구스타프 라드브루흐는 "법은 정의에의 의지이다"라고 했고, "투쟁적 용어가 없는 법은, 뛰는 고동 없는 심장과 같다"고 했으며, "여론이, 죽은 활자에 생명의 숨결을 불어넣어주기까지는, 법률은 단지 한 장의 종잇조각에 지나지 않는다"고 했다.

• 이런 모든 잠언에 앞서는 글귀는, 원래 법률학을 공부했으나, 어느 날 친구와 같이 산보하던 중, 그 친구가 벼락을 맞아 즉사하는 것을 경험하고, 심경변화를 일으켜 종교개혁가가 된 마르틴 루터의 다음과 같은 경구라고 생각된다. "오직 법률가일 뿐, 그 이상이 되지 못한 법률가는 불쌍한 존재이다(Ein Jurist, der nicht mehr als ein Jurist ist, ist ein armer Ding)."

— 「대한변협신문」, 제378호 2011년 11월 28일

법조 해학 모음

익살스러우면서도 풍자적인 농담을 해학(諧謔, humor)이라고 한다. 법조관련 해학 중에는 유독 변호사에 관한 것들이 많다. 일반인들에게 변호사라는 직업은 가까이 하고 싶지 않지만, 일이 생겼을 때 찾아가지 않을 수 없는 존재이고, 과연 그 이상의 존재가 될 수는 없는 것인가? 그렇지는 않을 것이다. 몇 가지를 모아보았다.

• 승소의 판결결과를 선고받은 변호사가 의뢰인에게 급히 전보를 보냈다. "정의가 실현되었습니다." 의뢰인은 놀라서 "그렇다면 당장 항소를 제기하시오"라고 대답했다.

• 사건을 상담하는 변호사가 의뢰인에게 이야기한다. "나에게 그 사건을 차례대로 아주 상세하게 설명해주세요. 그러면 나는 재판을 위해서, 그 사건을 다시 뒤섞을 것입니다."

• 푸줏간 주인이 이웃인 변호사에게 찾아가서 상담했다. "내 가게에서 소시지 하나를 훔쳐간 개의 주인에게 손해배상을 청구할 수 있습니까?" "당연히 청구할 수 있습니다." "그러면 당신이 나에게 10달러를 주십시오. 그 개는 당신의 개였습니다." 변호사는 오히려, "당신이 나에게 10달러를 주셔야 합니다. 왜냐하면, 나의 최소 상담료는 20달러이기 때문입니다"라고 말했다.

• 무죄의 선고를 받은 의뢰인이 변호인에게, "저의 무죄석방에 대

하여, 당신에게 얼마를 드리면 될까요?"라고 물었다. 변호사는, "당신이 피고인석에 앉아 있었을 때에, 무죄가 되면 나에게 주려고 마음먹었던 액수의 3분의 1이면 되겠습니다"라고 말했다.

• 세상에는 두 종류의 변호사가 있다. "법을 아는 변호사와, 판사를 아는 변호사이다." 따라서 만약 당신이 "법을 아는 변호사를 구할 수 없다면, 판사를 아는 변호사를 구하라."

• 판사가 법정에서 피고인을 쳐다보면서 말했다. "피고인은 어째서 당신을 변호해줄 변호사를 구하지 못했소?" 피고인의 대답은, "변호사들은 내가 돈을 훔치지 않았다는 것을 알게 되자 나와의 관계를 끊었습니다"였다.

• 한 경험 많은 변호사가 젊은 동료 변호사에 말했다. "변호사라는 직업은 세상에서 가장 자유로운 직업이지. 그는 아무에게도 종속되어 있지 않으니까. 다만, 자기의 소송의뢰인과 동료들과, 법관들에게 종속되어 있는 것을 제외하고는 말일세."

• 어느 시인이 변호사에게 물었다. "당신들 법률가들은, 진실에 대한 글로써 시인들이 버는 것보다, 훨씬 많은 돈을 버는 것에 대하여 어떻게 생각합니까?" 변호사는 "대답은 아주 간단합니다. 우리의 글은 살아 있는 사람들을 다루는 것이고, 당신들의 글은 대개 오래 전에 죽어버린 사람들을 다루고 있기 때문입니다"라고 대답했다.

• 악마와 하느님 사이에 다툼이 벌어졌다. 그 소송에서 하느님이 패소했다. 모든 변호사들은 지옥에 있었기 때문에 하느님은 그를 도와줄 변호사를 구할 수 없었던 것이다.

• 판사가 금고털이인 피고인에게 공범이 있었는지를 물었다. 피고인은 "아니요, 공범은 없었습니다. 오늘날은 너무도 부정직한 자들이

많아서 저는 항상 혼자서 하기를 더 좋아하거든요"라고 대답했다.

• 판사가 피고인에게 물었다. "당신은 당신 부인의 머리를 프라이팬으로 몇 번이나 내리쳤습니까?" "한 번인데요." "그러나 당신 부인은 여러 번이라고 주장하는데요." "그것은 거짓말입니다. 처음 내려친 후에는 벌써 정신을 잃었으니까요"라고 대답했다.

• 변호인이 피고인을 위하여 변론하면서 말하기를, "내 의뢰인은 나이가 64세이고, 그래서 근력이 왕성하지 못하여, 이와 같은 범죄를 저지를 수 있는 건강상태가 아니었습니다." 판사가 그의 말을 듣고 "나도 64세로서 같은 나이인데도, 아직 정신적으로나 육체적으로나 건강하게 온전한 힘을 지니고 있는데요"라고 말했다. 그러자 변호사는 실수를 만회하기 위하여, "물론입니다. 하지만, 저의 의뢰인은 그동안 평생토록 아주 심하게 일해왔습니다"라고 불쑥 대답했다.

• 의뢰인이 변호사에게 물었다. "제가 승소를 위해서, 판사에게 토끼 한 마리를 선물로 보내주면 안 될까요?" 변호사가 기겁하여 말했다. "당신 정신 나갔소? 그렇게 하면 당신은 틀림없이 소송에서 지게 될 것이오." 뜻밖에도 소송에서 이긴 후 의뢰인이 변호사에게 사실을 털어놓았다. "만약 내가 내 상대방 당사자의 이름으로 판사에게 토끼 한 마리를 보내지 않았더라면, 소송 결과가 어떻게 되었을지 누가 알겠소?"

• 법률가에 대한 여러 악의적인 조롱에도 불구하고, 사람들의 마음속 깊은 곳을 들여다보는 말도 있다. "보통, 사람들은 만약 자신이 변호사라면, 부정직할 것이라고 생각하기 때문에, 모든 변호사들이 부정직하다고 생각한다."

―「대한변협신문」, 제380호 2011년 12월 26일

"형사사법 게임"의 법칙 13가지
―미국 형사사법의 실태

　얼마 전 대한변협에서 발간하는 잡지에 『최고의 변론』(원제는 *The Best Defense*)이라는 책을 간단히 소개한 적이 있었다. 이는 하버드 대학의 형사법 교수인 앨런 M. 더쇼비츠가 쓴 것으로서, 미국의 형사사법에 관하여 그가 직접 경험한 바를 토대로, 비판적인 시각에서 진솔하게 적은 것이다. 이 책에서 핵심적인 내용을 "형사사법 게임의 주요 법칙(The Rules of the Justice Game)"이라고 요약하여, 13가지 법칙으로 정리하고 있다. 지난번에는 그중 일부만 인용했으나, 그 내용이 정곡을 찌른 것이어서, 전부를 옮겨 적어본다.

　"여러 형사사건의 소송을 직접 수행하면서, 그리고 이 책을 집필하고, 학생들을 가르치면서, 나는 오늘날 미국에 있어서―사실상으로―형사사법절차를 지배하고 있다고 보이는 다음과 같은 일련의 법칙들을 발견하게 되었다. 이 형사사법절차에 관여하는 대부분의 참여자들은 이러한 법칙들을 잘 알고 있다. 다만 이러한 법칙들은 결코 인쇄되어 글자로 표현되고 있지는 않지만, 실제로는 형사사법절차의 현실을 지배하고 있는 것으로 보인다. 다른 모든 법칙들과 마찬가지로, 이 법칙들 역시 필연적으로, 지나치게 간소화된 용어로 서술되어 있다. 그렇지만 이 법칙들은, 형사사법절차가 실제에서 어떻게 운용되고 있는지에 관한 중요한 요소들을 이야기해주고 있다.

법칙 1. 형사재판의 거의 모든 피고인들은 사실에 있어서 유죄이다(범죄를 저질렀다).

법칙 2. 모든 형사변호인, 검사 및 판사들은 위 법칙 1을 잘 알고 있고, 또한 이를 믿고 있다.

법칙 3. 헌법을 따르는 것보다는, 헌법을 위반함으로써, 실제 죄를 저지른 피고인에게 유죄판결을 내리는 것이 훨씬 쉽다. 그리고 어떤 경우에는 헌법을 위반하지 않고서는, 실제 죄를 저지른 피고인에게 유죄판결을 내리는 것이 아예 불가능하다.

법칙 4. 실제 죄를 저지른 피고인에게 유죄판결을 받게 하기 위하여, 헌법을 위반한 적이 있느냐고 경찰관에게 물으면, 거의 모든 경찰관들은 거짓말을 한다.

법칙 5. 모든 검사, 판사, 그리고 형사 변호사들은 법칙 4의 내용을 잘 알고 있다.

법칙 6. 실제 죄를 저지른 피고인들이 유죄판결을 받게 하기 위하여, 경찰관들이 헌법을 위반했는지 여부에 관하여 거짓말을 하도록, 많은 검사들은 암묵적으로 경찰관들을 부추긴다.

법칙 7. 모든 판사들은 법칙 6을 잘 알고 있다.

법칙 8. 대부분의 1심 판사는, 경찰관들이 거짓말을 하고 있다는 것을 알면서도 그들을 신뢰하는 체한다.

법칙 9. 모든 항소심 판사들은, 법칙 8을 잘 알고 있다. 그러나 많은 항소심 판사들은 거짓말하는 경찰관을 믿는 체하는 1심 판사들을 믿는 체한다.

법칙 10. 대부분의 판사들은, 피고인들이 헌법에 규정된 그들의 권리가 침해당했다고 주장해도 이를 믿어주지 않는다. 심지어는 피고인들이 진실을 이야기하고 있더라도 마찬가지이다.

법칙 11. 대부분의 판사와 검사들은, 그들이 기소된 범죄에 관하여 무고하다고 믿는 피고인에 대해서까지 알면서 의도적으로 유죄의 판결을 내리지는 않는다.

법칙 12. 법칙 11은 조직범죄, 마약범죄, 상습범죄 및 잠재적 정보제공자에게는 적용되지 않는다.

법칙 13. 아무도 진심으로 정의를 원하지 않는다."

평소 사법선진국으로 인식되고 있는 미국에서까지도 현실이 이와 같다는 지적을 접하고 보니, 한편으로 놀랍기도 하고 다른 한편으로는 사람 사는 모습이 크게 다르지 않구나 하는 엉뚱한 안도감(?)이 들기도 한다. 이제 우리의 머리에 남는 숙제는 다음의 두 가지이다.

첫째는, 과연 우리의 형사사법 현실은 어떤가, 그리고 나아가 사법 전반 특히 민사사법 분야와 법조를 구성하는 법관, 검사, 변호사 전체에 대한 철저하고 진솔한 분석의 필요성은 없는가이다.

둘째는, 그 필요성이 있다면, 과연 누가 용기를 가지고 이와 같은 작업을 해낼 수 있을까이다.

통찰력과 사명감을 갖춘 훌륭한 법조인이 나타나기를 나는 간절하게 기대한다.

—「대한변협신문」, 제404호 2012년 6월 25일

"좋은 경험", "나쁜 경험", "이상한 경험" 1

    1966년 법과대학 입학, 1972년 사법시험 합격, 1974년 판사 임관, 1999년 변호사 개업, 그러니까 금년 2011년까지 45년 동안 법조관련 생활을 해온 셈이다. 그동안 경험했던 일들 중에서 내게 깊이 각인되었던, 그리고 글로 옮겨도 무방할 듯한 경험 몇 가지를 적어본다.

    경험 1 : 제 잘난 척부터. 1990년대 초, 형사법원 합의부 부장판사 시절. 사무분담상 중범죄 사건이 대부분인데, 10대 후반의 시골 고교생이 구속되어왔다. 사안은 시골 논두렁길에서 지나가던 10대 초반의 학생들을 잡아놓고 겁주어 약간의 금품을 빼앗았고, 그 와중에 경미한 상처를 입혔다. 죄명은 강도 상해. 7년 이상의 법정형이다. 따라서 작량감경 및 미성년자 감경을 하면 집행유예도 가능하다. 범행은 자백, 전과도 없다. 심리도중 집행유예 석방을 예견케 했는지, 검사가 "징역 10년"의 구형을 했다. 따라서 당시 형소법 제331조 단서상, 판사가 무죄 또는 집행유예 선고를 해도 확정시까지는 석방될 수 없다. 최종 심판자인 판사가 석방을 명하는데, 심판을 받는 한쪽 당사자인 검사의 단순한 의견진술(10년 이상의 구형)로 석방될 수 없다? 도저히 납득할 수 없어, 판결 선고를 연기하고, 직권보석을 하면서 헌법재판소에 이 규정의 위헌제청신청을 했다. 당연한 귀결이지만, 1993년 위헌결정이 내려졌고, 1995년 이 규정은 형소법에서 삭제되었다. 떠오르는 의문은, 이 규정이 형소법에 자리잡은 수십 년 동안 왜 아무도 문제제기를 하지 않았을까?

경험 2 : 1980년대 중반, 고등법원 형사부 배석판사 시절. 6/29 민주화 선언 수 년 전으로, 사법부가 한참 어려웠던 때이다. 당시 흔한 사건 중 하나로, 어부들이 어로작업 중 납북되어 수 개월 뒤 귀환되면, 간첩임무를 부여받고 활동 중이었다고 구속, 기소된 것들이 있었다. 한 어부의 정상이 참작할 만하여, 집행유예를 선고했다. 선고 직후, 공판 관여 검사가 판사실로 찾아와서 강력히 항의했다. 그 내용은 "집행유예를 선고하려면, 사전에 알려주었어야 할 것 아니냐. 그래야만, 미리 조치라도 취할 수 있지 않느냐"는 것이었다. 이러한 언어도단의 일들이 당시의 현실이었다. 혹시라도 이와 같은 "분위기" 내지는 "향수"가 아직도 잔존하고 있는 것은 아닌지 생각한다면, 나의 기우일까?

경험 3 : 1995년 부장판사 시절, 미국에 있는 한 재단의 초청으로 미국 법조계를 돌아볼 기회가 있었다. 필라델피아 주법원 형사 단독판사의 호의로, 판사석 옆에 나란히 의자를 놓고, 사건 진행을 견학하고 있었다. 검사, 피고인, 변호사의 법정공방이 한참 진행되어 약간 지루한 기색이 돌고 있을 때, 판사가 법대의 서랍을 열더니, A4용지 몇 장을 보여주었다. 자기가 사건을 진행하면서, 지루하기도 하여 심심풀이로 검사, 피고인 및 변호인의 얼굴을 캐리커처로 그려보았는데, 실물과 같아 보이는지 의견을 말해달라는 것이었다. 잘 그려졌다고 했더니 만족스러운 표정을 지어 보였다. 평소 미국 판사에 대한 고도의 존경심과 신뢰감을 가지고 있던 나에게 상당한 충격을 준 경험이었다면, 지나친 표현일까?

　경험 4 : 대학졸업 해인 1970년 12회 사법시험에 응시했으나, 낙방했다. 자신감이 컸던 만큼 실망도 컸다. 후에 시험성적을 알아보았다. 7과목 논문식 시험에, 각 과목당 3분의 시험위원이 있으니, 총계 2100점 만점이다. 당시 최초로 정원제(50명) 합격으로 제도가 바뀌었는데, 커트라인은 평균 60.76, 총계 1276점이었다. 나는 60.71, 총계 1275점을 받아 수석 낙방했다. 21명의 위원 중 1명만이라도 1점만 더 주었더라면……. 그 여진이 남았는지 다음해에도 한 번 더 낙방했다. 만약 그때에 합격되었더라면, 내 인생은 얼마나 달라졌을까?

—「대한변협신문」, 제349호 2011년 4월 25일

"좋은 경험", "나쁜 경험", "이상한 경험" 2
─독일어에 얽힌 몇 가지 일화들

고등학교에 입학하여, 제2외국어를 배우기 시작할 무렵, 당시 법과 대학원에 재학 중이던 외사촌 형으로부터, "앞으로 법률공부를 제대로 하기 위해서는, 독일어를 잘해야 한다"는 세뇌교육을 받고, 독일어에 몰입했다. 몇 번의 실패 끝에 초기의 어려움을 극복하자, 흥미도 생기고, 철저하게 논리적인 문법구조에 매료되어, 필요 이상으로 깊게 독일어에 빠져들었다. 그 덕택으로 독일 유학의 기회도 얻었고, 독일 교수와 법관들과도 교류했으며, 오늘까지 그 인연은 계속되고 있다. 그러한 과정에서 겪은 일화들 몇 가지를 적어본다.

먼저, "놀라운 경험"이다. 1990년 헌법재판소(이하에서는 헌재) 연구부장으로 발령받았다. 주된 임무는 소장을 보좌하는 것이다. 당시 헌재는 설립 초기로서 경험과 이론의 부족으로, 독일 헌재의 실무와 이론을 참고로 할 경우가 많았고, 따라서 독일어로 된 문헌의 해독이 필수적이었다. 당시의 소장님은 어학에 출중하셔서, 일본어는 모국어 수준이었고, 영어와 프랑스어는 최상급으로서 독해와 회화까지 자유로운 정도였으며, 중국어의 해독도 가능하셨다. 다만 독일어만은 대학시절 이후 손을 놓았으나, 소장에 임명된 후 필요성을 느끼고 새로 시작했음에도, 탁월한 언어감각으로 실력이 일취월장했다. 나의 업무의 상당 부분은, 사건처리에 도움이 될 독일의 문헌을 찾아 해독하여, 이를 소장님에게 보고드리고 경우에 따라서는 소장님의 질문에 해답을 준비하거나 토론에 임하는 것이었다.

　어느 날, 표현의 자유와 관련된 논점에 대하여 문헌을 검색하던 중, 프랑스 인권선언이 문제가 되었고, 이에 대한 독일 논문을 찾아 읽고 보고를 드렸다. 문장의 구성이 간단치는 않으나 해독에 크게 문제점은 없어 보였다. 설명을 들으신 후, 소장님은 그러한 해석이 "문맥상 부자연스럽지 않은가" 하는 의문을 제기하셨다. 그러나 여러 번 문법적으로 검토해도 잘못됨이 없어, 원래의 주장을 고수했고, 속마음으로는, "외국어의 이해가 어찌 우리 글에 대한 이해와 같은 정도가 될 수 있겠는가" 하고 자위하고 있었다. 내 방으로 돌아와 2시간쯤 지난 때에 소장님으로부터, 방으로 잠깐 올라오라는 호출을 받았다. 소장님의 책상에는 헌법학 교수이며 당시 오스트리아 헌재 소장이 쓴 헌법책이 펼쳐져 있었고(이 책은 그 2시간 동안 소장님이 직접 도서실에 들러 찾아낸 것이었다), 읽어보라고 지적한 곳에는 작은 글씨로 (주석으로서) 놀라운 내용이 적혀 있었다. 즉, "프랑스어로 된 인권선언의 독일어 번역문 중에서, 표현의 자유에 관련된 부분(즉 소장님과 내가 함께 읽었던 바로 그 부분)은 번역이 잘못되어 원문의 취지가 제대로 전달되지 못하고 있다"고 분명히 지적되어 있었던 것이다.

　다음으로 "부끄러운 경험"이다. 1977년 나이 서른이 되는 해에 독일 연수의 기회를 얻어 난생처음 외국 땅을 밟았다.

　최초 4개월 어학연수를 위해서 유서 깊은 작은 도시에 머무르던 중, 20대 후반의 발레리나인 오스트리아 여성을 알게 되었다. 어느 날, 기차로 1시간 정도 떨어진 함부르크에서 있은 오페라 공연과 저녁식사에 그 여성을 초대했고, 한밤에 시골의 완행열차를 타고 귀가 중이었다. 낭만적인 분위기 속에서 대화하던 중, "당신이 독일어도 '유창하고(läufig)', 친절을 베풀어주어 감사하다"고 고마움을 표시했다. 그런데 뜻밖에도 그 여성의 반응이 이상하고 어색해하는 것이었다. 제대로 내 뜻이 전달되지 않은 것으로 생각한 나는 "läufig(로이피히)"라는 단어를 "여러 번", "분명히", 발음하여 들려주었다. 집에 돌아온 후, 사전을 들추어보았다. 아뿔싸, "유창하게"는 "geläufig(게로이피히)"였고, "läufig(로이피히)"는 "(암캐가) 암내를 풍기는"이라는 뜻이었다.

끝으로 "당혹스러운 경험"이다. 헌재 소장님을 모시던 중, 아끼던 독일어 문법책을 참고하시도록 드렸다. 어느 날, 소장님 집무실 소파에서 말씀 중에, 이 책의 뒷면에 적힌 「보리수」 가곡의 악보와 가사를 보여주시면서, 특정 부분 가사의 어미변화가 문법과 맞지 않는다고 지적하셨다. 해답이 궁했던 나는, "혹시 노래이기 때문에 발음의 편의상 그런 것이 아닐까요"라고 말씀드렸다. 소장님은 그 즉시, "그래?"라고 하시며 큰소리로 「보리수」 노래를 부르기 시작하셨다. "과연 그런가? 잘 모르겠는데" 하시며 두번 세번 노래를 반복하셨다. 혹시, 밖의 비서실에 노랫소리가 흘러나갈까 염려되어, 내 마음은 조마조마했다.

끝없는 지적 호기심, 무한대의 성실성, 뛰어나신 언어감각에, 최고의 경의를 표합니다. 오래오래 건강하시기를 기원합니다.

— 「대한변협신문」, 제386호 2012년 2월 13일

의사 실기시험에서 배우는 것

—경계 넘기[通攝]와 창의성

　성경 구절에 "하늘 아래 새것이 없다"고 했다. "지금 있는 것은 언젠가 있었던 것이요, 지금 생긴 일은 언젠가 있었던 일이라"고 한다 (전도서 1 : 9-10). 이 말은 "새것은 따지고 보면, 다 있던 것들의 새로운 조합에 불과하다"는 의미일 것이다.

　우리는 많은 분야에서, 창의적이고 깜짝 놀랄 새로운 것을 찾기 위해서 고민한다. 그리고 창의성의 한계를 느끼고 좌절하기도 한다. 그러나 이 성경 구절은, "새로운 생각을 만들어내는 창의성도 이미 존재하던 것들을 연결시킴으로써 가능하다"는 희망을 우리에게 심어주고 있다. 학자들은 이러한 가능성을 "지식 네트워크 이론"이라는 이름을 붙여 설명한다. 그런데 여기에서 더 나아가 흥미로운 것은, 지식의 연결이 같은 영역 내에서 이루어질 때보다는, 서로 "다른 영역" 사이에서 이루어질 때, 즉 "경계를 넘어" 이루어질수록 더욱 창의적이라는 것이다. 즉 새로운 지식과 혁신은 이질적인 지식이 연결되고 상호작용하면서 생긴다. 이를 생물학적으로 비유하면, "어떤 아이디어나 지식이, 다른 아이디어나 지식과 섹스를 하여 자식을 낳는 과정"으로 풀어 이야기할 수 있다. 내친 김에 한걸음 더 나아가면, 순종이 아닌 잡종교배에서 생긴 출산물이 더 건강하고 지능이 우수하다는 이론과도 상통하는 점이 있다.

지난해 11월 어떤 기회에, 한국보건의료인 국가시험원을 방문하여, 의사 국가시험에 실기시험을 도입했다는 이야기를 듣고 그 진행과정을 견학한 일이 있었다. 즉 이론시험 외에 별도로 2009년 9월부터, 아시아 최초로 실기시험을 실시하고 있는데, 이는 두 가지로 구성되어 있었다.

하나는 OSCE라는 것으로 모형이나 모의환자를 대상으로 한 "기능적" 시험(예를 들면, 주사를 잘 놓는지, 메스로 절개는 잘 하는지 등)이고 채점자는 의과대학 교수이다.

우리 법률가에게 충격적인 실기시험은 다른 하나인 CPX(Clinical Performance Examination : 진료수행시험)이었다. 그 요체는, 응시생이 "표준화 환자(Standardized Patient)"를 상대로 진료를 하게 하고, 그 진료과정이 얼마나 올바르게 진행되었는지를 평가하는 시험이다. 여기의 "표준화 환자"라는 개념은, "실제 환자는 아니면서, 실제 환자와 비슷하게 연기할 수 있도록 교육받은 사람"으로서, 연기를 통하여 환자처럼 증상을 호소하는 등의 방법으로 응시생이 진료능력을 발휘하도록 유도하는 역할을 하는 것이다. 이들은 대개 20세 내지 50세 정도의 주부, 자영업자, 퇴직자, 연기자 등 중에서 서류심사와 면접을 거쳐 선발되며, 적절한 보수를 받는다. 흥미로운 점은, 실기시험(CPX)의 평가를 표준화 환자들이 직접 한다는 것이다. 평가항목은 크게 5가지로 되어 있다. 즉 첫째, 응시생이 환자에게 효율적으로 잘 물어보았는지, 둘째, 응시생이 환자의 말을 잘 들어주었는지, 셋째, 응시생이 환자의 입장을 이해하려고 노력했는지, 넷째, 환자가 이해하기 쉽게 설명했는지, 다섯째, 환자와의 사이에 좋은 유대관계를 형성하려고 노력했는지로 짜여져 있었다.

문제 수는 CPX, OSCE 각 6문제, 합계 12문제로서, 응시자 1인당 평균 2시간 37분이 소요되었다.

결론적으로 대표적 전문가인 의사가 되는 시험이, 의학지식만의 평가가 아니라 환자(고객)와의 관계를 고려하는, 쌍방향적인 관계에 중점이 놓이고 있으며, 이는 치료의 "결과"만이 아닌, 환자와의 대화 등 "과정"을 중시하는 획기적인 변화를 보이고 있다는 점이다.

여기에서 우리 법조인이 배워야 할 점은 자명하다. 법조인이야말로 업무를 수행하는 과정에서, 의사 못지않게, 의뢰인, 피고인, 피의자, 원고와 피고 당사자와의 사이에서 서로 원만한 의사소통과 이해 및 배려가 필요한 전문직임에 틀림없다.

따라서 변호사의 채용과정(특히 대형 로펌에서의 채용) 및 법관의 임용과정(특히 앞으로 예정된 법조 일원화에 따른 변호사로부터의 법관 채용)에서, 이러한 실기시험 방식을 응용하여 도입하는 것이 필요하고도 절실하다고 생각된다.

이 의사 실기시험은 2003년도부터 그 다단계 평가제도가 연구되기 시작하여, 공개토론회, 추진위원회 구성, 관련 규정 개정, 실기시험센터 완공, 모의시험을 거쳐 2009년 9월에 최초로 시행되었다. 우리 법조인들도 이제부터라도 이러한 준비과정을 밟아나가야 할 것이다.

사족으로 덧붙인다면, 우리 법조인들은 법률 내지는 법학에만 매몰되지 말고 좀더 시야를 넓혀, 광활한 다른 분야에까지 관심을 가져, 창의성 발굴의 계기가 되기를 바란다.

—「대한변협신문」, 제366호 2011년 9월 5일

준법의식
―국내 수준, 국제 기준

2008년 8월 23일. 베이징 올림픽 야구 결승전, 한국 대 쿠바. 8전 전승으로 결승까지 올라온 한국팀은 세계 아마야구 최강자인 쿠바를 맞아 선전하고 있다. 1회에 서로 1개씩의 홈런을 주고받았으나, 한국이 2 대 1 앞섬. 0의 행진이 계속되다, 7회에 다시 1점씩을 주고받아 3 대 2 한국이 박빙의 리드. 9회 초 한국 공격은 무득점으로 끝나고, 9회 말 쿠바의 공격. 선두타자 안타로 1루. 다음 타자 번트로 1사에 주자 2루. 세 번째 타자 연속 볼넷으로, 1사에 주자 1, 2루. 역전주자까지 나가다. 이때부터 국내 언론은 심판이 "엿가락 같은 판정"을 한다고 비난하기 시작함. 투수가 바깥쪽 "스트라이크 존에 걸치는" 공을 던졌으나 구심의 손이 올라가지 않는다고 함. 네 번째 타자 등장하여 볼 카운트 2-1에서, 바깥쪽에 연속으로 꽂힌 "스트라이크를 연속 볼로 판정"했고, 풀카운트에서도 마지막 볼은 "영락없는 스트라이크였지만", 구심은 역시 볼로 판정. 1사 주자 만루의 위기를 맞는 순간. 이때 우리의 기억에 오래 남는 장면이 벌어진다.

마지막 볼을 잡고 있던 포수가 아쉬움에 볼을 오랫동안 쥐고 항의성 제스처를 취하면서 (이것도 낮아서 볼이냐는 취지로) "로 볼(low ball)?"이라고 말하자, "갑자기" 구심은 포수를 퇴장시켰다. 구심은 이를 "no ball"로 알아듣고 판정에 항의한 것으로 받아들였다는 것이다.

포수는 "딱 한마디 했을 뿐인데" 퇴장명령을 끝내 참을 수 없어, 마스크와 글러브를 집어던진다. 어쩔 수 없이 판정에 "굴복"하고, 포수, 투수가 모두 교체된 가운데, 경기는 진행되었는데, 천운으로 다음 타자를 6-4-3 병살 처리하여 게임 종료. 한국의 금메달로 해피엔딩으로 마무리되었다.

우리 모두가 오래 기억하는 감동적인 장면이다. 그러나 우승의 흥분이 가시고 난 후, 몇 가지 상념이 떠오르는 것을 막을 수 없었다. 우리 선수들의 태도와 이를 보도하는 국내 언론의 자세였다. 스포츠 경기의 규칙을 대하는 우리의 모습에 아쉬움이 남았기 때문이었다.

운동경기에서 심판의 권위는 절대적이다. 이 권위에 도전하는 행위는 용납되지 않는다. 이번 경기에서 포수가 구심에게 한 여러 가지 행위들은, 국내 경기에서는 관대히 넘어갔을지 모르지만, 국제 기준에서는 통하지 않는 것이다. 심판판정에 대드는 것(미국 메이저리그에서 1루심의 명백한 오심으로 9회에 퍼펙트 게임이 날아갔지만 이를 수용하는 자세), 법집행자인 경찰관의 조치에 대드는 것(폴리스 라인을 침범한 시위자 등에게 행해지는 가혹한 조치들도 수긍되고 있는 모습), 최후의 심판자인 판사의 판결에 대드는 것(이에 대한 도를 넘은 비판은 법정모독으로 처벌된다) 등을 통하여, 선진 외국에서의 준법의식의 기준을 짐작할 수 있다.

준법의식 수준을 생각하면서 가장 유념해야 할 점이, 경기규칙이나 법률로 "최종의 심판자가 누구"인지를 이미 확실히 규정해놓았음에도 불구하고, 이 규정의 적용을 받는 "경기자나 당사자들"이, "판정이나 판결의 내용"을 문제 삼아(더욱이 이는 자기입장에서의 주관적 판단일 경우가 많다) 다시 잘잘못을 따지는 행태이다. 앞에서 본 경기에서

9회 말 상황이 급박해지자, 선수 및 국내 언론이 "명백히 스트라이크인데도, 부당하게 볼로 판정"했다고 주장, 단언하고 있다. 이것이야말로 성숙되지 않은 모습이고, 법치국가에서 가장 바람직하지 않은 모습이다. 아니, 법치주의를 "좀먹는" 행태이다.

우리는 오랫동안의 피로 얼룩진 역사적 경험을 통하여 소중한 지혜를 배워왔다. 즉 인간이 하는 일이기 때문에 혹시 판정이나 판결의 내용이 진실에 반하여 잘못된 경우가 있다고 할지라도, "이로 인한 혼란"보다는, 이러한 판정에 "대들고 저항함으로써 생기는 혼란"이 훨씬 더 크고, 참을 수 없다는 깨달음이다.

법치의식을 국제적 수준으로 높여나가는 데에 커다란 역할을 해야 할 또 하나의 분야가 언론이다. "각자의 이익"이나 "얄팍한 정서"에 영합하지 않고, "정도를 걷는 언론"이 우리가 바라는 모습일 것이다.

—「대한변협신문」, 제350호 2011년 5월 2일

미국 헌법 제정 200주년에 나온『재앙의 월요일』

　미국 헌법 제정 200주년이 되던 1987년. 경축 분위기가 한창 무르익던 그때 책 한 권이 출간되었다. 조엘 D. 조지프가 쓴『재앙의 월요일(*Black Mondays: Worst Decisions of the Supreme Court*)』이었다. 미국 대법원이 지난 200년 동안 내린 판결들 중에서 "최악의 판결" 24개를 골라 책으로 엮은 것이었다. 통상 미국 대법원은 월요일에 판결을 선고하는 전통이 있는 것을 감안한 제목이었다. "헌법 규정"과 "헌법 현실"이 가장 근접한 나라라고 평가받는 미국. 그리고 미국의 자랑으로 신앙처럼 추앙받는 미국 대법원의 아픈 과거를 구태여 그 200주년 기념일에 맞추어 되짚어보는 발상이 지극히 미국적이었다.

　재미있는 것은 책 서문에 현직 대법관(서굿 마셜[Thurgood Marshall])이 10페이지에 달하는 서문을 기꺼이 써준 점이었다. 책에 실린 24개의 판결 중에는, 노예제도의 인정 여부, 흑인 차별의 합헌성 여부, 안식일(일요일)에 상점을 열 수 있는지 여부 등 우리나라의 현실에서는 문제가 되지 않는 부분도 있다. 반면, 3회에 걸쳐 합계 229달러를 훔친 피고인에게 종신형을 선고한 것이 합헌인지, 법관의 영장 없이 피의자의 친척 집을 수색할 수 있는지, 사생활이 문란한 16세 딸의 임신을 걱정하여 엄마가 본인 모르게 판사의 결정을 받아 불임 시술을 한 것이 적법한지 등 우리에게도 흥미진진한 사안들도 있다.

기존의 틀을 벗어나서 생각을 새롭게 하고 넓게 보는 것이 중요하다는 점을 알려준 "사상 최악의 판결"은 사건 해결의 실마리를 제공하기도 했다.

　2006년 제주도 도지사 선거가 치러진 직후였다. 선거법 위반 사실을 포착한 검찰이 수사에 들어갔다. 공무원들이 선거관리용 조직표를 만들어 법을 위반했다는 것이었다. 검찰은 법원으로부터 도지사 집무실에 대한 영장을 발부받아 사무실을 압수수색했다. 문제는 검찰이 도지사실이 아니라 "인접한 다른 방"을 둘러보며 불거졌다. 다른 방에서 범죄를 입증할 수도 있는 내용이 기재된 수첩을 압수한 것이었다. 기소된 도지사는 1심과 2심에서 모두 당선 무효가 될 수 있는 벌금 600만원을 선고받고 우리 로펌의 문을 두드렸다. 의뢰인을 방어하기 위해서 고심하다가 새롭게 생각을 해보자 싶어 각종 문헌과 외국 판례의 검토에 들어갔다. "영장에 기재되지 않은 장소에서 압수한 증거를 법정에서 사용할 수 있는가"라는 물음을 던지면서 사건은 풀려나가기 시작했다. 공개변론을 거친 끝에 대법원 전원합의체는 무죄 취지로 파기환송 판결을 내렸다.

—「중앙일보」, 2011년 9월 26일

국력(國力)이 법력(法力)이다
—"나폴레옹 법전"

　　파리 시는 중앙의 개선문(凱旋門)*을 중심으로 하여 12개의 큰 도로가 방사형으로 뻗어 있다. 반대로 보면, 모든 길이 개선문으로 향해 있다. 이는 모든 권력이 하나의 정점으로 모이는 중앙집권적 권력형태와도 같다. 중앙집권식으로 통치하기 위해서는, 국가 전체에 적용되는 통일된 법률 특히 민법전이 필요하다. 그리하여 1789년의 프랑스 혁명 직후, 권력을 잡은 나폴레옹은 그 통치수단의 하나로 세계에서 처음으로 통일된 민법전을 제정하여 1804년에 공포했다. 흥미로운 사실은 법률가가 아니라 군인 출신이었던 그가 민법전의 제정에 깊숙이 관여하여 그 내용에까지 커다란 영향을 미쳤다는 점이다. 편찬위원회에서 마련된 초안은 국무원에서 총 102회기에 걸쳐서 심의되었는데, 그중 57회의 회기에 그가 직접 의장으로서 심의에 참여했다. 더욱이 단순한 참여에 그치는 것이 아니라, 논의를 유발하고 활기차게 하는 데에 결정적 역할을 했다. 그의 핵심을 파악하는 능력, 착상의 탁월함, 표현의 독창성, 추리력 그리고 훌륭한 말솜씨는 다른 어느 위원보다도 뒤지지 않았다. 특히 법률적으로 어렵게 표현된 문장들을

---

* 샤를 드골 광장(1753-1970년까지는 에투알 광장이라고 했다)의 개선문은 1806년 나폴레옹 황제의 명령에 의해서 설계되었다. 그러나 완성은 그의 사후 1836년에 이루어졌다.

보면, 단순명료한 질문으로 그 취지를 묻고, 그렇다면 보다 명쾌하고 알기 쉬운 용어로 같은 의미를 표현할 수 있는 대안을 제시함으로써 높은 지성을 발휘했다(티보도의 회고록).

프랑스어를 이해하는 사람들은 민법전의 도처에서 이러한 표현들을 발견하고 감탄을 금치 못한다. 그리하여 『적과 흑』의 저자 스탕달은 문장연습을 위해서 소설을 쓰기 전 매일 민법전을 읽었다고 할 정도이다. 특별히 기억해야 할 일은, 나폴레옹이 당시 34세의 청년이었으며, 한창 영국과의 전쟁을 수행 중이었다는 점이다. 그의 민법전에 대한 애착과 자부심은 수 년이 지나, 세인트 헬레나의 유배지에서 그의 심복이었던 몬토론에게 한 말에 잘 드러나 있다. "내 진정한 영광은 40회의 전투에서 승리한 것이 아니다. 워털루 전투는 많은 승리의 기억을 말살할 것이다. 아무도 말살할 수 없는 것, 영원히 살아 있는 것은 나의 민법전이다"라고 했다.

낡은 관습이나, 군주적 온정주의가 아닌, 이성의 명령에 터 잡은 세계 최초의 민법전이 포함된 "나폴레옹 법전(Code Napoléon)"은, 함무라비 법전, 유스티니아누스 법전과 더불어, "세계 3대 법전"의 하나로 꼽히게 되었다.

그후 이 프랑스 민법전은 "국력" 때문에, 또는 "합리성" 때문에, 그대로 또는 약간의 수정을 거쳐 세계 여러 나라에서 받아들여졌다. 당시 프랑스가 점령하고 있던, 벨기에, 룩셈부르크, 제네바, 모나코 등이 이를 받아들여 아직까지도 사용하고 있으며, 나중에 나폴레옹이 정복한 이탈리아, 네덜란드, 서부 독일, 스위스에도 도입되었는데, 이는 "국력"을 바탕으로 한 예이다.

한편, "합리성"을 바탕으로 한 예로서는, 볼리비아, 칠레, 우루과이,

아르헨티나, 에콰도르, 콜롬비아 등이 이 법전을 받아들인 것을 들 수 있다.

관심을 끄는 것은, "역사적인 이유" 때문에, 미국 내에서도 루이지애나 주에서만은 프랑스 법이 채택되어 있다. 영국의 한 부분인 스코틀랜드도 대륙법계인 프랑스법이 지배하고 있다.

1868년에 메이지 유신을 거친 일본도 역시 민법전을 준비하고 있었는데, 당초에는 프랑스로부터 자문관을 초청하여 프랑스 민법을 본받은 민법안을 준비하여 거의 완성단계에까지 이르렀다. 즉 서구에서 법제도를 도입하는 데에는, "판례법" 국가인 영국보다는, "성문법" 국가인 대륙법계 국가로부터의 전수가 훨씬 더 용이했고, 나아가 당시 유럽 대륙의 최강자로서 중앙집권 국가인 프랑스를 그 모델로 삼은 것이었다. 그러나 역사의 수레바퀴는 그후 이상한 방향으로 흘러갔다. 즉 프랑스와의 보불전쟁(1870-1871)에서 승리한 독일은 1874년부터 독자적인 독일 민법 초안을 준비 중에 있었는데, 이 시점에서 일본은 방향을 바꾸어 유럽의 "새로운 강자"인 독일의 민법안을 따르기로 결정한 것이다. 독일은 1887년 제1초안을 완성했으나, 너무 이론적이고 난해하다는 비판을 받아 약간의 수정을 거쳐 1896년 제2초안을 채택했는데(다만, 시행은 빌헬름 2세 황제의 개인적 희망에 따라서 새로운 세기가 시작되는 1900년 1월 1일에 하기로 했다), 일본은 이를 모델로 삼아 1897년(메이지 29년) 일본 민법전을 완성했다.

다만, 일본 민법전은 "손해배상의 범위" 등 세 가지 주요한 부분에서는 프랑스 민법을 따른 것으로 판단되고 있다.

우리나라는 1945년 해방된 이후 일본 민법을 그대로 빌려 쓰고 있다가, 1958년에 독일 민법(따라서 일본 민법)과 큰 틀을 같이하는 민법전을 제정하여 시행하고 있다.

위와 같은 과정을 보면서 두 가지를 느낀다. 하나는 법률은 억지로 만드는 것이 아니라, "시대적 산물"이고, 다른 하나는 "국력(國力)은 법력(法力)"이라는 엄연한 현실이다.

— 「대한변협신문」, 제372호 2011년 10월 31일

독일의 노(老)교수님에 대한 추억
—80회 생신축하연 참관기

　1977년 독일 연수 당시 지도교수인 도이치 교수의 80회 생신을 맞아, 80회 생신 기념 논문집 출간 및 생신축하 모임을 위해서 2009년 세계 각국의 제자들이 괴팅겐으로 모였다. 생신축하라고는 하지만, 공부를 좋아하는 학자들이라, 5일 동안 오전, 오후 내내 세미나를 하고, 저녁시간에는 축하만찬을 가지는 방식으로 진행되었다. 첫날 저녁만찬은, 외국에서 온 제자들을 교수님의 집으로 초대하여 이루어졌고, 마지막 날 만찬은, 시내의 가장 멋진 식당을 통째로 빌려, 300명 남짓의 동료, 친구, 제자들을 모두 초대하여 성대하게 거행되었다.

　그 사이의 3일은 희망자들이 자원하여 하루씩 저녁식사를 주최했는데, 그중의 하루를 우리 한국팀이 부담하기로 했다. 장소는 시내에서 1시간 정도 떨어진 유서 깊은 레스토랑으로 정했다. 우리들 일행이 많았으므로 다른 손님은 받지 못하고, 우리들만의 모임이 되었다. 그들의 관행에 따라, 식전주로 식욕을 북돋우면서 환담을 나누는 시간이 있었고, 이어서 정식만찬을 시작하기 전에, 식사를 초대한 주최측에서 간단한 스피치를 할 순서가 마련되었다. 스피치는 내가 맡게 되었다. 10분 남짓의 짧은 스피치이지만, 형식적인 미사여구만을 나열해서는, 국제적인 수준에 미흡할 것 같았다. 32년 전인 1977년 평생 처음 외국에 나와, 모든 것이 서투를 때에 지도해주고, 안내해준 고마움과, 그것이 인연이 되어 우리나라를 여러 번 방문하고, 우리나라 법조인들에게 연수의 기회를 마련해준 배려에도 감사해야 할 것이었다. 나아가, 연구실에서 또는 집으로 초대하여, 학문에 대한 그의 열정과 끝없는 지적 호기심을 느끼게 해준 것은 나에게 큰 행운이었다. 이러한 내용들을 담아, 출국하기 오래 전부터 나름의 우리말 원고를 우선 작성하고, 여러 번에 걸쳐 수정을 거듭했다. 다음은 이 원고를 독일어로 옮기는 작업이 남았다. 내 나름으로, 스스로 번역을 해볼까도 생각했으나, 그래서는 아무래도 우리식의 독일어가 될 것 같아, 어린 시절부터 독일에서 성장하여 독일의 법과대학에서 수학 중인 한국인 지인에게 독일어다운 어투로 번역해줄 것을 부탁했다. 교수와의 사이에 있었던 과거의 추억담, 개인적인 일화, 늦은 밤 세미나실에서의 열띤 토론 등, 이런저런 이야기를 담다 보니, 원고가 꽤 길어졌다.

나머지는, 이러한 이야기를 어떻게 전달할 것이냐이다. 스트레스 받지 않고 편하게 하려면, 작성된 원고를 그대로 읽어내려가는 방식도 생각했으나, 그래서는 너무 형식적이고, 진심을 전달하기에 부족할 듯하여 원고 없이 해보기로 작정했다. 그렇다 보니, 이제는 원고를 암기해서 자연스럽게 말을 풀어가야 하는 부담이 생겼다. 원래 암기는 자신이 없는데다가, 그들의 수준에 맞추어 적절한 유머와 함께 10여 분 동안 흥미롭게 이야기를 이끈다는 것이 얼마나 힘든가를 실감했다. 여행 기간 동안 내내 틈틈이 암기를 반복하여 내 자신의 말이 되도록 노력했으나, 생각만큼 쉽지 않았다. 한편으로는 비상대책으로 이야기 도중 말이 막히면, 꺼내볼 수 있도록 타자한 원고를 안주머니에 넣어두기로 했다. 혹시라도 하여 식전주도 자제했다.

이윽고 나에게 주어진 시간이 되었다. 그런데 유럽풍 레스토랑이 흔히 그러하듯이 모두 부분조명으로 되어 있어서, 분위기는 우아하고 아늑했으나, 안주머니에 있는 원고를 꺼내더라도, 어두워서 보고 읽을 수가 없는 상황이었다. 일순간 걱정이 앞서고, 차라리 원고를 큰 글씨로 타자하여 읽어버리는 것이 좋았으리라고 후회도 되었다. 그러나 엎질러진 물이었다. 내가 직접 경험한 일들을 그대로 진솔하게 이야기하는 자리인 만큼, 시간이 가면서 차분하게 안정되게 말이 이어졌다. 교수님도 눈을 지그시 감은 채, 옛날의 추억에 잠겨 있는 듯했다. 이야기를 마치고 자리로 돌아오니, 교수님은 1977년 당시 석사과정을 위하여 독일어로 작성하여 한 부 증정해드렸던 논문의 내용까지 기억하고 언급해주셔서, 그 분의 기억력과 나에 대한 관심에 놀라면서 감사했다.

교수님은 다음해인 2010년 다시 한국을 방문하여 즐거운 시간을 보냈다. 다만 금년에도 한국 방문을 계획하셨으나, 갑작스러운 건강문제로 방문이 연기되었다. 당시 30세의 새내기 판사였던 나를, 그리고 당시 막 시작했던 우리 법관들의 독일 연수를 크게 도와주신 데에 깊이 감사드리고, 오랫동안 건강하시기를 바란다.

—「대한변협신문」, 제395호 2012년 4월 16일

"세상은 넓다, 생각을 넓히자"
—여행에서 배우는 것들

"백문(百聞)이 불여일견(不如一見)"이라고 했다. 우리가 배우고 깨우치는 데에는 직접 보고, 경험하는 것보다 효과적인 것이 없다. 여행의 유익한 점이 바로 여기에 있다. 여행을 하면서 만나는 "사람들"과, 여행에서 마주치는 "자연"을 통해서 느낀 점 몇 가지를 적어본다.

"생각의 다양성"의 면에서는 인도에 견줄 만한 나라가 없다. 인도의 공식 언어는 한두 가지로 통일되어 있지 않다. 그리고 인도 지폐의 뒷면에 있는 화폐단위의 숫자를 표시하는 언어도 열두 가지로 표기되어 있다. 세계 주요 종교들인 불교와 힌두교의 발상지가 인도이며, 세계에서 0(제로)이라는 개념을 최초로 발명한 곳도 인도이다.

인도 최남단의 도시에서 기차에 화물을 싣고 북부까지 이동하는 동안에는 최소한 네댓 번은 화물을 내리고 다시 싣는 작업을 해야 한다고 한다. 철로의 폭이 각각 달라서 같은 열차로 계속 갈 수 없기 때문이다. 최신형 로켓을 제작하여 이를 발사대로 옮기는 데에는, 우마차를 사용한다는 농담도 있다.

뭄바이의 빈민촌에는 2제곱킬로미터의 넓이에 100만 명 이상이 살고 있는 빈곤한 나라이면서도, 인도의 빈부격차를 걱정해주는 한국 대사에게 인도 정부의 고위관리는, "인도 인구 12억 명 중 상위 5,000만 명(우리나라의 인구수)의 평균소득은 당신 나라의 2만 달러보다 훨씬 높으니 그런 염려마시라"고 했다고 한다. 뉴델리의 특급호텔에서 식사한 경험에 비추어보면, 종업원이 손님을 응대하는 예절이나 음식의 질이, 서울의 특급호텔이 한참 배워야 할 정도였다.

인도의 국회에서는 심한 욕설이나 몸싸움이 없다고 한다. 왜냐하면, 서로 사용하는 언어가 달라서 중간에 통역을 하다 보면 적의가 사그라지기 때문이다. 우스갯소리로, 인도의 공무원들은 정시보다 늦게 출근하고, 정시보다 일찍 퇴근하면서, "오늘은 출근이 늦었으니, 퇴근이라도 일찍 해야겠다"고 한다는 말이 있다. 하지만 인도는 결코 호락호락한 나라가 아니다. 국가를 위해서 헌신하는 최고지도자가 있으며, 수입의 대부분을 사회에 환원하는 재벌 그룹이 있고, 자유로운 사고에서 비롯되는 최첨단 아이디어가 있다. 미국의 IT산업계에서 새로운 아이디어 획득을 위해서 가장 주목하는 나라가 인도라는 것은 그냥 얻어진 명성이 아니다.

"자연의 웅장함"의 면에서는 우리가 겸손해지지 않을 수 없다. 2018년 평창 동계올림픽 유치 성공에 즈음하여 언론보도로 확인한 바에 의하면, 스키 활강경기가 개최될 장소인 강원도 정선의 가리왕산을 이야기하면서, 국제규격에 적합할 뿐만 아니라, 연평균 적설량도 45센티미터에 달하여 전혀 문제가 없다는 것이었다. 우려하는 의견은 "환경파괴"의 염려와 "강설 부족"의 위험성이었다. 참고로 활강경기장의 국제규격은 첫째, 표고차 800여 미터 이상, 둘째, 활강 거리 3.3킬로미터 이상, 셋째, 활강 중 3회 이상의 점프가 필수적이다. 우리나라 전체를 통틀어 이 규격에 맞는 곳은 가리왕산 한 군데뿐이어서, 환경보호를 위해서 다른 곳으로 옮길 수도 없다는 것이다. 또한 적설량에 대해서도, 캐나다 브리티시컬럼비아 주의 산악지대는 연평균 적설량이 18미터인데, 바람에 날리고 다져진 후에도 그 눈높이는 4.5미터라고 한다. 하늘의 도움을 바라고, 제설기를 총동원하는 등 인간의 노력을 더해야 하겠지만, 열악한 환경에서의 유치성공에 감탄을 금할 수 없다.

산에 대한 이야기 두 가지를 더한다. 평소 소박한 의문사항으로, 히말라야 8,000미터급 정상에 도달하기 위한 수단으로 왜 헬리콥터를 사용하지 않는가 생각했었다. 해답은 우연히 어느 책에서 얻게 되었다. 알고 있는 바와 같이 고도가 높아질수록 그만큼 더 공기가 희박해져 해발 5,000미터 이상이 되면, 낮은 공기밀도 때문에 헬리콥터의 날개가 회전하더라도 상승력이 생기지 않기 때문이라고 한다. 따라서 에베레스트의 베이스캠프도 5,000미터 정도 높이에 설치될 수밖에 없다는 것이다.

다른 하나는, 고산지대에나 극지대에는 더 이상 나무가 자라지 않는 "수목 한계선(timber line)"이 있는데, 이는 해당지역의 온도, 습도 등 자연여건에 따라서 정해지게 된다. 지구에서 가장 높은 수목 한계선은 남아메리카의 볼리비아로서 해발 5,200미터이고, 가장 낮은 곳은 스코틀랜드로서 500미터 정도라고 한다. 그래서 간혹 TV화면에서 보는 스코틀랜드의 풍경이 나무도 없이, 언덕에 초원이 끝없이 펼쳐지는 이유를 이해할 수 있게 되었다. 세상은 넓고, 우리와는 너무 다른 방식으로 살아가고 있는 사람은 수도 없이 많으며, 우리가 상상하지도 못하는 자연환경과 더불어 사는 사람도 많다.

법조인들이여! 잠시 법전에서 고개를 들어, 넓은 세상을 보자. "생각의 폭을 넓히고, 깊이를 더하여, 더 좋은 법치 사회의 실현을 위하여……."

—「대한변협신문」, 제370호 2011년 10월 10일

의뢰인에게 책을 선물하는 이유

변호사로 살다 보니 종종 어려움에 처한 사람들과 마주치게 된다. 법률의 힘에 기대서 해결책을 제시하는 경우도 있지만, 무엇인가 다른 위로가 필요한 경우도 적지 않다. 그럴 때 권하는 책이 유대인 랍비인 해럴드 쿠시너가 쓴 『착한 당신이 운명을 이기는 힘』이다. 저자는 아들을 조로증이라는 불치병으로 일찍 잃은 성직자이다. 그는 열 살 난 아들이 세상을 떠나자 신을 원망한다. 슬픔으로 얼룩졌던 그의 인생에 빛이 들기 시작한 것은 자기 자신을 위로하기 위해서 책을 쓰면서부터였다. 실화를 바탕으로 쓰인 이 책은 인간이 어찌할 수 없는 비극과 불행조차 스스로 극복해낼 수 있다는 메시지를 담고 있다. 이 책을 권할 때는 법조인으로서가 아닌 인간으로서의 마음가짐을 가지게 되는 이유이다. 책을 선물 받은 의뢰인이 법에서 찾지 못하는 자기 치유의 방법을 책을 읽으면서 발견하는 것은 바라보기만 해도 기분 좋은 일이다.

언제부턴가 책을 선물하는 것이 나의 취미이자 특기가 되었다. 책 선물이 반복되면서 "맞춤형 선물"이라는 나 나름의 비책도 생겨났다. 책을 선물할 때 고려해야 할 점은 다양하다. 우선 나이와 직업, 건강 등이 먼저이다. 다음에는 취미와 종교, 관심사까지 더해서 세심하게 배려한다. 예컨대 의뢰인이 등산을 좋아한다면, 1996년 5월 에베레스트 정상에 오른 존 크라카우어의 『희박한 공기 속으로』를 선물한다. 이 책은 잡지사 기자였던 저자가 에베레스트 등반을 취재하기 위해서 등반대 17명과 산을 올랐다가 정상을 찍고 내려오는 길에 조난당한 이야기를 그린 책이다.

　이런 식으로 책을 고르다 보면 발품이 든다. 적어도 1인당 30분 이상의 시간을 들여야 한다. 주의해야 할 점은 조금이라도 나의 취향이나 주관이 가미되어서는 안 된다는 점이다. 철저하게 상대방의 입장에서 골라야 성공한다.

　"독서는 앉아서 하는 여행이고, 여행은 서서 하는 독서"라고 한다. 마음을 전하고 싶은 이웃에게 정성이 담긴 좋은 책을 선물하자. 그리하여 조금씩 조금씩 좋은 생각들이 내 주위에 퍼져나가도록 하자. 드물지 않게 기대하지 않았던 좋은 책을 발견하는 망외(望外)의 기쁨도 맛볼 수 있지 않겠는가!

—「중앙일보」, 2011년 9월 19일

"잘 알면서, 그러나 말해주지 않는……"
—법조인을 폄하하는 언론에 대한 반론

어느 때부터인가, 우리 사회에서 법조인에 대한 부정적인 인식이 두드러져가고 있고, 특히 요즈음에는 특정 언론매체를 필두로, 언론으로부터도 부도덕한 집단으로 매도되고 있어 가슴이 아프다. 그중에는 우리가 감내해야 할 부분도 있겠으나, 어떤 경우에는 아무래도 수긍하기 어려운 내용도 있다. 반론의 기회를 얻기도 쉽지 않으므로, 언론에서 틀림없이 잘 알고 있을 것임이 확실한 데도 말해주지 않는 몇 가지를 골라 적어, 스스로의 위안으로 삼아나 볼까 한다.

공정사회, 정의로운 사회에 대한 걸림돌로 전관예우가 집중 거론된다. 또 구체적 증거로서, 대법원에서의 심리불속행 결정을 당하는 비율이 평균적으로 70-80퍼센트인데, 전직 대법관이 선임된 사건은 10여 퍼센트에 지나지 않는다고 통계자료를 들이댄다. 여기에서 당연히 뒤따르는 의문은 전직 대법관이 사건을 상담하는 과정에서, 그 성공 가능성을 신중히 감안하여 선별적으로 수임했을 가능성이 고려되었는가이다. 별로 난이도가 높지 않은 이 의문을 언론이 놓쳤으리라고는 생각되지 않는다.

많은 경우, 법률이나 판결문이 너무 복잡하고 어렵게 쓰여 있어서 일반인이 이해하기 힘들다고 하면서, 이는 입법자나 판사들이 자기들끼리만 알아보고 다른 사람의 접근을 막으려는 의도적인 것이라고 비판한다. 그러나 조금만 공정하게 생각해준다면, "법률은 언어에 의한 계산"이라고 하듯이, 법률의 요건상 반드시 규정해야 할 사항들은 빠뜨릴 수가 없다는 점도 고려되어야 할 것이다. 그리고 구체적 사안에서 타당한 결론을 내기 위하여 또, 정확한 표현을 하기 위하여 필요한 사항은 써넣지 않을 수 없지 않은가? 간단한 것만을 추구하여, 예를 들면, "모든 소득세는 일률적으로 수입의 10퍼센트로 한다"고 규정한다면, 단순하고 명료하기는 하겠으나, 부자나 가난한 사람 모두에게 과연 공평한 세율이라고 장담할 수 있겠는가? 다른 측면에서 법률의 규정이 복잡해지는 것은, 법을 적용하는 "공무원의 재량 내지는 남용을 억제"하기 위한 측면도 있음을 고려해야 한다. 숫자나 부호만으로 쓰인 어려운 수학 공식이나 물리학 이론을 이해하지 못하는 것은 당연히 여기면서, 단지 우리가 읽을 수 있는 글자로 쓰였다는 이유만으로, 자기가 이해하지 못하는 것을 남의 탓으로 돌릴 수는 없다. 법률이나 판결 역시 엄연히 전문가의 각고의 노력의 산물이다. "이의, 항소, 항고, 상고, 재항고, 상소"의 용어는 각각 필요의 산물이다.

어떠한 논쟁이 벌어졌을 때, 누가 "마지막 말을 할 권한"을 가지는가는 대단히 중요하다. 우리는 헌법 또는 법률에 의해서, 범죄수사는 검찰이, 법률문제는 법원이, "마지막 말"을 하기로 정해놓고 있다. 그러나 우리 사회에서는, 많은 경우 언론이 "마지막 말을 하는 권한"을 집중적으로 행사하고 있다. 따라서 언론은 항상 옳고, 다른 모두는 잘못된 것으로 오도되고 있다. 언론의 비판은 당연히 존중되어야 하겠지만, 언론이 항상 마지막 말을 할 위치에 있지는 않다. 이는 지나친 권력 (權力)이다. 권(權)의 본래 뜻은 "자기 마음대로 함"이라고 한다.

법원이나 검찰은 국가 예산으로 운영되는 속성상, 경제적 수익을 창출하기 위해서 잘못을 저지를 위험성은 없다. 다만, 권력욕이나 명예욕의 위험성은 각별히 경계해야 할 부분이다. 반면, 언론은 궁극적으로 사기업인 속성상, 수익창출이 불가피하고, 이로 인해서 공정성이 위협받을 위험성이 항상 상존한다.

다른 한편, 변호사와 의뢰인의 사이에서는, 도리에 반하거나 부적절한 처신이 일어날 가능성이 후자에 훨씬 더 많음을 부정할 수 없을 것이다. 물론 변호사의 부조리도 종종 지적되고 있으나, 많은 선배와 동료 변호사들의 경험에 비추어보면, "화장실 가기 전후의 생각의 바뀜", "비논리적인 사고" 또는 "눈앞의 이익"에 따른 불미스러운 사례들이 적지 않음을 알고 있다. 이들 역시 세상사에 밝은 언론이 모를 리 없다고 생각한다.

우리끼리 소주잔 앞에서 푸념할 이야기들을 두서없이 글로 적고 보니, 마음이 후련해지기보다는 오히려 개운하지 않다.

성현의 말씀대로, "모든 것이 내 탓"이라고 여기고 자기 성찰을 계속하는 것이 옳을 것 같다.

기자님 그리고 국민님, 우리도 여러분에게 사랑받고 싶습니다.

—「대한변협신문」, 제358호 2011년 7월 4일

책 열 권 동시에 읽기
―독서와 책에 관한 몇 가지 단상들

독서와 여행은 두 가지 점에서 삶을 풍요롭게 한다. 하나는 새로운 지식을 습득하게 함으로써 사물에 대한 이해의 폭을 넓혀준다. 최근 어느 책에서 한라산의 "한(漢)"은 은하수라는 뜻이고(은하수가 원래는 은한수였다고 한다), "라(拏)"는 잡는다는 뜻이어서, 결국 "은하수를 잡을 수 있을 만큼 높은 산"이라는 내용을 읽고 선인들의 시적 영감에 감탄한 일이 있었다.

다른 하나는, 지구상의 많은 사람들이, 나와는 크게 "다른 생각"을 가지고, 또한 전혀 "다른 방식"으로 살아가고 있음에도 불구하고 나름대로 삶을 즐기면서 한평생을 잘 살아내는 것을 알게 된다는 것이다. 그럼으로써, 세상에 자기 생각만이 옳으며, 자기가 살아가는 방식만이 옳다는 것이 얼마나 허황된 것인지 깨달음으로써, 편견과 아집을 버리고, 마음의 폭을 넓게 해준다. 그래서 "독서는 앉아서 하는 여행이고, 여행은 서서 하는 독서"라고 했는가 보다.

다음은, 책 읽는 방식에 관한 이야기이다. 우리 법조인들은 정독을 하는 경향이 있고 더욱이 책 한 권을 잡으면 끝까지 쉬지 않고 독파(讀破)해나가는 듯하다. 그러다 보니, 자연히 책을 읽어내는 데에 시간과 정력이 많이 소비되고, 독서를 즐기는 데에는 부족한 느낌이 든다. 이에 대한 해결책의 하나로 떠오른 것이, "책 열 권을 동시에 읽기"이다. 즉 평소 관심 있는 분야의 책들, 예를 들면, 역사, 문학, 여행, 자기계발, 외국어, 종교, 전공과목, 취미 등등에 관한 책들을 복수로 생활주변에 늘어놓고, 기분(?)에 따라서 수시로 마음에 드는 책을 골라 읽는 방식이다. 이 방법의 가장 큰 장점은 책읽기에 지루함을 느낄 겨를이 없고, 또한 어떤 환경에서든지 (책상에서, 차 안에서, 잠자리에서, 여행 중에, 또는 화장실에서까지) 짬짬이 독서를 즐길 수 있다는 점이다. 어느 분은 이를 "분산형 독서"라고 표현했다.

책을 읽는다는 뜻의 독일어는 "레젠(lesen)"인데, 이 단어에는 "이삭줍기"라는 의미도 함께 있다. 사실, 책 한 권을 읽고 마음에 드는 구절 또는 나를 깨우쳐주는 구절 한두 개를 건져올리는 행운은, 추수가 끝난 들판에서 온전한 이삭 한두 개를 주어올리는 기쁨에 버금가는 것이다. 문제는 기억력에 한계가 있어서, 감동적이거나 눈에 번쩍 띄는 구절을 읽었는데, 시간이 지나면서 이를 잊어버리거나, 어디에서 읽었는지 도무지 기억해낼 수 없는 경우이다. 이러한 답답한 경험을 여러 차례 겪은 후, 마음을 다져먹고, 최고급 노트를 구입하여 좋은 글귀를 접할 때마다 즉시 노트에 옮겨 적어두기로 작정했다. 그러나 번거로움과 독서의 맥이 끊기는 불편함 때문에 오래 실천하지 못했다. 대안으로 등장한 것이, 독서할 때마다 붉은색 볼펜을 들고, 중요한 부분에 우선 밑줄을 그었다가, 한 권의 독서가 끝난 후, 한꺼번에 위의 노트에 그 부분을 옮겨적는 방법이었다. 그러나 이 역시, 읽은 책의 권수가 늘어나면서 제대로 실천되지 못했다. 그래서 최후의 대안으로 등장한 것이 붉은 볼펜으로 중요 부분에 밑줄을 그어두면서 동시에, 책의 맨 뒷부분 인쇄되어 있지 않은 곳에, 밑줄 친 곳의 면수(面數)를 즉시 적어둠으로써, 독서 후 언제든지 필요할 때에 그 부분만을 확인하면, 그 책의 중요 부분을 다시 떠올릴 수 있게 하는 방법이었다. 이 방법은 나름대로 효과가 있어서, 현재까지도 애용하고 있다.

독서의 즐거움에 빠지다 보면 자칫 "책 중독"으로까지 번질 수 있다. 그 증상의 몇 가지를 적어본다. 첫째, 모르고 같은 책을 두 번 산 적이 있다. 둘째, 좋아하는 사람에게 당신이 읽고 싶은 책을 사준 적이 있다. 셋째, 시작하기도 전에 읽기를 포기한 책이 있다. 넷째, TV를 보면서 광고를 틈타 읽을 책이 무릎에 있다. 다섯째, 침대 옆에 적어도 서너 권의 책을 놓아둔다. 여섯째, 읽은 책들 가운데, 인생에 큰 영향을 미친 책 열 권을 쉽게 꼽을 수 있다. 일곱째, 이발소에서 책이 없으면 당황한다. 여덟째, 책을 몇 권이나 샀는지 거짓말을 한 일이 있다. 이중 반 이상의 항목에 "예"라는 답을 하면 "책 중독"이라고 생각된다. 그러나 그것은 다행하게도 "유쾌한" 중독이다.

이 자리를 빌려 반성할 일이 있다. 젊은 시절 법률 서적(法書)만이 진서(眞書)이고, 나머지 책들은 잡서(雜書)라고, 오만을 부린 적이 있다. 깊이 뉘우치고 있다.

나이가 들면서, 책의 소중함을 깨우치게 되자 눈이 어두워지게 되었다. 부모님의 소중함을 알 때쯤이면, 돌아가시고 안 계신 것과 같은 이치인가?

—「대한변협신문」, 제364호 2011년 8월 22일

산 올라가기와 산 내려오기
―취미생활과 직업과의 관련성

[산 올라가기 : 등산] 이틀 전 네팔의 포카라에 도착하여 해발 1,070 미터의 나야풀에서 안나푸르나 트래킹을 시작했다. 2000년 일본 북알 프스를 4일간 종주한 적이 있었으나, 그때는 최고 높이가 3,000미터 남짓하여, 고소증에 대한 두려움은 없었다. 그러나 이번 등산은 베이 스캠프가 4,130미터라고 하니, 등산의 어려움에 고소에 대한 걱정이 추가되었다. 하루 12시간씩, 이틀에 걸쳐 산행을 계속하여 해발 2,505 미터의 도반에서 숙박했다. 고도차는 출발지보다 1,500미터 정도 높았 지만, 오르막과 내리막이 심하여 그 두 배 정도는 올라온 느낌이다.

새벽 6시경 두꺼운 내복을 입은 채로 잠을 잔 침낭에서 일어나 밖 으로 나오니, 눈앞에 숨이 탁 막히는 장관이 펼쳐져 있다. 해발 6,993 미터의 영봉 마차푸차레가 바로 눈앞에 솟아 있는 것이다. 군더더기 하나 없이 이름 그대로 "생선꼬리" 모양의 눈 덮인 암벽이 솟아 있었 다. 신성한 산이라고 하여 네팔 정부가 아직까지 등반을 허용하지 않 은 유일한 산이다. 내가 있는 곳보다 약 4,500미터 높은 산이 바로 눈앞에 나타나 있다. 거의 백두산과 한라산을 합친 높이가 이렇게 가 깝게, 한눈에 보일 수 있을까 생각했는데, 공기가 희박하고, 또한 맑 으면, 눈에 착각이 생겨서 그렇게 보인다고 한다.

감격을 가슴에 안고, 나머지 3일간의 힘든 등산을 계속한다. 3,000 미터가 넘어가자, 고소증상이 나타난다. 약간의 두통이나 구역질, 소화불량은 기본이고, 갑작스러운 배변 욕구도 그 증상의 하나임을 알게 되었다.

마침내 등반 5일째 새벽 4시에 숙소인 로지에서 출발하여 어둠 속을 3시간가량 걸은 끝에, 황금색으로 물들어가는 정상을 보면서, 4,130미터의 베이스캠프에 도착했다. 등산 시작지점은 초여름 날씨였으나, 이곳은 눈이 무릎까지 빠지는 겨울 날씨이다. 인간이 8,000미터급 산으로는 최초로 정복했다는 안나푸르나 정상과 그 연봉들에 취하여 1시간여 동안 행복에 젖었다. 하산 길의 3일 역시 수월하지는 않았으나, 더운물 샤워에 대한 기대로 참고 견뎠다.

[산 내려오기 : 스키] 헬리콥터의 윙윙거리는 소리가 잦아들자, 8명의 일행이 헬기의 문을 열고, 눈밭으로 내려와 몸을 숙인다. 헬리콥터에서 스키 장비가 모두 내려진 후, 각자의 스키를 찾아 신기 시작한다. 그러나 눈이 깊어 빠지는 바람에 신기가 쉽지 않다. 이제 산 정상에서부터 신설을 타고 내려오는 일이 남았다. 이곳은 캐나다 록키 산맥의 산중으로, 연중 평균 강설량이 18미터여서, 웬만한 높이의 나무나 바위는 모두 눈 밑으로 잠기게 되어 그야말로 눈 천지의 내리막이다. 곳곳에 절벽이나, 눈사태의 위험이 있으므로, 가이드보다 앞서 나가는 것은 절대로 허용되지 않는다.

멀리서 보이는 눈 덮인 산은 보드라운 눈으로 가득 덮여 있을 것 같지만, 실제는 그렇게 편안하지가 않다. 햇볕에 노출된 눈은 한낮에는 녹고, 밤중에는 얼어, 표면이 얼음으로 덮인 곳이 많다. 당연히 스키 타기에 불편하다. 반면 가루눈으로 덮인 부분은 보통 무릎까지, 깊으면 허리 부분까지 눈 속에 잠긴다. 다져진 눈에서만 타던 방법으로는 해결 불능이다. 넘어지지 않으려고 버티다 보면 허벅지에 불이 난 것같이 힘들다. 어쩌다 넘어지면, 가루눈 속에 스키와 몸이 파묻혀 일어나는 데에 힘이 다 소모된다. 이런 사정을 모르는 듯, 가이드가 나무 숲속으로 들어간다. 숲속은 햇볕과 바람의 영향이 적어 눈 상태는 좋지만, 좁은 나무 사이를 빠져나가야 하고, 때로는 2, 3미터짜리 절벽이 나타나도, 물러날 수 없으니 뛰어내리는 길밖에는 없다. 숨은 턱에 차고, 스키복 안은 땀범벅이다. 그러나 저 아래에서 일행들과 헬리콥터가 다음 런(run)을 위하여 기다리고 있으니, 달려나가지 않을 수 없다. 이러한 과정이 하루 종일 10여 차례 계속된다.

[왜 하나?] 정신적 미덕의 차원에서, 산 오르기(등산)에 필요한 것은 "인내심"이고, 산 내려오기(스키)에 필요한 것은 "용기"이다. 사람마다, 등산과 스키를 즐겨하는 이유가 따로 있겠으나, 최소한 육체적 건강을 위해서만은 아닌 것 같다. 다들 살아온 과거 또는 살아갈 미래에 대한 나름의 생각이 없이는, 이러한 힘든 짓을 할 이유가 없다고 생각한다. 고산 등반가들이 흔히 듣는 질문 "죽으려고 그런 위험한 짓을 하느냐?"에 대한 대답은, "죽으려고 한다고? 천만에, 등반하면서 안 죽으려고 얼마나 애쓰는데……"였다.

나는 왜 그러한 짓을 할까? 법조인으로 살아가면서, "어려운 일이 닥쳤을 때, 좌절하지 않고 끝까지 참고 견딜 수 있는 '인내력'을 기르려고", 그리고 "해야 할 일, 해야 할 말을, 해야 할 때에, 할 수 있는 '용기'를 키우려고"라고 대답한다면, 건강부회하는 것일까? 그러나 마음 한구석에 적어도 그러한 바람이 있는 것만은 틀림없다.

—「대한변협신문」, 제394호 2012년 4월 9일

240

IV

법조개조론

법조개조론
─법조삼륜의 바람직한 모습과 이를 위한 방안*

1. 머리말

1) 논의의 범위

이 글은 소위 법조삼륜(法曹三輪), 즉 사법부, 검찰, 변호사의 모든 부분을 다룬다. 그러한 의미에서 "사법"개조론이라고 하지 않고, "법조"개조론이라고 표현했다. 물론 이 세 분야 중에서도 사법부의 중요성이 워낙 크기 때문에 사법부에 관한 논의가 이 글의 핵심을 이루게 되겠지만, 여기에 그치지 않고, 나머지 분야, 즉 검찰과 변호사의 영역에 대해서도 나름의 견해를 피력할 것이다.

또한 이 글의 제목을 법조"개조"론이라고 한 것은 다음과 같은 의미에서이다. 즉 내가 느끼기로는, "개조"라는 용어는 "개혁"이라는 용어보다 좀더 근본적이어서 "개혁"이 제도적, 외형적 변화에 중점이 놓인 반면에, "개조"는 원천적, 내면적 변화에 중점을 둔 것으로 파악했다. 따라서 "법조개조론"이라고 한 것은, 법조의 바람직한 모습을 실현시키기 위해서는 단순한 제도의 개선이나 외형적인 변화에 머무르지 않고, 법조삼륜을 구성하는 판사, 검사, 변호사 각자가 철저한

---

* 이 글은 2010년 6월 7일 한국법학원 주최로 열린 심포지엄(사법개혁의 방향)에서 발표된 것이다.

현실인식을 통하여, 근본적으로 "마음의 자세"를 바로잡는 것을 최우선으로 하고, 여기에서부터 비로소 이를 실현하기 위해서 어떠한 제도적, 외형적 변화를 추구해야 할 것인가를 따져나가야 한다는 의미이다.

2) 논의의 방법

1972년의 유신을 시작으로 1987년 6월 29일 민주화 선언까지 15년 동안의 권위주의 시대를 거친 이후, 민주화의 바람이 불면서 사법부에도 사법개혁의 요구가 거세게 대두되었다. 이러한 요구에 부응하여 1993년의 사법제도발전위원회, 1995년의 세계화추진위원회, 1997년의 법원인사제도개선위원회(이상 김영삼 정권시대), 1999년의 사법개혁추진위원회, 2000년 21세기사법발전계획(이상 김대중 정권시대), 2003년의 사법개혁위원회, 2005년의 사법제도개혁추진위원회(이상 노무현 정권시대) 등이 설치, 운영된 바 있다.

그러나 그동안 20년 가까이 사법개혁에 대한 논의가 이어져왔음에도 불구하고, 또다시 금년 초에는 강기갑 의원 사건, 전교조 사건, PD수첩 사건에 대한 무죄판결 및 전교조 교원명단 공개금지 결정을 계기로 여당인 한나라당이 주로 사법부를 대상으로 한 사법개혁안을 발표하여 그 당부를 놓고 논란이 진행되고 있으며 또한 최근에는 검찰의 소위 "스폰서 행태"와 관련하여 대대적인 개혁안이 검토되고 있는 것으로 알려지고 있다.

그렇다면, 이와 같은 개혁의 노력에도 불구하고, 왜 오늘날 또다시 사법개혁 내지는 법조개혁이 문제가 되는 것인가? 그 원인을 정확히 밝히는 것이 앞으로의 법조개혁을 성공적으로 마무리하기 위하여 절대적으로 필요하다.

그 원인으로서 다음의 두 가지가 특히 강조되어야 할 것이다.

첫째, 사법개혁 논의가 시작된 것은 군사정권하의 권위주의 시대가 끝나고 6/29 선언으로 상징되는 민주화의 바람이 일면서부터라고 할 것이다. 그런데 이와 같은 민주화의 성취가 권위주의에 저항해온 국민들의 피나는 노력의 결실이었으며, 그 과정에서 사법부의 역할이나 기여가 있었다고 국민들로부터 인정받지 못했다. 그리하여 사법부 내지는 법조인 집단은 새로운 민주화 세력으로부터, 성토 내지는 개혁의 대상으로 인식되었고, 그와 같은 시각에서 사법개혁은 타율적으로 이루어질 수밖에 없었다. 그 결과 개혁의 논의가 사법부 내에서 자연발생적, 자율적으로 이루어진 것이 아니고 떠밀려 이루어진 것이었기 때문에, 그 개혁이 진정한 의미에서 국민을 위한, 국민에 의한, 개혁으로 받아들여지기에는 크게 미흡했던 것이다. 따라서 개혁의 완성도 내지는 국민의 만족도는 항상 낮은 수준에 머무를 수밖에는 없어서 잠재적으로 추가적인 개혁의 요구가 항상 내재되어 있었다고 볼 수 있다.

둘째, 과거에 대한 반성이 체계적이고 철저하지 못했으며 그 결과 사법개혁을 위한 조치가 근본적이지 못하고 미봉적, 지엽적이었기 때문이다.

① 과거의 "실수를 극복"하는 가장 좋은 방법은, 첫째, 실수를 "인정할 것", 둘째, 실수에서 "배울 것", 셋째, 실수를 다시 "반복하지 말 것"이다. 이와 같은 세 가지 단계 중에서 과거 우리의 사법부 내지는 법조는 첫째 단계인 "실수를 인정"하지 않으려고 애썼다. 이는 과거의 실수를 인정하는 것이 너무나도 가슴 아프고, 자존심에 치명적인 타

격을 입힐 것으로 여겨졌기 때문에 애써 이를 외면하거나 무시하려고
했다. 아니면 과거의 그와 같은 권위주의 시대 상황하에서는 어느 누
구도 현실적으로 저항할 수 없었다거나, 저항하더라도 그로 인한 피
해만이 커질 뿐 실효성이 없었다거나, 어느 나라에서나 사법부의 역
할은 소극적이어서 사법부에 의한 정치개혁은 기대할 수 없다는 등의
현실논리를 내세워 자위적인 방법으로 최소한의 자존심이라도 지켜
보려고 했다.

이와 같이 과거의 실수를 정면으로 인정하려는 의지가 전혀 없었기
때문에 그 당연한 결과로 실수로부터 배우는 작업도 "분명하게" 이루
어질 수 없었다. 다만 사법부의 구성원 내지는 법조인들 스스로는 명
백히 겉으로 드러내지는 않았으나, "마음속으로는" 그 잘못을 충분히
인식하고 있었기 때문에 은연중에 다시는 그러한 잘못을 되풀이하지
말아야겠다는 다짐은 하고 있었던 것으로 보인다.

그러나 잘못을 스스로, 명백히, 외부적으로 인정하는 것과, 은연중
에 내부적으로 인식하는 것 사이에는 큰 차이가 있기 마련이어서, 특
히 앞으로 같은 잘못을 되풀이하지 않겠다는 다짐의 강도에서는 비교
할 수가 없다고 할 것이다.

마지막 단계인 실수를 다시 반복하지 않을 것에 관한 한 민주화가
이루어진 이후, 모든 법조인들이 이를 실천하기 위하여 제도개선을
포함하여 다방면으로 노력해왔다.

이러한 측면에서는 상당한 발전이 있었다고 평가될 수 있겠으나,
앞에서 본 과거에 대한 철저한 반성과 비판이 없는 한, 법조 주변의
상황이 악화될 경우, 어느 때든지 과거의 잘못으로 회귀할 위험성이
내포되어 있다고 할 것이다.

② 과거의 잘못을 극복하고, 바람직한 장래로 나아가는 방법으로는, 다른 관점에서 보면, 첫째 "인적 청산", 둘째 "과거 청산", 셋째 "제도개선"이라고 할 것이다. 세 가지 조치 중 어느 것을 어느 정도의 강도로 실시할 것인지는 각 나라 또는 각 분야의 여러 상황 등을 종합적으로 검토하여 결정되어야 할 것이다.

주지하는 바와 같이, 세계적으로 보면 "과거 청산"뿐만 아니라 "인적 청산"까지도 철저하게 단행하여 민주화를 달성한 국가(나치 시대 이후의 독일)도 있고, 그 정도에까지는 이르지 않더라도, 과거의 잘잘못을 철저하게 조사하여 진상은 밝히되, 이로 인한 처벌은 하지 않기로 약속하는 국가(남아공의 진실 및 화해 위원회)도 있으며, 과거의 역사가 너무도 복잡하여 과거를 청산하려고 들면 해당되지 않은 사람이 없고 그 피해가 너무나도 클 것이 예상되어, 국민 전체의 합의로 과거는 그대로 덮어두고 앞을 내다보기로 약속한 국가(프랑코 통치 이후의 스페인)도 있었다.

우리나라의 경우, 사법부에 국한해서 본다면, 문민정부의 출범 이후 첫 번째 대법원장은 그 취임 때에 사법부 내에서의 과거 청산과 관련하여 "사법부 내에서의 급격한 인적 청산은 적절치 않고 점진적, 자연적으로 이루어져야 한다"고 천명함으로써 어느 정도 국민의 납득을 얻는 현명한 조치를 취했고, 그에 대한 반성적 차원에서 "제도개선"을 통한 사법개혁에 진력했으며, 상당한 성과를 거두었다.

그러나 현재에 이르러 돌이켜보면, "제도개선"만을 통해서 실추된 사법부의 권위와 신뢰를 회복하기에는 너무나도 부족했다고 생각된다.

그러한 차원에서 지금이라도, 제한적인 범위 내에서의 과거사 정리가 반드시 필요하다고 생각된다. "인적 청산"에 관련해서는, 과거 권위주의의 어려운 시절에 힘든 여건하에서도 인권의 신장과 사법권의 독립의 수호를 위해서 애쓰고, 희생당한 인물들을 발굴하고 조사하여 그 업적을 현창함으로써 후배들의 귀감이 되도록 자료를 정리할 필요가 있다. 다시 말해서, 긍정적, 적극적 의미에서의 인적 청산이 필요하다. 또한 "과거 청산"에 관련해서는, 객관적인 시각에서 해방 이후 오늘날까지, 특히 중점적으로는 과거 군사정권 시절 이후 오늘날까지의 사법부 관련 역사를 분석, 정리하여 후대를 위한 자료로서 남겨둘 필요가 있다. 그렇게 함으로써 똑같은 잘못 내지는 불행이 반복되지 않도록 할 수 있을 것이다. 그리고 이와 같은 "인적 청산" 및 "과거 청산"의 작업은 법조삼륜 중에서 대한변호사협회가 주관하여 완성하는 것이 가장 바람직하다고 생각한다.

이와 같은 전제하에서, 이 글은 다음과 같은 순서로 논의를 전개할 것이다.

첫째, 8/15 해방 이후 오늘날까지 60여 년 동안 변화해온 정치상황 속에서 우리 사법부 내지는 법조가 어떠한 역할과 기능을 해왔는가를 살펴볼 필요가 있다. 사법상황 역시 넓은 의미에서 정치상황의 일부분이고, 정치적으로 선진화되지 못한 나라일수록, 사법상황이 정치상황으로부터 큰 영향을 받을 수밖에 없다. 따라서 우리나라의 사법상황을 정확히 인식하기 위해서는 그 범위 내에서 정치상황에 대한 고찰을 빠뜨릴 수 없을 것이다.

둘째, 이러한 정치상황 및 사법상황 하에서 우리의 사법부 내지는 법조삼륜이 국민들로부터 어떠한 평가를 받아왔고, 어떻게 인식되어 왔는지를 살펴볼 필요가 있다. 이를 통한 정확한 현실인식이 전제가 되어야만 비로소, 바람직한 사법부 내지는 법조의 모습이 무엇인지를 확정할 수 있기 때문이다.

셋째, 이러한 편견 없는 정확한 진단 내지는 현실인식을 통해서 "바람직한", 즉 "국민이 원하는" 사법부 내지는 법조의 모습을 그려보아야 한다. 이 과정에서 우리는 결코 현상에 안주하는 안이한 생각을 가져서는 안 될 것이다. 물론 당장 한걸음에 사법 최선진국의 모습을 갖추려는 비현실적인 이상에만 치우칠 수는 없겠지만, 적어도 30년 내지는 반세기 정도는 내다보는 안목과 지혜를 가지고 이 문제를 풀어나가야 할 것이다.

넷째, 이상의 과정을 거친 연후에는, 최종적으로 바람직한 사법부 내지는 법조의 모습을 갖추기 위한 구체적인 방안으로 우리는 어떠한 개선책을 제시할 수 있는지 고민해야 한다. 그 구체적인 방안으로는 다음과 같은 것들을 생각할 수 있다.

① 법조삼륜 구성원 각자의 "의식개혁"을 통한 방법이다. 즉 판사, 검사, 변호사들이 각각 바람직한 모습을 설정하고, 이를 위한 자기성찰 및 연마를 해나가는 것이다. 가장 이상적인 방법이지만 기대가능성이 높지는 않다.

② 다음 단계로, 각 조직 내부에서 연수 및 수련의 방법이나 또는 내부감찰의 방법으로 "자율적으로" 개선책을 강구해나가는 방법이다. 직역이기주의(職域利己主義)에 빠지지 않고 객관적, 자율적으로 행해질 수 있다면 바람직한 방법이다.

③ 그 다음으로는, "외부적인 힘"에 의하여 개선을 시도하는 것이다. 그 "외부적인 힘"으로는 첫째, 국민의 여론(이는 언론으로도 대체

될 수 있을 것이다), 둘째, 국회의 감시, 셋째, 외부기관에 의한 감독이나 통제를 생각할 수 있다. 이는 감시나 통제를 당하는 입장에서는 가장 바라지 않는 조치이겠으나, 권력분립 내지는 국민주권의 원칙하에서 피할 수 없는 조치이기도 하다.

④ 마지막으로는, 위에서 본 모든 조치들이 실효성을 거두지 못한 경우에 최후의 방법으로, 법률을 통한 "제도적인 장치"를 마련함으로써 개선을 시도할 수밖에 없다. 이는 확실한 방법이기는 하지만, 타율적이고 또한 경직된 방법이기 때문에 그 운용의 여하에 따라 성패가 갈릴 수 있다.

앞에서 본 구체적인 개선책을 강구해나가면서, 법조의 각 분야별로, 특히 금년 초에 한나라당이 제기한 사법부에 대한 개혁입법에서 문제된 사항들(예를 들면, 대법원의 구성, 법관인사위원회, 양형위원회 등)과, 또한 최근에 대두된 검찰개혁 문제들(특히 스폰서 검사와 관련된 파동들)을 총론적, 원론적으로 검토할 것이다. 나아가서 바람직한 변호사 및 변호사 단체의 모습에 대해서도 언급할 것이다.

이 단계에서 내가 가장 원치 않는 (따라서 이 글에서 채택하지 않는) 내용은, 이 제도의 각각에 대하여 그 취지와 장단점을 비교하고 반대의견을 반박하는 등 논리적인 당부를 가리는 작업이다. 이러한 논의는 이미 여러 차례 다른 곳(논문이나 토론회 등)에서 충분히 검토되었을 뿐만 아니라, 어느 길을 갈 것이냐는 결국 논리의 우열보다는 현재의 상황을 역사적으로 어떻게 인식하고 평가할 것이냐에 달려 있다고 보아야 할 것이기 때문이다.

2. 우리 사법사(司法史)의 해석 및 평가

사법개혁이 국민들로부터 지지와 성원을 받아 성공할 수 있기 위해서는, 현재 우리의 국민들이 우리의 법조에 무엇을 원하고 있는지를 정확히 파악하는 것이 급선무이다. 이는 물론 우리나라의 정치상황과 밀접하게 관련되어 있는 문제로서, 오로지 법조 내부만의 문제는 아닐 것이다. 이를 정확히 진단하기 위해서는 해방 이후 변화하는 정치상황 속에서, 우리 사법부 내지는 법조가 어떠한 역할과 기능을 해왔는가를 살펴볼 필요가 있다. 내가 인식하고 이해하는, 지난 60여 년간의 우리 사법부의 정치상황에서의 위상은 간략히 살펴보면 다음과 같다.*

1945년 해방 이후 1961년 5월 16일 박정희 당시 소장이 군사혁명을 일으켜 정권을 잡을 때까지 16년의 기간은 물론 정치적인 어려움도 있었으나, 사법부의 입장에서는 가장 바람직한 역할을 수행했던 기간이라고 판단된다. 이는 사법부의 최고책임자를 비롯한 다수의 구성원들이 과거 독립운동가의 기개와 함께 사법권 독립이라는 투철한 사명감을 가지고 있었고, 이에 대한 국민들의 지지와 성원 역시 매우 컸던 점에 기인하는 것이다. 국민의 사법부에 대한 신뢰의 차원에서 이 기간이 가장 화려한 기간이었다(당시 사법부에 관한 언론의 보도를 보면 한결같이 사법부에 대한 언론의 신뢰와 존경이 가득 담겨 있음을 알 수 있다).

---

* 이 점에 관한 상세한 설명은, 이헌환, 「정치과정에 있어서의 사법권에 관한 연구 — 한국 헌정사를 중심으로」, 서울대학교 박사학위 논문, 1996. 2. 참조.

1961년 박정희의 군사혁명 이후, 최종적으로는 1971년 6월 22일 "국가배상법 위헌판결"이 내려지기까지의 10년 동안은, 통치권자인 대통령과 사법부 간의 힘겨루기 내지는 갈등관계의 기간이었다. 당시 박정희 대통령은 경제부흥을 최대의 목표로 삼고 이를 위해서는 국민의 인권은 잠시 유보 내지는 희생되어야 한다는 입장이었고, 이에 대하여 사법부의 판사들은 대부분 동조하지 않았다.

　그리하여 행정부로부터의 유형, 무형의 압력에도 불구하고, 정권의 입맛에 반하는 판결들이 내려졌고, 판사들은 이를 사법권 독립의 기개라고 여겼다.

　이로 인해서 행정부 내지는 통치권자의 사법부에 대한 불만이 누적되어오던 중 1971년 6월 22일 우리나라 사법사상 최대의 사건이라고 할, 소위 "국가배상법 제2조 제1항 단서의 위헌판결"이 내려짐으로써 박정희 정권에 결정적인 타격을 가했다. 이 판결은 사법권 독립의 관점에서는 금자탑이었지만, 통치권자 입장에서는 치욕적인 패배를 의미하는 것이었다. 그 이후 주지하는 바와 같이 박정희 대통령은 초헌법적인 반격을 가했으며, 유신의 선포, 긴급조치 발동, 위헌의견을 쓴 9인의 대법관의 탈락 등 일련의 조치들을 일사분란하게 진행했다. 그후 우리의 사법부는 쇠퇴에 쇠퇴를 거듭했고, 그 후유증은 나의 생각으로는 오늘날까지도 계속되고 있다.

　1972년 11월 21일에 확정된 유신헌법 이후 사법부의 위상은 최저점으로 추락했다(이러한 와중에서 1977년 6월 7일 대법원은 국가배상법 조항이 종전의 헌법에 위반된다고 할 수 없다는 취지로, 과거의 위헌판결을 완전히 뒤집는 판결까지도 했다). 이러한 상황은 군사정권이 지속되는 기간 내내, 그리하여, 1987년 6월 29일의 소위 6/29 선언이 있을 때까지 지속되었다. 특히 지적해두어야 할 것은 1979년 10월 26일 박정희 대통령이 김재규에 의해서 시해되고, 김재규를 재판 (1980년 5월 20일 선고)하는 과정에서, "내란목적 살인"이 아닌 "단순 살인"에 해당한다는 소수의견을 낸 대법관 6인 중 5인(다수의견은 내란목적 살인으로 인정하여 결론에서는 정권의 유지에 지장이 없었음에도 불구하고)에 대하여, 대법관직에서 물러나게 했다는 점이다. 이로써 당시 군사정권은 사법부의 독립을 말살하는 제2차의 "확인사살"을 감행했으며, 정권의 입맛에 맞지 않는 법관은 언제든지 제거될 수 있다는 교훈을 당시 및 후대의 판사들에게 깊이깊이 심어주는 소기의 목적을 달성했다(그리고 부끄럽게도 1980년에 선고된 김재규 등에 대한 대법원 판결은 10년 동안이나 공표되지 못하다가 1990년에야 비로소 대법원 전원합의체 판결집에 게재되었다).

여기에서 1987년 6/29 선언 이후의 다음 단계로 넘어가기 전에 1972년 유신 이후 1987년 6/29 선언까지 15년간의 역사가 사법부를 포함한 법조삼륜에 미친 영향을 평가하고 따져볼 필요가 있다. 왜냐하면 이 15년간의 후유증이 오늘날까지도 계속되고 있고, 이를 치료하지 않는 한, 사법부가 국민의 신뢰를 받을 수 없다고 생각하기 때문이다.

우선 평가가 분명한 "재야 법조계"에 대한 영향부터 살펴보자. 이 당시의 변호사 및 변호사단체는 국민의 인권 옹호를 위해서 지대한 공헌을 했다. 경제적인 불이익을 감수하는 것은 기본이고, 나아가 신변상의 위험까지도 무릅쓰고 법조인으로서 성스러운 투쟁을 감행했다. 내가 경험하고, 기억하는 한에서, 이 시기가 우리나라 재야 법조

역사의 하이라이트라고 생각한다. 보다 구체적으로는 당시 이병린 대한변호사협회장이 견강부회의 사유로 신병이 구속되는 등의 핍박에도 불구하고 인권 옹호에 앞장서 싸웠다. 또한 소위 민변으로 약칭되는 의식 있는 변호사들의 모임도 온갖 어려움을 겪으면서 꿋꿋하게 법조인의 자존심을 지켰다. 그리하여 이 당시까지는 국민들의 재야 법조인에 대한 신뢰도가 가장 높은 상태였다고 볼 수 있다.

다음 "검찰"의 경우를 보면, 권력지향적인 검찰의 속성상, 그리고 권력의 정당성을 의심받고 있던 정권의 권력 유지 내지는 통치의 필요상, 검찰권과 정치권 사이에는 서로 이용하고 이용당하는 바람직스럽지 못한 권력의 유착 내지는 공유관계가 성립되었다. 물론 두 권력 중에서 이용하는 측은 정치권력이었고, 검찰권은 이에 굴복하여 이용당하는 측면이 강했으나, 일부의 구성원들은 이를 기화로 권력의 단맛을 만끽했으며, 검찰권의 무분별한 확대에 기여했다. 이 시기로부터 검찰권은 정권 유지의 차원에서 행사되었으며, 그 구성원들 역시 (특히 핵심부의 구성원들은) "나라를 통치"한다는 망상을 가지고, 이를 위하여 민주국가에서는 넘어서는 안 되는 선을 자주 넘는 잘못을 저지르기도 했다. 당시 사법권의 독립을 직접적, 일차적으로 침해한 조직은 검찰조직이었으며, 이때의 가장 바람직스럽지 못한 모습이 정도의 차이는 있지만 오늘날까지 지속되고 있다고 볼 수 있다.

끝으로, "사법부"의 입장에서 보면 이 15년간은 최악의 기간이었으며, 사법부 및 그 구성원들의 자존심을 철저히 손상시키는 좌절의 기간이었다고 말하지 않을 수 없다. 즉 당시의 법관들은 "rule of law(법의 지배)"를 실천하기보다는 "rule by law(법에 의한 지배)"에 안주하고 자위함으로써 살아남았다고 해야 할 것이다. 당시 사법부의 구성원으로서 사법권의 독립과 관련하여 부끄러운 경험을 하지 않은 사람은 거의 없다고 해도 좋을 정도이며, 나 역시 차마 글로 옮기기에 적절하지 않다고 느끼는 일들을 여러 차례 경험한 바 있다.

이와 같이 가슴 깊이 자존심에 상처를 받는 것을 피하고 최소한의 양심의 위안을 받기 위한 방편으로 ① 그 당시의 억압적 정치상황에서는 어찌할 수 없었다든가, ② 법관은 입법으로 정해진 법률을 해석, 집행할 수밖에 없는 위치에 불과하다든가, ③ 그래도 그 나름으로 정의를 실현하기 위해서 "최소한의 양형"을 선택했다든가, ④ 당시로서는 "자폭"하는 것보다는 어떻게든 살아남아 후일을 도모하는 것이 보다 현명한 대응방법이었다든가 하는 논리를 전개하여 연명해왔던 것이 사실이다.

다만 후회만이 능사가 아닌 만큼, 보다 밝은 장래를 위한 건설적인 측면에서, 이 기간 동안 있었던 부끄러운 일들을 각자의 경험을 모아 후배를 위한 자료로서 정리해두었으면 좋겠다는 제안을 하고 싶다.

물론 쉬운 일은 아니겠으나, 1987년 미국 헌법 제정 200주년을 맞이하여 각종의 기념행사를 하는 중에, 놀랍게도(아니면 존경스럽게도) 미국 국민의 전폭적인 신뢰를 받고 있는 미국 연방대법원이 지난 200년 동안 내린 "최악의 판결들"을 모아 책으로 발간한 미국인들의 용기와 자신감을, 우리도 한번 가져보았으면 하는 바람이다.

이 책은 『재앙의 월요일(*Black Mondays: Worst Decisions of the Supreme Court*)』이라는 제목으로 1987년 발간되었으며, 24개의 대표적으로 잘못된(물론 현재의 시각으로 보아서) 판결들을 다루고 있다.

흥미롭게도 당시 대법관 서굿 마셜(Thurgood Marshall)이 책의 서문을 10페이지에 걸쳐 써주었으며, 책의 헌사(dedication)에는 "이 책을 헌법상의 기본권을 박탈당했던 모든 시민들, 특히 그 자신뿐만 아니라 타인의 권리회복을 위해서 의연히 투쟁했던 사람들에게 바친다"고 기재되어 있다.

1987년 6/29 선언 이후 김영삼, 김대중 정권(2003년 2월)까지의 기간에는 군사정권이 막을 내리고 문민정부가 들어선 기간이다. 이와 맞추어 사법부 내에서도 변화가 나타나기 시작했으니, 우선 과거 정권 유지 차원의 권위주의를 벗어나 민주화의 바람이 일기 시작한 것이다. 이러한 요구에 부응하여, 김영삼 정권하에서는, 사법제도발전위원회(1993), 세계화추진위원회(1995), 법원인사제도개선위원회(1997) 등이 설치, 운영되었고, 김대중 정권하에서는 사법개혁추진위원회(1999), 21세기 사법발전계획(2000) 등이 운영되었다.*

이 과정에서 그동안 금기시되었거나, 억눌려 차마 공개적으로 논의하지 못한 점들 및 사법의 민주화, 현대화 등을 위한 많은 부분들이 논의, 정리되었다. 이 점에서는 바람직한, 긍정적인 측면이 있었고 어느 정도 성과도 거두었다고 보인다.

2003년부터 2008년까지의 노무현 정권 기간에도 과거와 같은 개혁의 기조가 그대로 유지되었으나, 몇 가지 특이한 점들이 있다.

즉 사법개혁위원회(2003) 그리고 사법제도개혁추진위원회(2005)가 설치, 운영되면서 과거로부터의 개혁작업은 지속되었으나, 그중 가장 중요한 것으로서 재야 법조개혁의 핵심인 법조인 양성제도와 관련하여 그동안 수많은 논란을 불러일으켰던 로스쿨 제도의 도입이 전격적(?)으로 확정된 것이었다(여기에서 "전격적"이라는 말은, 수많은 논의할 점이 있는 이 제도가 "국회에서 한마디 토론도 없이" 정치적인 이유

---

* 그 상세한 내용은 신평 저, 『한국의 사법개혁』, pp. 129-191 참조.

에서 2007년 7월 27일 다른 법률안 등과 함께 일괄적으로 갑자기 통과되었다는 의미이다).

법안 통과로 인해서 로스쿨 제도는 도입이 되었고 이에 따라 2009년 첫 학생이 선발되었으나, 이에 당연히 뒤따라야 할 조치들(예를 들면, 변호사시험은 어떤 내용으로 치르고, 그후 법조인들의 양성과정은 어떻게 할 것이며, 나아가 법관의 선발은 어떻게 할 것인지 등등)에 대해서는 전혀 논의나 정해진 것이 없는 상태이며, 크나큰 숙제만을 던져놓은 상태이다.

노무현 정권은 과거의 다른 문민정부와는 달리, 대통령이 사법시험에 합격한 법조인이라는 데에도 그 특징이 있다. 그리하여 나를 포함한 많은 법조인들이, 특히 사법개혁의 분야에서 커다란 성과가 있을 것으로 기대했다. 과연, 노무현 대통령은 취임 이후, 검찰을 최대 개혁의 대상으로 여기면서(여기에는 그가 그동안 법조인으로서 겪었던 경험들이 큰 영향을 주었을 것으로 생각된다) 검사들과의 공개적인 토론을 통해서 자기 견해의 정당성을 인정받기를 원했으며, 나아가 사법부와 관련해서는 때맞추어 있던 몇 명의 대법관의 선발과정에서 그의 사법관을 실현하려고 노력했다. 그러나 이와 같은 그의 희망은 나의 견해로는 이루어지지 못했다. 그 이유는 의욕만 앞섰을 뿐, 이를 실현할 수 있는 역량과 준비가 없었기 때문이다.

2008년 이래의 이명박 정권에서는 구체적인 사법개혁 프로그램이 없다. 정권의 성격상 경제에 중점을 두든지, 또는 사법에 관한 한 종전부터 내려온 것들을 그대로 받아 실행하는 것으로 족하다고 여기든지, 아니면 둘 다일 것이다.

그리하여 이명박 정권이 들어선 이후, 법조삼륜에 관한 한, 특별한 문제제기나 개혁의지의 표명이 없었고, 단지 이미 도입이 확정된 로스쿨 제도의 성공적인 추진을 위해서만 여러 가지 논의가 행해지고 있었다.

그러던 중, 2009년 후반기에 들어서면서, 전교조 활동에 대하여 그리고 강기갑 의원의 폭력사건에 대하여, 나아가 MBC PD수첩 사건에 대하여 연이어 법원으로부터 무죄판결이 내려지고 전교조 교원 명단 공개금지 결정이 내려지자, 집권 여당이 단연 긴장 내지는 거부감을 보이게 되었고, 그 결과로서 한나라당이 사법부 개혁을 위한 독자적인 법안을 구상하기에 이르렀다.*

따라서 이에 대한 찬반의 공방이 진행되는 도중에 돌발사태가 발생했다. 즉 예상치 않게 금년 초에 소위 검사의 스폰서 행태에 대한 폭로가 이어지면서 그 진상조사와 함께, 검찰개혁에 대한 문제가 크게 대두된 것이다.

이와 같이 우발적으로 발생된 사법부와 검찰에 대한 개혁문제는 조만간 논의를 거쳐 합리적 방안이 마련되겠지만, 이는 현 정권하에서 법조삼륜, 특히 사법부와 검찰에 대한 큰 그림이 마련되어 있지 않다는 것을 단적으로 보여주는 것이다.

---

* 그 구체적인 내용과 당부에 관해서는 이하 다른 곳에서 설명하겠지만, 궁극적으로는 사법부에 대하여 평소 집권 여당 내지는 검찰이 가지고 있던 불만 또는 속내를 드러낸 것으로 보인다.

3. 우리 사법사(司法史)의 결정적인 순간들 및 그 영향

앞에서 1945년 해방 이후 현재까지 60여 년간의 역사를 우리 사법부와 관련하여 개관해보았다. 그러나 오늘에 이르러 과거를 돌이켜보면 이 기간 중에서도, 오늘날 우리의 사법현실을 있게 하는 데에 결정적으로 영향을 끼친 몇 가지의 중요한 사건들을 추출할 수 있을 것으로 생각된다. 이는 물론 관심 있는 많은 분들의 토론을 거쳐 신뢰성 있게 정리되어야 할 것이지만, 우선 내가 주위의 의견을 종합하고 스스로 침잠하여 걸러진 바를 종합하면 다음과 같다.

1) 1971. 6. 22. 국가배상법 위헌판결

이는 주지하는 바와 같이, 군인이 그 직무를 수행하는 중에 부상 등 피해를 입었을 경우에는 특별한 규정에 의하여 그 배상액을 제한하도록 한 국가배상법의 규정이 헌법에 위반된다는 판결을 최종적으로 대법원이 내린 것이다. 당시, 박정희 정권은 경제부흥을 최대의 목표로 삼고 있던 중에 이러한 판결이 내려지자 커다란 타격을 입게 되었고, 앞으로의 경제개발계획에도 차질을 빚을 것을 우려했다. 이 사건이 법원에 계속 중인 때에, 대통령을 비롯한 행정부에서 "여러 방면으로", 사법부의 공감을 얻기 위한 노력을 했으나, 결과가 이와 같이 나오자 실망을 넘어 크게 분개했으며, 이를 계기로 1년여 후인 1972년 11월 21일 헌법 개정을 통한 유신이라는 극단적인 조치를 취했다. 그 결과 당시 위헌의견을 냈던 9인의 대법관 모두가 퇴임하게 되었다. 유신헌법을 마련하고 실행하는 과정에서, 검찰 소속의 인사들이 일부 법률적 조언과 함께 적극적 역할을 한 것으로 알려져 있다(그 구체적 내용은 향후 과거 청산의 차원에서 객관적으로 정리되는 것이 바람직하다).

이 판결에 대한 박정희 대통령의 초헌법적인 조치는 우리 사법부의 장래에 치명적인 타격을 가했다. 즉 종래에는 상상할 수도 없었던, 대통령에 의한 사법부 장악의 시작을 의미하는 것이기 때문이다. 우리가 일화로서 익히 알고 있는 바와 같이 해방 이후 이승만 대통령이 당시 김병로 대법원장에게 가지고 있었던 존경심 내지는 불가침성이 일거에 사라지고 필요에 따라서는 사법부마저도 좌지우지할 수 있다는 선례를 남긴 것이 되었다.

이와 같이 유신이 이루어지는 과정에서, 검찰 소속 인사들이 법률적 차원에서 적극적 역할을 한 결과 검찰과 정권과의 야합 내지는 정권에 의한 검찰의 이용이라는 지극히 바람직스럽지 못한 선례가 형성되었다. 즉 법률가들이 법적 정의감보다는 법적 지식을 제공하는 도구로 전락하는 계기가 되었으며, 이는 향후 정권을 가진 자에 의하여 이용당하는 결과를 낳았다.

이는 사법부의 입장에서는 비극적인 것이었지만, 집권자의 입장에서는 "국가의 경제발전을 위해서"라는 최소한의 대의명분만은 가지고 있었다. 때문에 단순히 정권 유지 차원의 정치적 조치라는 비난만은 면할 수도 있었으며, 비슷한 사례가 미국에서도 루스벨트 대통령에 의한 "court packing plan"으로 시도되었음은 주지의 사실이다.

2) 1980. 5. 22. 김재규에 대한 내란목적 살인 판결

1979년 10월 26일 박정희 대통령이 김재규에 의해서 시해되고, 김재규를 재판하는 과정에서 그 시해행위가 "단순살인"인가 "내란목적 살인"인가가 큰 쟁점이 되었다. 왜냐하면 당시 정권 장악을 시도하고 있던 집단의 입장에서는 "내란목적" 살인으로 인정됨으로써 그 정권 획득의 정당성이 부여될 수 있을 것으로 생각했기 때문이다.

우여곡절 끝에, 결국 대법원에서 1980년 5월 22일 내란목적 살인으로 판결이 내려졌으나, 6인의 대법관이 소수의견으로 반대의견을 제시했다.

결론에서는 집권자들이 그 목적을 달성했으나, 그들은 여기에 만족하지 않았고, 반대의견을 낸 6인 중 5인을 모두 여러 가지 방법으로 사임하게 만들었다(그 과정도 이미 상당 부분 알려져 있으나, 역시 과거 청산의 차원에서 향후 객관적으로 정리되어야 할 부분이다).

이 판결에 대한 전두환 정권의 초헌법적인 조치는 몇 가지 점에서 특징이 있다.

첫째, 과거 국가배상법 위헌판결에 대한 박정희 정권의 대응조치와는 달리(비록 법관의 퇴임 조치라는 점에서는 동일했지만), 그 명분의 정당성 면에서 너무나 취약했다. 즉 외형상으로라도 "국가경제의 발전"이라는 명분을 주장할 수도 없었고, 어쩔 수 없이 그 정권의 정당성을 인정받기 위한 "정권 유지 차원"의 초헌법적 조치로서, 민주국가에서 지켜져야 할 최후의 보루인 사법권의 독립마저도 침해한 조치라는 점이다. 이는 이후 두고두고 정권에 치명적인 부담이 되었다.

둘째, 사법부의 판결 그것도 최고법원인 대법원의 판결에 대하여, 그 판결 중 정권의 뜻에 맞지 않는 의견을 낸 법관 개인들을 정확히 "조준"하여 취해진 초헌법적인 조치는, 이미 앞에서 본 국가배상법 위헌판결에서 전 정권이 보여준 선례를 그대로 답습한 것이라는 점이다. 이는 지극히 불행한 선례였지만, 10년도 안 되어 같은 사태가 또

다시 반복되는 결과를 낳았다.

이 조치가 사법부에 미친 영향은 그야말로 심대했다. 특히 정권의 입맛에 반하는 "소수의견"을 낸 법관까지도 정확히 "추적하여", 그 사생활까지도 정밀 조사해서 결국은 사직하게 하는 잔인성을 보임으로써(세계적, 역사적으로 공통적으로 인정된 반대파 제거의 수단은 첫째로 금전적 부도덕성의 공격이고, 둘째는 사생활 등 도덕적 타락성의 공격이다) 이를 인지하는 모든 법관들에게 공포감과 함께 강력한 메시지를 전달하는 효과를 보였다.

즉 박정희 정권에 의하여 사법권의 독립이 "저격"을 당했다면, 전두환 정권에 의해서는 "확인사살"되는 비극을 사법부는 감수하지 않을 수 없었다.

정권 유지 차원에서 대법원을 초토화한 이후, 그 파급효과는 대단했다. 사법부 구성원 모두에 대한 유형, 무형의 압박은 점차 노골화되고 극대화되는 과정을 겪게 되었다. 이후 1987년 6월 29일 민주화 선언이 있기까지의 7년 동안은, 우리 사법부의 역사상 가장 암울하고 치욕스러운 기간으로 기록되어 마땅할 것이다. 이 기간 동안에는 특히 정권 유지의 수단으로, 소위 북한과의 대치상황을 국가안보의 명분으로 활용했고, 따라서 반체제 인사들에 대한 국가보안법 적용 사례가 급증했다. 그 과정에서 최소한의 사법적 정의와 양심을 지키려는 사법부의 구성원들은 속앓이를 하지 않을 수 없었으며, 일부는 적극적으로 용기를 내어 정면으로 소신을 밝히는 판결을 하기도 했으나, 대부분은 소극적, 타협적으로 양형에서 배려함으로써 최소한의 법관의 양심을 지키려는 생존적 조치로 만족했다. 박정희 및 전두환 정권하의 15년 동안의 사법부의 "오욕과 회환"의 역사 및 그 와중에서도 법관의 자존심을 지키려는 "생존을 위한 투쟁"의 역사 역시 과거 청산의 차원에서 이제는 객관적으로 정리되어야 할 부분이다. 이에 관련하여 현재 한 일간지에, 과거사 정리에 관여했던 역사학자(법률가가 아닌)에 의하여 주요 사건들에 대한 진실 추적 및 평가작업이 연재되고 있어서, 그 진상을 밝히고 알리는 데에 크게 도움이 되고 있다. 바람직하기로는 이와 같은 연구가 법률가 스스로에 의하여 이루어지고, 반성과 평가가 필요하다면 이 역시 법률가 자체에 의하여 이루어져야 할 것이다. 이 점에서 대한변호사협회가 가장 적합한 주체가 될 수 있다고 생각한다.

전두환 정권 기간 동안 정권과 검찰의 관계는 서로 이용하는 관계였다고 할 수 있다. 즉 정권을 가진 자 측에서는 정권의 정당성에 관한 취약성을 보완하기 위하여 강력한 통치수단이 필요했으며, 그 방법으로 막강한 수사권을 가진 검찰권을 최대한 활용하고자 했다.

또한 검찰의 입장에서도 그들의 법률지식을 제공하고 수사권과 정보력을 정권에 제공함으로써, 최고권력을 가진 집단으로부터 신뢰를 얻음과 동시에, 통치권에 버금가는 또는 통치권의 일부를 공유할 수 있는 혜택을 누릴 수 있게 되었다.

이와 같은 잘못된 정권과 검찰권과의 유착 내지는 공생관계는 이미 유신헌법 과정에서 검찰 소속 인사들이 법적지식을 제공함으로써 시작되었지만, 그후로도 군사정권 내내 정권 유지의 중요한 수단으로 계속 활용되었다.

그 결과 검찰소속 인사들이 검찰 고유의 직역을 넘어(물론 군인들의 여러 방면으로의 진출과 함께) 정치분야, 정보분야 등에까지 핵심적인 자리로 진출했다. 심지어는, 사법부의 최고법원에까지 진출하여

(초기에는 대법관 중 1명 진출에서 시작하여, 2명까지 확대되었으며, 말기에는 대법원 각 부에 1명씩 검찰 출신 인사의 진출이 필요하다는 명목으로, 3명의 진출이 시도되었으나, 사법부 내의 강력한 반발로 좌절된 일이 있었다) 사법부마저도 그들의 직접적인 휘하에 두려는 시도가 이루어졌다.

이 기간 동안 사법부의 각급 법원에서 근무한 경력이 있는 모든 법관들이 예외 없이 경험한 일이지만, 형사재판 특히 그중에서도 시국사건 등 정권 유지와 연관이 있는 사건을 담당, 처리한 법관들은 유형, 무형의 압박을 외부로부터 또는 외부의 영향을 받은 내부로부터 받아왔다. 이와 같은 악역은 많은 경우 그래도 법관과 여러 면에서 공통점과 유사점을 가지는 검찰 소속 인사들에 의하여 이루어졌고(물론 가끔은 정부관계 기관에 종사하는 인사에 의하여 직접적으로 이루어지기도 했다), 그 여파 내지는 후유증으로 "검찰에 의한 사법부의 폄하" 내지는 최소한 "검찰과 사법부의 동등화"라는 민주사법국가에서는 바람직하지 못한 모습이 나타나게 되었다. 이와 같은 잘못된 검찰과 사법부와의 관계는 이후로도(특히 문민정부 이후 민주화가 상당히 이루어진 이후에도) 오랜 기간 동안 지속되었으며, 어떤 의미에서는 오늘날까지도 그 흔적의 일부가 깊게 남아 있다고도 볼 수 있다. 양자 간의 부적절한 관계를 바로잡기 위해서 뜻있는 일부 법관들이 과감하고 용기 있는 판결이나 의사표명 등을 시도했으나 대부분 가시적인 효과를 거두기에는 주변여건이 이를 허용하지 않은 아쉬움이 남게 되었다. 유감스럽게도, 대부분의 사법부 구성원들은 위와 같은 부적절한 관계가 반드시 시정되어야 한다는 점은 공감하면서도, 용기의 부족 또는 올바른 사법부의 위상을 찾아야 한다는 사명감의 부족으로, 현실적인 행동으로까지는 나아가지 않았고, 다만 정치적, 역사적 시대의 변화를 기다릴 수밖에 없다는 소극적 태도에 머무르는 경우가 많았다. 그러나 이러한 안이하고 용기 없는 태도가 결국에는 국민들의 민주화 투쟁에 의한 민주화가 이루어지고 난 이후, 국민들의 사법부에 대한 불신의 결정적인 원인이 되었음은 뒤에서 보는 바와 같다 (이 어려운 시절의 사법부의 모습에 대해서도 이제는 역시 과거사 정리의 차원에서 객관적인 조사와 연구가 이루어져야 할 것이며, 특히, 이 기간 동안 바람직하지 못한 역할을 했던 인사들에 대한 비판이나 비난보다는, 용기와 자존심을 가지고 훌륭한 업적을 남긴 인사들을 발굴하여 상찬하는 차원에서의 연구가 필요하다. 역시 대한변호사협회가 적임자라고 생각한다).

이 기간 동안 검찰의 정권 유지 차원에서의 역할이 강조되고, 증대됨에 따라, 검찰 구성원의 의식 속에서도 검찰의 국가와 사회에서의 역할에 대해서도 잘못된(과장된) 인식이 자리잡게 되었다. 즉 검찰의 특권의식과 더불어 검찰권 나아가 국가의 형벌권 만능사상, 즉 형벌에 의하여 국가가 원하는 상황을 실현시킬 수 있다는 위험한 발상과 함께, 인권의식을 무시하는 경향이 강하게 지배했다.

이러한 검찰의 잘못된 행태는 특히 다음의 세 가지 점에서 두드러지게 나타난다.

첫째, "특권의식"이다. 즉 검찰은 막강한 수사권을 가지고 있다는 의식으로부터, 다른 어느 기관이나 조직과는 다르고 따라서 상당 부분의 특별한 대우를 받을 자격이 있다는 오만이다. 국정을 처리하는 많은 과정에서 특별대우를 요청하고, 스스로는 어느 정도 법 위에 있으며, 남에게 적용되는 잣대와 자기에게 적용되는 잣대는 달라도 당연하다고 생각한다(예를 들면, 최근에 발생된 검사 스폰서 파문의 경우에, 만약 다른 기관이나 공무원이 그와 똑같은 행태를 보였다면, 검찰은 이를 수사하면서 어떤 논리를 전개했을까, 그리고 그 논리를 그대로 스스로에게도 가차 없이 적용할 의지를 가지고 있었을까에 대해서는 추궁해볼 필요가 있다). 흥미롭게도 이러한 현상은 간혹 사적인 사회생활에서도 나타나곤 한다.

둘째, "형벌만능"이라는 잘못된 생각이다. 긴 세월의 인류역사가 증명하는 바와 같이 형벌은 인간사회를 다스리기 위한 최소한의 마지막 수단이지, 결코 최선의 만능의 수단은 아닐 뿐만 아니라 많은 경우 이는 훨씬 큰 부작용과 해악을 불러올 수도 있다. 그럼에도, 과거 우리의 검찰은 (물론 정치권력과의 상호 필요에 의해서도 그러했겠지만), "국가사회의 중요한 모든 사안에 개입"하여, 수사권을 앞세워, 순리적이지 않은 방법으로 이를 해결해보려고 시도했다. 많은 경우 이러한 사안들은 경제분야이건 사회분야이건 간에 자체적으로 자발적으로 해결되어야 할 것들이었다. 즉 과거 검찰은 수사권을 마치 통치권의 차원에서 행사하려고 의도했으며 그 결과 검찰은 만능이고, 덩달아 그 구성원 역시 무소불위의 능력과 권한을 가진 것인 양 행세하는 잘못을 저질렀다.

셋째, "사법부 폄하"의 극히 바람직스럽지 못한 형태이다. 앞에서 본 바와 같은 본연의 모습이 아닌 검찰의 특권 내지는 자존심이 잘못 진행된 극단적인 결과가, 헌법에 의하여 사법적 판단의 최종적인 권한을 부여받은 사법부에 대해서까지도 승복하지 않고, 경우에 따라서는 비난을 서슴지 않는 행태를 보이는 것이다. 이는 운동선수가 심판의 권위를 무시하는 것과 조금도 다르지 않으며, 법의 권위를 지키고, 법치주의를 실천해야 할 검찰의 본연의 모습에 정면으로 배치된다.

불행하게도 이러한 형태는 아직도 검찰이 관심을 가지는 주요 사건의 결론이 그들의 뜻에 맞지 않는 경우에, 종종 나타나고 있으며, 그 결과 급기야는 재판받는 당사자들까지도 법원의 판결에 승복하지 않는 분위기와 풍토를 조성하게 하는 데에 영향을 미치지 않았다고 할 수도 없다.

1972년의 유신 이후 1987년의 6/29 민주화 선언까지 15년의 기간 동안 우리나라의 재야 법조계의 활동은 충분히 긍정적인 평가를 받을 만하다고 생각된다.

앞에서 본 바와 같이 법조삼륜 중에서, 검찰은 정권과 야합하여 국가안보라는 명분하에 인권에 눈을 감았으며, 사법부 역시 정의를 말하는 용기를 가지지 못하고 소극적인 의미에서라도 정권에 협조해왔다고 하지 않을 수 없었다.

이와 같이 어려운 상황 속에서도, 재야 법조인들 중에서 인권의식이 투철하고 자유민주주의를 신봉하고 행동으로 옮길 수 있는 용기 있는 일부 변호사들은 힘들고 눈물겨운 투쟁을 전개했다. "정의의 붓으로 인권을 쓰다(Advocating justice, Advancing human rights)"라는 모토를 실천하기 위하여 스스로를 희생한 훌륭한 선배 변호사들이 있었다. 권력을 가진 자의 상투적인 수법에 따라, 인간적 도덕성을 겨냥한 표적 수사로 옥고를 치른 이병린 변호사, 변호인의 법정에서의 변론을 법정 모독으로 몰아 역시 옥고를 치른 강신옥 변호사 등이 대표적인 예이다. 그밖에도 다수의 훌륭한 법조인들이 있었으나 그후 민주화가 이루어진 뒤에도 그분들은 겸손하게 그에 상응하는 대우를 기대하지도 않고 역사의 뒤편에서 후배 법조인들의 활약을 조용히 지켜보고 있다. 이러한 분들이 있었기에 세상이 바뀐 오늘날에도 법조인들이 국민들로부터 일정 지분의 존경을 받게 되는 밑거름이 되었다고 생각한다(이 부분 역시 역사평가의 차원에서, 대한변호사협회에 의한 심도 깊은 조사와 자료정리를 통한 과거사 정리가 필요하다고 생각된다).

3) 1987. 6. 29. 민주화 선언

1987년 6월 29일의 노태우 정권의 민주화 선언은 정치적으로뿐만 아니라 당연히 법조의 영역에서도 커다란 변화를 일으켰다. 물론 이러한 조치가 정치권의 자발적인 발전단계였다기보다는, 그동안 수많은 민주화 주장세력들의 투쟁의 결과 더 이상 과거의 권위주의를 유지할 수 없게 된, 강요된 측면이 있음을 부정할 수 없다.

연유야 어찌되었든 88올림픽을 앞두고 군사정권은 과감한 민주화 선언을 했고, 이에 따라 사회의 각 분야에서 민주화의 바람이 일게 되었다. 법조의 영역에서 그 영향이 제도적으로 가장 먼저 가시화된 것이 1988년 9월 19일 헌법재판소의 출범이다.

6/29 민주화 조치는 정치계에서는 즉각적 변화를 초래했지만, 그 영향이 법조계 특히 사법부에 가시적인 변화를 가져오기까지는 5년이라는 상당한 시간이 필요했다. 즉 민주화 조치 이후 헌법재판소가 가동되면서 새로운 시각에서 과거에는 엄두도 내지 못했던 위헌판결 등이 속출했고, 사법부 내에서도 인권 옹호적이고 자유민주주의에 입각한 신선한 판결들이 나오기 시작했다. 과거 억눌려 있던 상황에 대한 반작용으로 약간의 제도개선과 지난날의 행태에 대한 자발적 반성이 행해지기도 했다.

그러나 아직 민주적 사법의 진정한 의미에 대하여 그동안 훈련받지 못했고, 또한 스스로 쟁취한 사법의 민주화가 아니었기 때문에 그 열망에 비하여 축적된 내공이 부족한 상태였음을 인정할 수밖에 없다.

그러던 중 정권이 바뀌어 김영삼 대통령의 문민정부가 출범하면서 당시 사법부의 수장이 불명예 퇴진하고, 1993년 새로운 대법원장이 취임하는 것을 계기로 그동안 누적되었던 사법부 개혁요구가 제도적으로 이루어지게 되었다. 즉 새 대법원장의 취임 직후 사법제도발전위원회가 조직, 가동되어 제도적인 측면에서 사법개혁이 본격적으로 이루어졌고, 그 결과 상당히 긍정적인 성과를 거두었다고 평가된다. 다만 아쉬운 점은 앞에서 본 바와 같이 과거를 청산하는 몇 가지 방법 중에서 "인적 청산"은 당초부터 포기했고(이는 당시 상황으로 보아 현명한 선택이라고 보인다), "역사 청산"은 적절한 시기에 적절한 방법으로 이루어졌어야 했을 터인데 이 작업이 이루어지지 않았다(이 작업은 아직까지도 사법부 자신에 의하여 정식으로는 이루어지지 않고 있고, 다만 시간이 한참 지나 현재의 대법원장이 취임하면서 함축적인 짤막한 문구로 이를 언급한 것은 있으나, 이로써는 국민의 공감을 얻기에는 너무나 부족하다고 생각된다).

다만 사법제도발전위원회를 통하여 각종의 "제도개혁"은 광범위하게 이루어졌으나, 과거에 대한 철저한 반성 없이 앞으로는 민주사법을 이루어나가겠다는 다짐만으로는 한번 실추된 사법부에 대한 국민의 신뢰를 회복하기에는 턱없이 부족하다고 하지 않을 수 없다.

이와 같이 약간은 안이한 선택의 결과로서, 오늘날까지도 계속해서 국민으로부터 사법개혁의 요구가 그치지 않는 불만족스러운 상태가 지속되고 있는 것이다.

사법민주화의 과정에서 국민들, 보다 구체적으로는 비법조인 집단으로부터 강력하게 요구되고 10여 년 동안 끈질기게 추구되어, 급기야는 2009년도부터 시행된 로스쿨 제도(법조 일원화)의 도입을 언급하지 않을 수 없다. 로스쿨 제도가 대륙법계인 우리나라에 적절한지, 그 도입의 성공 가능성 여부 등은 여기에서 재론할 필요가 없다. 왜 이러한 이질적인 제도의 도입이 주장되었고 결국에는 성공을 거두었는지 그 근본이유를 우리는 명확히 알 필요가 있다.

　　그 이유는 결론적으로 한마디로 요약하면, 기존의 사법부 내지는 그 구성원에 대한 철저한 불신에서 비롯되는 것이었다. 즉 과거 권위주의 시대에 사법부는 국민의 권익을 독재권력으로부터 지켜주는 역할을 전혀 하지 못했고, 오히려 독재권력을 두둔, 옹호했다는 평가를 받은 데에 기인하는 것이다(반면에 검찰은 그 속성상 당연히 권력에 추종하는 그룹이라고 치부되었고, 재야 법조는 주어진 권한이 없는 만큼 그에 대한 기대치가 낮을 수밖에 없었으므로, 이들 두 집단에 대한 반감은 상대적으로 적었다고 할 수 있다).

　　이와 같은 맥락에서 김영삼 정부가 출범한 이후 1995년 세계화추진위원회가 발족되고 그 주요의제로 로스쿨 제도의 도입이 논의되었다. 당시 그 도입의 근거로는 변호사 자격을 폭넓게 취득하게 함으로써 국민에게 저렴한 법률 서비스를 제공하고 법조인의 다양한 직역으로의 진출 등을 내세웠으나 그 밑바탕에는 위와 같은 정서가 깔려 있었음을 간과해서는 안 될 것이다.

　　로스쿨 제도의 도입은 당시 대법원 및 일부 법조인들의 강한 반대에 부딪혀 일시적으로는 주춤했으나, 결국 시간이 흘러 노무현 정권에 이르러 도입이 확정되기에 이르렀다. 로스쿨 제도의 장단점에도 불구하고, 도입되어 시행된 마당에 그 장점을 최대화하고, 단점을 최소화하는 현명한 노력을 다해야 할 것이다.

6/29 민주화 조치 이후 단시간 내에 나타난 결과는 아니었지만, 오랜 시간을 두고 사법부 내에서 서서히 나타난 커다란 변화로서, 법관들의 사법권 독립에 관한 의지 및 그 실천과정을 주목할 필요가 있다.

앞에서 보아온 바와 같이 유신 이후 15년간의 권위주의 시대 내내 사법부의 구성원들은 외부적 행동으로 옮기지는 못했지만, 마음속으로는 법관의 자존심에 커다란 상처를 입고 있었고, 특히 외부의 정치적 요구를 사법부에 전달하는 법적 통로가 될 수밖에 없는 검찰에 강한 반감을 가지고 있었다는 것은 숨길 수 없는 사실이었다(특히, 국가안보를 이유로 한 많은 사건에서 기소권자의 의견 내지는 요구를 무리하게 수용했다는 점은 가슴에 깊이 남는 상처였다).

1987년의 6/29 민주화 조치 이후 법관들의 사법권 독립에 대한 의지와 열망은 이제 외부적으로 표면화되면서, 점차 인권 옹호적, 법치주의적 판결들이 자주 나타나게 되었다. 더욱이 1988년부터는 헌법재판소가 가동되면서, 이러한 경향은 더욱 두드러졌다.

그 결과 수사권자이고 공소권자인 검찰의 불만은 증대될 수밖에 없었으나, 민주화의 대세를 거스를 정도에까지는 이를 수 없었다. 시간이 흘러 정권이 몇 차례 바뀌어 김대중 및 노무현 정권에 이르러서는 과거사 정리라는 차원에서, 과거 권위주의 시절 국가안보에 관련하여 유죄판결을 받았던 사건들에 대해서 재심 요구가 거세게 나타나기 시작했다.

판결을 내리는 법관으로서, 자기가 한 판결을 뒤집는 판결을 한다는 것은 자기 잘못을 스스로 인정하는 것으로서 그야말로 특별한 경우가 아니고서는 (사후에 결정적인 증거가 "새로" 나타나는 경우를 제외하고는) 있을 수 없는 일이며, 법관의 자존심에 치명적인 영향을 주는 것이다.

그럼에도 불구하고 불과 20여 년의 시간이 지난 후에, 정치적 상황 변화가 있었음을 이유로 비전형적인 법률이론을 구성하여 형사확정판결에 재심을 받아들이고 무죄의 판결을 하게 되기에 이르렀다.

그 법관의 참담한 심정은 능히 이해할 만하다. 전문한 바로는, 어느 법관은 재심을 받아들이면서 선고법정에서 "과거 우리의 선배가 한 잘못된 판결에 대하여, 대신 사과한다"는 취지의 언급을 했다고 한다.

여기에서 내가 주목하고자 하는 바는 그 이후의 단계이다. 즉 이러한 판결을 하는 법관의 마음속에는 과연 어떠한 다짐이 행해지고 있었을까?

추측컨대 "앞으로 다시는 아무리 기소권자가 무리하게 요구하거나 사정하더라도, 절대 흔들리지 않고, 오로지 법대로, 양심에 따라, 가차 없는 판결을 하겠다"라고 마음속으로 맹세했음에 틀림없다. 이러한 다짐은, 그 이후 특히 최근에 이르면 이를수록, 더욱 확실히 판결을 통해서 나타나고 있다. 최근의 유명사건(피고인이 유명인이거나, 사안이 중대 또는 민감한 사건)의 경우에 이와 같은 현상은 두드러지게 나타나고 있다.

법조의 민주화 요구는 당연히 검찰에도 큰 영향을 미쳤다. 그러나 정치권력의 풍향에 재빠르게 적응하는 검찰의 속성상 정권이 바뀌자 이에 맞추어 새로운 인사가 등장하고 과거에 언제 그러했냐는 듯이 새로운 조류에 따른 인사와 정책이 마련되었다.

새로운 정치권력 역시 최소한의 인적 청산을 거친 후, 그 필요성에 따라서 적절한 동반자 관계를 유지했다. 그러나 권력지향적으로 과거 권위주의 정권 시절에 검찰이 누려왔던 특권에 대한 향수는 한구석 깊숙이 남아 있어서 진정한 의미에서의 개혁은 기대할 수 없었으며, 그후에도 기회가 있는 대로 이러한 속성은 겉으로 표출되었다.

6/29 민주화 선언이 있은 후에 재야 법조계는 과거의 민주화 투쟁에 대한 당연한 보상과 더불어 앞으로도 계속 추구해나가야 할 목표가 어우러져서 국민들의 각광을 받게 되었다. 그리하여 민주화 선언 직후 1988년에는 "민주사회를 위한 변호사 모임"(소위 민변) 등 개혁 지향적인 단체들이 결성되고, 향후 상당 기간 동안 인권옹호를 위한 바람직한 활동을 전개했다.

이러한 활동은 아직까지도 계속되고 있으나, 우리나라가 그후 정치적, 사회적으로 민주화가 크게 이루어짐에 따라서 그 활동의 중요성이 상대적으로 약화되고 있는 것이 현실이다.

4) 1980. 5. 18. 광주 민주항쟁 및 그 이후 상황의 변화

주지하는 바와 같이 1979년의 박정희 대통령 시해 사건 이후 잠깐 동안의 권력 공백기가 있었고, 그 사이 정권 획득을 위한 혼란기에 1980년 5월 18일 비극적인 광주 사태가 발생했다. 그 과정에서 다수의 시민이 희생되었고, 그 상처는 단기간 내에 치유되기 어려운 상황이 되었다. 물론, 그후 정권이 바뀌어 김영삼 대통령이 결단을 내려서 당시에 사태를 주도한 인사들을 처벌하는 등의 여러 가지 조치를 취하여 정치적으로는 마무리되었고, 그 뒤를 이어 소외받은 지역 출신의 김대중 대통령이 취임함으로써 이 사태는 역사적으로 정리되는 모습을 취했다.

위와 같은 역사적, 정치적인 정리에도 불구하고 5/18 사태는 그 시대를 경험한 국민들 및 그로부터 성장하여 법조계, 특히 사법부에 진출한 다수의 구성원들에게 커다란 영향을 아직까지도 미치고 있다고 판단된다. 이는 소위 "외상 후 스트레스 장애(trauma)"라고 정의될 수 있을 정도로 심각한 영향을 내면 깊숙이 남겼음이 틀림없다. 이러한 트라우마(정신적 외상, 마음의 상처)가 발생하게 된 이유는 분명하다. 즉 우리 국민들은 국민적 합의가 이루어지지 않은 상태에서 정권의 장악을 위하여 행해진 온갖 모습을 보았고, 특히 그 과정에서 수많은 시민들이 같은 동포에게 죽임을 당하는 장면을 목격했으며, 이렇게 획득한 정권의 유지를 위하여 적어도 7년간(1987년 6/29 선언까지) 여러 방면에서 핍박받는 힘든 세월을 지냈던 것이다.

이로 인해서 그후 우리 국민의 의식에 또는 우리 국가의 장래에 어떠한 변화가 초래되었는지는 그 분야의 전문가들에 의해서 심도 있는 연구와 검토가 있어야 할 것이다(어쩌면, 좀더 시간이 흐른 연후에야 정확한 판단이 나올 수 있을지도 모른다). 그리고 그러한 변화의 원인은 어디에서 비롯된 것인지 곰곰이 생각해볼 필요가 있다. 이 자리에서 내가 평소 생각해오고, 또한 기회 있는 대로 주위의 관심 있는 분들과의 의견교환과 토론을 통해서 나름대로 정리한 의견을 감히 정리해보고자 한다.

5/18 광주 사태 이후 이를 극복하는 과정에서 우리 사회는 민주화뿐만 아니라 이에 수반하여 커다란 변화를 겪었는데 이러한 변화의 원인으로서는 다음의 몇 가지를 들 수 있을 듯하다.

가장 중요한 원인은 5/18 사태라는 엄청난 비극을 목격하거나, 전해 듣거나, 알거나 해서 입게 된 트라우마로서 "개인적 경험에 대한 계속되는 심한 감정반응" 상태이다. 의학적으로도 이에 대한 증상은 "과거 경험이 반복되고 다시 생각나는 것으로, 치료방법으로는 경험을 이야기하게 하고, 환자에 대한 지지요법이 가장 중요한 부분이라고 한다."

물론 5/18 사태 이후 현재까지 20여 년 동안 정치적, 사회적 여러 조치들에 의하여 이러한 정신적 외상(마음의 상처)을 치료하기 위한 노력이 행해졌으나, 아직도 완치되었다고는 볼 수 없다(아마도 완치에 이르기까지는 앞으로 한 세대는 더 걸릴 것으로 보이고, 현재의 젊은이들이 6/25나 이승만 대통령에게 가지는 희미한 인식과 같은 상태가 될 때까지 기다려야 할 것이다).

그 피해를 진앙지에서 가장 강하게 입은 계층은, 1980년 5월 18일 당시 "해당지역에 거주했거나, 연고가 있는," 가장 "감수성이 예민한 15세 내지 18세(좀더 넓게 잡으면 10세 내지 23세)" 연령대의 젊은이들이다. 생년으로 따지면 1965년 내지 1962년생들이고, 대학 입학 학번으로 따지면 (18세 대학 입학을 전제로 하여) 80학번 내지 83학번(1980년 내지 1983년 대학 입학생)의 학생들이다. 돌이켜보면 알 수 있는 바와 같이 1980년 이래, 특히 1983년을 전후하여 대학가에서 가장 격렬한 반정부 시위가 이루어진 것은 바로 이 때문이었다.

같은 맥락에서 대학에 재직하고 있는 지인들의 이야기에 의하면, 특히 83학번 이후의 학생들에게서, 뒤에서 보는 바와 같은 극단적이고 당파적이며 상대의 의견을 쉽게 받아들이려고 하지 않는 경향이 강하다고 한다.

좀더 시간을 뒤로 돌려서 보면, 80학번 내지 83학번 전후의 학생들이 성장하여 이제 사회 각 분야로 진출했고, 2010년 현재 45세 전후의 사회 중견층으로 활동하고 있다. 그중 사법부에 진출한 이들은 대략 법관 경력 10년 내지 15년차의 판사로서 지방법원 합의부의 재판장이거나 아니면 주요 민사, 형사 사건의 단독판사로 활동하고 있는 단계이다. 앞에서 예로 든 4개의 사건 담당판사들이 대략 이 연령대에 해당하는 것은 우연이라고 보아야 할 것인가?

다음의 원인으로는 5/18을 극복하는 과정에서 민주화 내지는 자유주의화가 너무 급속히 이루어지는 바람에, 필요한 권위마저도 부정되고 또한 교육이 입시를 염두에 두고 암기 위주로 (논리전개의 타당성이나 토론의 중요성을 무시하고) 피상적으로 행해진 것을 들지 않을 수 없다. 따라서 상대의 의견을 경청하고, 서로 합리적인 논거를 제시하여 토론하며, 설득을 통하여 서로 양보하는 태도를 익히지 못했다.

덧붙여 역시 교육의 문제이기도 하겠으나, 모든 문제를 옳거나 그르거나의 단순사고로 해결하려는 소위 디지털식 사고에 빠진 잘못도 지적되어야 한다. 어느 정도 지성을 갖춘 사람이라면 누구나 수긍하는 바와 같이, 인간이 살아가는 세상에(특히 사회과학분야에서) 정답이 하나만 있을 수는 없는 것임을 깨우치지 못하는 "인간에 대한 깊은 이해의 부족" 또는 "생각의 참을 수 없는 가벼움"을 우리는 시정해나가야 할 것이다. 인간 세상에서 해답은 아날로그식임을 이해할 필요가 있다.

이와 같은 생각을 기초로 살펴보면 5/18 사건 그리고 이후의 정치적, 사회적 변화현상이 우리 국민(법조인 내지는 사법부 구성원을 포함하여)에게 미친 긍정적 및 부정적인 영향은 다음과 같다고 생각한다.

가장 긍정적인 영향은 두말할 것도 없이 명백하게, 그후의 민주화 투쟁을 통하여, 우리 국민의 "민주의식"의 고취에 크게 기여했다는 것이다. 특히, 6/29 조치 이후 우리 사회는 급격히 민주화의 길을 가게 되었으며, 사회의 각 분야에서 놀랄 만한 발전을 이룩했다. 이는 이후 민주화 과정에 있던 동남 아시아의 여러 나라들에 커다란 영향을 미쳤고, 세계 여러 나라들로부터도 모범적인 민주화 사례로 칭찬을 받고 있다. 우리의 법조 내지는 사법부도 마찬가지로 바람직한 발전을 해왔음은 앞에서 본 바와 같다.

역사의 흐름이나 인간 사회의 모습이 당연히 그러하듯이 이와 같은 커다란 성과와 함께 바람직하지 못한 모습들도 함께 나타났다.

그중 가장 큰 폐해가 "편가르기" 현상, 즉 "당파주의"의 만연이다. 이는 5/18 사태를 겪으면서 집권을 기도한 집단이 군사력을 배경으로 가진 특정지역 출신이라는 데에서 기인했다. 취약한 정권의 정당성을 유지하기 위한 조치로서 그들은 지역적 차별을 강화하고, 북한과의 대치상황을 과장하여 활용하려고 했다. 당연히 이에 저항하는 세력들은 위와 반대되는 입장을 취하고 거기에 매달릴 수밖에 없었다. 그 결과는 최악의 상황으로 치달렸다. "지역적 차이"에 의한 양극화 "빈과 부"에 의한 양극화, "친정부와 반정부"에 의한 양극화 등이 눈에 띄게 심화되었다. 급기야는 "적의 적은, 나의 동지"라는 전쟁논리에 따라서 집권세력에 저항하는 측은 북한을 마치 그들의 동지인 것처럼 사상무장을 했고, 이는 소위 "자생적 공산주의"라는 용어까지 만들었다(여기에는 물론 한국 경제의 성장에 따른 빈부의 격차가 심화되면서 이로 인한 부조리가 증가된 것도 한 원인이 된다).

그리하여 어떠한 정치적, 사회적 이슈가 터질 때마다, 합리적 지혜를 동원하여 해결하려고 하기보다는, 내 편 네 편으로 나누어 반대편의 입장 내지는 논리는 아예 들으려고도 하지 않는 상황으로 되어버렸다. 이러한 상태는 후에 정권의 교체가 이루어지고 핍박받던 세력이 정권을 잡게 되면서 많이 완화되었으나, 아직도 그 정신적 외상은 마음 일부에 남아 있다고 생각된다.

이 불행한 사태의 또다른 폐해는, 핍박이 컸던 만큼 여기에 대한 저항 또한 극단적이어서, 어떤 사안에 대한 "극단적 시각"이 우세하고 "중도적, 합리적 시각"이 자리잡을 곳이 없어졌다는 것이다. 즉 변증법에서 말하는 정(正), 반(反), 합(合)의 과정에서 우리는 아직 반(反)의 단계에 머무르고 합(合)의 단계로 나아가지 못하고 있다. 그 결과 사회적 이슈에 대한 합리적 토론과 이를 통한 상호양보 또는 보완으로 나아가지 못하고, 각자 자기의 입장만을 주장, 강변하고 돌아서는 모습을 보이고 있다. 이러한 현상은, 가장 합리적, 논리적이어야 할 사법부의 판결에서까지 간혹 나타나고 있어서 우려스럽다. 앞에서 본 4개의 판결(전교조 활동, 강기갑 폭력, PD수첩, 전교조 명단 공개 사건) 역시 이러한 현상이 나타난 것으로서, 특히 강기갑 의원 사건의 경우 여러 개의 공소사실 중 최소한 일부(예를 들면 손괴의 부분)에 대해서는 법리상 유죄일 수밖에는 없었음에도 불구하고 과장된 논리를 구사하여 극단적 시각(편향적 시각이라고 하지는 않겠다)으로 일관한 잘못이 있었다고 생각한다. 이 부분의 무죄 이유로 든 "흥분상태에서 이루어진 행동이기 때문에 '재물손괴의 고의'가 있었다고 보기 어렵다"는 논리(과실에 의한 재물손괴는 처벌규정이 없다)는 과연 이 사건이 아닌 다른 사건에도 그대로 적용되어왔는지 극히 의심스럽다.

5/18 사태만의 폐해는 아니겠으나, 그 이후 사회의 자유화, 민주화

와 함께 우리 사회는 있어야 할 "최소한의 정당한 권위"마저도 부정 당하는 상황에 이르렀다. 권위주의 정권에 도전하기 위한 수단으로 권위의 철폐를 주장하는 것까지는 수긍할 만했으나, 사회의 건전한 발전을 위한 최소한의 권위, 예를 들면, "학생의 스승에 대한", "재판 당사자의 사법부에 대한", "신자들의 성직자에 대한" 권위마저도 인 정하지 않으려는 풍토가 되어버렸다(이에 대한 사례는 구태여 여기에 서 적시하지 않아도 이미 언론에 여러 차례 보도되어 주지의 사실이 되었다).

이러한 현상은 조직 내부에서도 일어나고 있고, 회사 등 사적인 기 업뿐만 아니라 정부, 법원 등 공적인 조직에서도 나타나고 있다. 즉 3인으로 구성된 재판장과 배석판사들 사이 및 각급 법원장과 그 법원 소속 판사들과의 사이에서도 예외는 아니다(얼마 전에 일어났던, 시 국 사건과 관련해서 법원장이 소속 판사에게 보낸 재판진행 관련 e-메일이 공개되어 법관 독립의 문제를 불러일으켰던 사안도, 결국은 이와 같은 조직 내에서의 권위에 대한 법원장과 소속판사와의 인식의 차이에서 기인한 것이라고 볼 수 있다).

4. 우리 사법사(司法史)로부터 배우는 것들

1) 역사로부터 배우기

마거릿 맥밀런(Margaret MacMilan) 교수는 그의 저서 『역사 사용 설명서(*The Uses and Abuses of History*)』의 곳곳에서 우리에게 교훈 을 주는 다음과 같은 이야기들을 하고 있다.

과거를 샅샅이 뒤져서 불만거리를 찾아내기란 너무 쉽다. 그래서 많은 나라들과 사람들이 그렇게 했다. 그리고 이와 같은 과거의 잘못을 발견하고 인정했다가는, 마치 독약을 먹은 것처럼 예기치 못한 사멸을 초래할 수 있다. 그리고 역사는 마치 후사경(後寫鏡)을 들여다보는 것과 같아서, 후사경으로 뒤를 보다가 자칫 앞의 도랑에 빠질 수도 있다.

그리하여, 그 해결방안으로 "역사적 진실은 밝히되, 처벌은 하지 않는다"든가(남아공의 예), 더 나아가서는 "내전의 상처와 뒤이은 압제의 세월은 잊어버리자"고 하여 "망각협약(pacto del olvido)"이 이루어진 경우(1975년 프랑코 사후 스페인의 예)도 있다.

결국 역사는 하나의 과정일 뿐, 결코 명확한 답을 내놓지 않는다는 비관적인 견해도 있다. 그래도 역사는 우리가 어디에서 왔고, 앞으로 갈 길 위에 다른 누가 있는지 아는 데에 도움이 될 수 있다. 그리고 과거를 기억하지 못하는 자는 과거를 반복할 수밖에 없다고 단정한다. 결국, 비록 일부의 사람들에게 고통스러울지라도, 과거를 정직하게 성찰하는 일은, 사회를 성숙시키고 다른 사회와 교통할 다리를 놓을 수 있는 유일한 방법일 것이다.

그리하여 우리는 결론적으로, 역사는 우리가 보다 현명해지는 데에 도움이 될 수 있고, 또한 우리의 행동이 어떤 결과를 야기할지 넌지시 알려줄 수도 있으며, 우리가 역사를 "신중하고도 겸손하게" 사용한다면 장래를 위한 대안을 얻을 수도 있다고 긍정적으로 받아들여야 할 것이다.

여기에서 우리가 주의해야 할 것은, "역사는 현세대를 만족시키기 위해서 쓰여서는(written) 안 되고(악용), 오히려 인간사가 복잡하다는 것을 일깨워주기 위해서 쓰여야(used) 한다(이용)"는 것이다.

앞 장에서 내가 기술하고 평가한 우리의 사법사가 신중하고도 겸손하게 읽혀서 위에서 본 바와 같이, 우리가 보다 현명해지고, 우리가 나아갈 길을 올바르게 제시하는 데에 도움이 되기를 희망하면서 다음의 논의를 진행해나가기로 한다.

2) 바람직한 사법부의 모습

(1) 바람직한 법관의 "최고의 덕목"은 "정의감"이다

물론 정의감이라는 말은, 먼저 무엇이 정의인지 올바르게 밝히고, 그 다음 이 밝혀진 정의를 거리낌 없이 말하는 것이다.

일반적으로 사람이 가져야 할 세 가지 덕목으로 지, 인, 용(知, 仁, 勇)을 든다. 이 중 우리의 법관들이 자나 깨나 갈고 닦는 덕목은 지(知), 곧 지식이었다. 대학에서의 교육과정에서부터 사법시험 준비, 합격, 연수원 과정에 이르기까지 온통 지식의 축적에 전념해온 것이 우리의 현실이다. 그리고 법관이 된 이후로는 사건을 접하면서, 구체적인 사건에서 "정의(정답)"가 무엇인지를 찾아내는 데에 전념하고 깊은 연구와 끝없는 자기연마를 거듭하고 있다. 물론 이러한 태도는 극히 바람직한 것이고, 그러기 때문에 우리의 법관이 최고의 지성을 갖춘 인격자로서 존경받고 있는 것도 사실이다.

그러나 바로 여기에 우리가 경계해야 할 점들이 있음을 깨달아야 한다. 실무적으로 보아, 많은 사건에서(특히 사실관계가 문제되거나 간단한 법률문제만이 쟁점인 경우에서) 법관이 내려야 할 정의(정답)는 분명한 경우가 많다. 이 경우에는 법관의 단순노동만이 요구될 따름이다. 통계적으로 보아 이보다 훨씬 작은 경우에만, 정답이 불분명한 사례가 있고, 이 경우에는 정답(정의)을 찾기 위한 법관의 진지한 노력이 요구된다. 많은 경우에 이러한 사건에서의 정의는 법관의 인생관, 세계관이 어떠한지 또는 법률의 입법취지를 어떻게 파악할 것인지에 따라서 달라지게 될 것이다. 하지만 이와 같은 경우에, 법관은 아무런 사심 없이 자신의 양심에 따라 결론을 내리면 족한 것이고, 이러한 것은 인간인 법관이 재판을 할 수밖에 없는 숙명적인 한계로서 받아들일 수밖에는 없다.

그러나 과거 우리의 사법사를 돌이켜보면서, 법원의 판결로 인해서 국민을 실망시키고 따라서 그로 인하여 사법부에 대한 국민의 신뢰를 저하시키는 결정적인 원인이 된 사건들은 이와 같이 정답이, 그 사건에서의 정의가 무엇인지 판단하기 어려운 사건들에서보다는, 오히려 상식이나 법관의 양심에 비추어 무엇이 정의인지 명백함에도 불구하고 다른 요인으로 인해서(특히 정치적인 상황이나 일신상의 편안함을 개입시킴으로써) 비뚤어진 결론을 내리고 이를 호도하기 위하여 견강부회적인 이론전개를 한 경우들이었음을 상기할 필요가 있다. 이러한 경우에 법관에게 요구되는 덕목은 두말할 나위 없이, "언제든지(어떠한 상황에서든지[all the time])" "정의를 말할 수 있는(tell the truth) 용기"인 것이다. 국민들은 아마도 "정답(정의)을 잘못 짚어낸 '우둔한' 사법부"는 용서할 수 있을지라도 "정의를 말하지 못하는 '비겁한' 사법부"는 결코 용서할 수 없을 것이다. 부끄럽게도, 우리의 사법부는 용기를 보여야 할 때에 침묵하거나 왜곡된 결론을 내려서 국민을 실망시킨 예가 적지 않았음을 고백하고 국민의 용서를 구해야 할 것이다. 부끄러운 예로 다시 두 가지만을 든다. 김재규에 대한 내란목적 살인의 판결문(물론 소수의견이 기재되어 있는)이 판결이 있은 후 10년이 지난 1990년에야 대법원 판결집에 게재되었으며, 앞에서 본 강신옥 변호사의 법정변론에 대한 무죄판결은 사건이 있은 후 14년이 지난 1988년에야 선고되었다.

이러한 정의감(용기)은 "언제나" 그리고 "어느 법관에게나" 당연히 요구되는 것이지만, 우리 사법부의 지난 역사를 보면, 이 정의감이 각별히 더욱 요구되는 계층이 있다고 말할 수 있다.

즉 1987년 6/29 선언 이전부터 법관직을 수행해온 계층, 특히 군사정권의 권위주의가 극성을 부리던 시절에 법관생활을 해온 계층에게는, 그 이후의 세대보다도 훨씬 강도 높은 정의감이 필요하다고 생각한다. 이 계층은 연령적으로 보면 1987년 당시 30세인 법관이라고 가정하여 1957년생 이전의 연령층이 해당될 것이다. 그들 세대에서는 무엇이 정의인지를 두고 심각하게 고민하기보다는, 어떻게 하면 이러한 난처한 상황에 직면하지 않고 무사히 살아남을 수 있는가에 관심이 집중되어 있었다고 볼 수 있다.

반면, 6/29 선언 이후에 법관생활을 시작한 계층은 상대적으로 이러한 고민을 훨씬 적게 한 세대로서, 법관의 독립은 당연한 것, 투쟁을 통해서가 아니라 헌법에 의해서 그냥 주어진 것으로서 누리기만 하면 되는 것으로 인식하게 되었다.

(2) 바람직한 법관이 갖출 "불가결의 덕목"은 "균형감"이다

법률가가 평생 동안 품고 가야 할 궁극의 문제는 "무엇이 정의인가"라는 것이다. 그 해답을 얻기 위하여 오랜 기간 동안 수많은 법률가들이 연구하고 많은 의견들을 제시해왔다. 그럼에도 불구하고 아직 확립된 이론은 없고, 아마도 앞으로도 없을 것 같으며, 오히려 "정의는 나라와 시대에 따라 다를 수 있다"는 회의적인 견해(어쩌면 이것이 정답일지도 모른다)까지도 있음을 우리는 알고 있다.

"정의"의 개념을 찾아 대륙법계, 특히 독일의 학자들은 이를 "이론적"으로 증명해보려고 노력했으며, 반면 영미법계의 학자 내지 실무가들은 이를 "실증적, 경험적"으로 증명하려고 애써왔다.

이에 대하여 법률가들 사이에서 흔히 인용되는 유명한 문구로서 홈스 판사(1841-1935)의 "법의 생명은 논리가 아니라, 경험이다(The life of law has not been theory, it has been experience)"라는 말이 있다. 이 말은 삶의 경험과 지혜가 담긴 탁월한 표현이라고 생각한다.

이와 같이 인간의 생활에서 만고불변의 진리가 있을 수 없다는 것을 이해한다면, 법관으로서는 쉽사리 어느 한쪽의 극단으로 치우치는 판결을 내리기 어려울 것이다. 인간이 나이가 들어가면서 모난 것이 없어지고, 관대해지는 것과 같이, 노련한 법관은 균형감각을 갖추고, 인자하여 양쪽 당사자의 의견을 충분히 경청하고, 서로의 잘못을 스스로 깨우치게 하여 타협과 절충을 유도하는 결론을 내릴 것이다.

그 과정에서는 당연히 형식적인 법의 문구에 얽매이지 않고, 형식논리에 구속되지 않으며, 법의 규정이 그와 같이 마련되게 된 연유, 즉 근본적인 입법취지를 찾아내어 이에 합당한 결론을 도출하게 될 것이다.

이에 그치지 않고 좀더 원숙하고 인간생활의 앞을 내다보는 안목을 가진 법관이라면, 법의 규정을 넘어 헌법의 차원에서까지도 생각하여, 우리 사회가, 우리 국가가 나아가야 할 방향까지도 제시할 수 있는 현명함을 보일 것이다.

이러한 시각에서 보면, 우리나라의 법관은 여기에 크게 미치지 못하고 있음을 인정하지 않을 수 없다. 우선 경력법관제라는 틀 속에서 법률지식만을 습득한 젊은 나이에 법관이 되어, 중도 퇴직하는 일이 허다한 우리의 현실에서는 원숙하고 지혜가 담긴 판결을 기대하기 어려운 것이 실정이다. 이러한 점에서 법조 일원화는 조속히 그리고 심도 있게 실현되어야 할 것이다.

앞에서 본 "정의감"이라는 덕목은 정의의 실천의지를 강조하는 "용기"의 측면이 강조된 것인 데 반하여, 여기서 말하는 "균형감(perspective)"이라는 덕목은 정의의 내용이 무엇인지를 밝히는 "지적(知的)" 측면이 강조된 것이다. 이 균형감이라는 덕목에 대해서도, 우리 사법부를 구성하는 법관들의 계층에 따라, 역사적인 이유로 차이가 있음을 인정하지 않을 수 없다.

즉 여기서도 다시 1987년 6/29 선언 이전부터 법관직을 수행해온 계층과 그 이후의 계층을 나누어 고찰할 필요가 있다. 다시 말해서 6/29 선언 이전 권위주위 시절하의 법관들은, 일반적으로 말해서 무엇이 정의인지에 대한 진정한 고민을 할 주위의 여건이 갖춰지지 않았다. 그 한 가지 이유는, 사법부로서는 지극히 불행한 일이지만, 통치권자의 필요에 의하여 큰 틀에서 국가가, 나아가서 재판의 결과가 나아갈 방향이 이미 설정되어 있었고, 유형, 무형으로 이에 대한 압박이 가해지고 있었기 때문에, 이러한 압박에 저항할 것인가 말 것인가에 대한 고민은 있을지언정, 그 방향이 옳은가 그른가에 대한 고민은 상대적으로 적었기 때문이다. 그 두 번째 이유는, 앞서와 같은 맥락이기는 하지만, 6/29 선언 이전의 우리 사회는 자유주의 내지는 개인주의의 풍조가 자리잡기 이전이어서, 가치의 다양화가 이루어지지 않은 상태였다. 그리하여 아직은 가치의 다양화로 인한 여러 집단들 간의 가치충돌이 거의 없는 상태였기 때문에 무엇이 진정한 정의인가에 대한 심각한 고민을 할 필요가 적었던 것이다.

그러나 시대가 변화하여 (특히, 6/29 선언 이후) 국민 각자에게 상당히 높은 수준의 헌법적 자유가 주어지고, 경제적인 여건도 호전되고, 각자가 자기의 취향과 선택에 따라 자기의 삶의 방향을 스스로 정해가는 풍조가 강해지면서, 이제는 더 이상 과거의 전통적인 가치관이 지배하던 시대는 종료되었다. 그 결과 사회 각계각층에서, 또한 사회의 여러 방면에서 자신의 경제적, 정치적, 문화적 입장에 기초한 주장이 강력하게 제기되었고, 전통적 권위의 쇠퇴와 함께 이러한 갈등을 조정하는 국가, 사회적 기능이 현저하게 약화되었다. 그 당연한 추이로 많은 사회문제가 법정으로 바로 제기되는 현상이 나타나게 되고, 따라서 이제 법관은 이러한 다양한 가치체계 속에서 무엇이 정의인지, 무엇이 우리 사회의 장래를 위하여 가장 바람직한 것인지를 숙지하여 한편에 치우치지 않고 건강한 균형감각을 유지해야 할 필요성에 직면하게 된 것이다.

법조 주변의 상황이 이와 같이 급변했음에도 불구하고, 법조인들 특히 그중에서도 최종적인 결단을 내려야 할 사법부의 구성원인 법관들은 이 문제를 성숙하고 지혜롭게 풀 수 있는 자질과 역량이 충분히 갖추어져 있지 않았다.

근본적인 이유는, 우리의 법관 선발이 경력법관제임에 따라 지식에 치중하는 법학교육과, 사법시험을 통과하면 젊은 나이에 법관으로 임용되어 삶에 대한 깊은 성찰이 없이도 바로 판결을 내려야 할 상태로 강요되었기 때문이다. 그 결과 우리 사회의 주요한 이슈에 대하여, 그 근본원인과 나아갈 길에 대한 깊은 고민이 부족한 상태에서, 형식적인 법논리의 전개만으로 바로 결론을 이끌어냄으로써 그 결론의 타당성은 물론이고, 사건 당사자 나아가 국민 전체에 대한 설득력 또는 승복시키는 힘이 현저히 약화되기에 이른 것이다. 이러한 이유에서 앞에서 본 최근의 4개의 판결에 대하여 많은 국민들로부터 공감을 얻지 못하고, "분쟁을 해결하기 위해서 존재하는 법관이, 오히려 분쟁을 야기하고 있다"는 우스갯소리까지 나오게 되었다.

3) 바람직한 검찰의 모습

(1) 바람직한 검사에게 요구되는 자질은 "겸손함" 내지는 "자제(自制)"이다

앞에서 장황하게 검토해온 "우리나라의 사법사"에 비추어보면, 민주화 및 자유주의, 개인주의가 상당히 발전되어 있는 우리의 현실에서, 검찰 및 그 구성원인 검사에게 요구되는 첫 번째의 항목은, "특권의식"에 사로잡혀 있지 않는 "겸손함", 즉 "자제"이다.

이는 뒤집어 이야기하면, 지난날 우리의 검사들은 너무나도 특권의식에 젖어 있어서, 검찰은 어느 곳에서나 어떤 상황에서나 남들과 다르고, 특별히 우대받는 것이 당연하다는 잘못된 의식에 쌓여 있었다는 의미이다. 그리하여 그들은 범죄를 척결하여 국가와 사회를 보호한다는 명분하에, 많은 특권을 누리고 이를 즐겨왔음을 부정할 수 없다.

"남이 하면 불륜이고, 내가 하면 로맨스"라는 식의 사고방식이 검찰실무의 여러 곳에서 나타나고 있었고, 이에 대하여 감히 어느 누구도 지적하거나 시정을 요구하지 못했다. 심지어는, 최종 판단을 내리는 사법부에 의한 지적에도 여러 가지 방법으로 대항하여 승복하려고 하지 않았다. 가장 단적인 예로 최근에 물의를 빚고 있는 검사의 스폰서 파문도, 이러한 특권의식의 발로임에 틀림없다(다른 공무원이 똑

같은 일을 저질렀을 경우, 검찰은 그동안 어떻게 처리했는가를 생각해볼 필요가 있다).

결론적으로, 검찰은 이제 모든 특권의식을 버리고, 다른 모든 국민, 다른 모든 국가기관, 공무원과 조금도 다름이 없다는 인식을 철저히 해야 한다.

(2) 바람직한 검사의 "보기 좋은 모습"은 "묵묵히 일하는" 검사이다

법률은 도덕의 최소한이고, 좋은 법률가는 나쁜 이웃이며, 법가사상(法家思想)을 치국의 토대로 하여 중국을 통일한 진시황은 겨우 10년밖에 "천하"를 통치하지 못했다. 우리가 잘 알고 있는 이와 같은 말들이 공통적으로 의미하는 바는, 인간 사회를 법으로만 규율하고 통치하는 것이 반드시 좋은 방법만은 아니라는 것을 가르쳐준다. 법 만능의 생각이 지극히 위험할 수 있다는 것이다.

우리의 검찰은 앞에서 본 바와 같이 권위주의 시대를 거치는 과정에서 정권과 밀착 내지는 공생하면서 권력이라는 마약에 크게 중독되어, 비단 범죄의 수사와 그 처단이라는 본래의 영역을 넘어 각종 사회의 주요 이슈에 개입하고, 영향력을 행사해왔다. "법의 지배(rule of law)"보다는, "법에 의한 지배(rule by law)"에 더욱 관심과 매력을 느껴왔다. 그 결과 검찰의 권력은 필요 이상으로 비대해졌고, 이에 따라 국민들의 검찰권력 내지는 법에 의한 강압적 지배에 대한 피로감이 점점 더 심해졌다.

그리하여 민주화 및 자유스러운 개성발휘가 자연스러워진 오늘날에 국민들이 원하고 바라는 바는, 사사건건 앞으로 나서지 않는 검찰, 음지에서 묵묵히 범죄로부터 우리를 보호해주기 위해서 보이지 않게

일하는 검찰의 모습이다. 권위적이지 않고 "신사다운" 모습으로, 그러나 불의와 범죄에는 단호하게 대처함으로써 우리를 지켜주는 검찰에게는 우리 국민 모두가 신뢰와 존경을 보낼 것이다.

4) 바람직한 변호사의 모습

(1) "존경받는" 변호사의 제1덕목은 "봉사하는" 자세이다

세계적으로 인기를 끄는 유머 모음집 중에서 많은 부분이 변호사에 대한 것임을 우리는 알고 있다. 거의 예외 없이 변호사를 영리만을 추구하는 저속한 존재로 폄하하여 묘사하고 있다. 물론 세상에는 많은 종류의 변호사가 있으며, 어쩌면 이러한 변호사가 더 많을 수도 있다. 우리나라의 현실은 이와 크게 다르다고 강변할 자신도 없다. 어쩌면 변호사의 이러한 일그러진 모습은 그 자신의 잘못도 있겠으나, 그와 더불어 변호사를 대하는 의뢰인들의 이기적인 모습에서 적어도 일부는 비롯되었다고 볼 여지가 있다. 다른 한편으로는, 사회의 많은 직종은 대부분 영리를 추구하는 직종이고, 그들 대부분은 최대한의 이익을 위하여 범죄가 아닌 한 거의 모든 방법을 동원하는데도, 이는 당연시 하면서 이를 비난하는 경우는 드물다.

이러한 현상은 많은 사람들이 변호사라는 직업에 대해서는 영리를 뛰어넘은 보다 고차원적인 어떤 것을 당연히 기대하고 요구하고 있다는 것을 의미할 것이다.

이와 같은 차원에서 법조인의 다수를 차지하는 변호사들은 그 마음의 자세를 바꾸어야 한다. 물론 영리의 추구를 포기할 수는 없겠지만 이와 더불어, 습득한 법률지식과 정의감을 바탕으로, 남에게 "봉사하는" "베푸는" 자세를 가져야 한다. 이 점에서 미국 홈스 판사의 일생은 우리에게 큰 시사점을 준다. 그는 명문가 출신으로 명문대학을 졸업하고, 유명 법률회사에 들어갔으나, 전쟁 등 국가의 위기가 닥칠 때마다, 그 직을 박차고 나와 목숨을 걸고 군인으로 전쟁터에서 싸웠으며, 이러한 용기는 그의 일생 동안 계속되었다.

이러한 훌륭한 모습은, 우리나라의 변호사들 중에서도 결코 드물지 않다. 현직의 대한변호사협회장으로서 사상 최초로 구속당하는 수모를 겪으면서까지도, 그 소신을 버리지 않고 인권을 위해서 투쟁했던 이병린 변호사를 비롯하여 군사정권 내지는 권위주위 시절 스스로를 희생한 숭고한 법조인들이 많이 있다(이러한 훌륭한 사례들은, 후배들을 위해서라도 대한변호사협회에서 자료를 수집하고 정리함으로써 그 업적을 기려야 할 것이다).

물론 오늘날에는 민주화가 이루어져서 독재에 대항하여 인권을 신장하는 고전적인 역할은 크게 줄어들었다고 하겠지만, 그럼에도 불구하고, 눈을 돌려 사회 곳곳을 살펴보면, 법률가들이 봉사할 영역은 무궁무진하다고 할 것이다. 쉼 없이 법률가들은 사회의 어두운 구석을 찾아 빛을 주는 작업을 계속해야 한다.

(2) "창의적인" 변호사야말로 "유능한" 변호사이다

변호사라는 직업은 자유업이다. 자유업이라는 말은 법률에 따라 주어진 권한도 없지만, 동시에 의무도 없다는 말이다. 바꾸어 말하여 변호사는 무슨 일이든지 자기가 원하는 일을 할 수 있다. 이는 다른 한편으로는 변호사는 황야에 내던져져 있어서, 그가 하기에 따라서는 생존을 위협 받을 수도 있지만 반면 커다란 업적을 남길 수도 있다. 철저한, 자유경쟁의 전쟁터에 내버려져 있는 셈이다.

과거 우리나라의 변호사들은 그 수가 극히 적었다. 따라서 희소성만으로도 가치를 인정받아 큰 경쟁 없이도 어느 정도의 편안함을 유지할 수 있었다. 그러나 현재는 상황이 다르다.

금년 현재 전국의 변호사 수는 1만1,000여 명이고, 5년 후에는 2만 명이 될 것으로 예상되고 있다. 그만큼 생존을 위한 어려운 삶을 살아야 하겠지만, 자유경쟁 사회에서 돌파구는 반드시 나타나기 마련이다.

예상컨대 그 돌파구는 각자 전문화, 특성화하여 경쟁력을 강화하는 것일 것이고, 또한 발상을 전환하여 그동안 어떤 법률가도 관심을 가지지 않았던 분야로 눈을 돌려 그만의 길을 개척해나가는 것이다. 과거의 틀에 박힌 법조인의 사고방식으로는 이러한 길이 보이지 않을 것이며, 창의적(creative) 사고만이, 그 길을 열어줄 것이다. 이 점에서 법률이 아닌 다양한 분야를 전공한 분들이 로스쿨에 진학하여 법률가가 되는 방법이 크게 도움이 될 수 있다.

경쟁이 치열한 만큼, 살아남기가 힘들겠지만, 일단 창의적인 사고로 성공적으로 살아남은 자는, 그만큼 큰 성과를 거둘 수 있을 것이다.

5. 바람직한 모습을 실현하기 위한 방안

앞에서 논의한 것들이 구체적인 열매를 맺기 위해서는, 이와 같은 바람직한 모습의 법조삼륜을 현실적으로 이루어내기 위해서는 어떠한 방안이 있을지까지 당연히 고려해야 한다.

일반적으로 어떤 조직이나 기구의 개혁이 논의되는 경우 이를 실현하기 위한 구체적 방안으로는 다음의 세 가지 형태가 시도될 수 있다.

첫째, 가장 바람직하기는 하지만 그 실효성이 떨어지는 것으로 "내부적, 자발적인" 개혁에 의한 것이다. 여기에는 다시 구성원 각자가 스스로의 의식개혁에 의한 방안과, 구성원이 속한 조직 내부에서의 자발적 통제에 의한 방안으로 나눌 수 있다.

둘째, 어쩔 수 없이 외부의 힘을 빌려 개혁을 시도해나가는 것으로 "외부적, 타율적"인 통제에 의한 것이다. 이 방법은 실효성이 있기는 하지만, 내부의 반발이 우려되므로 이를 어떻게 조화시킬 것인가가 문제이다.

셋째, 최종적인 방법으로 앞에서 본 외부적 통제의 문제점을 제거하기 위하여, 이러한 통제를 법률에 규정함으로써 아예 제도적 장치로 마련해두는 "제도적 통제"의 방법이다.

법조삼륜의 각각에 대해서 위에서 살펴본 개혁의 방법론에 따라서 검토해본다.

1) 사법부 개조의 방안

다른 어느 기구나 조직에 대한 개혁과 달리 사법부에 대한 개혁은 커다란 특징이 있고 이에 따른 어려움이 나타난다. 즉 사법부에 부여된 최대의 절대가치는 "사법권의 독립"이기 때문에 자칫 어떠한 외부적 개혁의 시도는 법관의 독립을 침해할 소지가 있기 때문이다. 그러므로 사법부의 개혁은 (불만족스럽더라도) 법관 스스로의 의식개혁 그리고 법원조직 내부에서의 자발적 개혁이 원칙이다.

(1) 내부적, 자발적 개혁

법관 스스로의 "의식개혁"을 통한 사법부의 개혁은 가장 바람직한 방법이다. 이를 위해서는 법관 개개인의 인격의 도야와 함께 현시대의 우리 사회가 나아가야 할 바람직한 방향에 대한 깊은 성찰과 식견이 요망된다. 물론 이러한 일이 쉬운 것은 아니겠으나, 원래 법관이라는 직업이 이와 같은 높은 수준을 요구받는 직업이므로 여기에 다다르도록 각고의 노력이 필요하다. 이 점에서 20, 30대의 젊은 법관들이 상당한 비율을 차지하는 현재의 경력법관제에는 문제가 많다. 이의 시정을 위해서라도 조속히 그리고 심도 있게 법조 일원화가 실현되어야 하고, 우선 연령상으로도 법관의 평균 연령이 적어도 50세 이상은 되어야 한다고 생각한다.

이 법관의 의식개혁 중 가장 중요한 두 가지 항목이 ① 법관의 "정의감"(여기에는 무엇이 정의인가에 대한 질문과 그 정의를 말할 수 있는 용기가 포함된다)과 ② 법관의 "균형감각(perspective)"임은 앞에서 이미 살펴본 바와 같다.

다시 중복하여 강조하거니와, 이 두 가지 덕목 중 6/29 민주화 선언 이전의 세대에게는, "정의감"의 덕목이 더 강조되고, 그 이후의 세대에게는 "균형감각"의 덕목이 더 강조된다.

구체적 실례를 들어 그 중요성을 검증하고자 한다.

과거 형사소송법의 규정에 의하면, "검사가 10년 이상의 구형을 한 사건에서는, 법관이 무죄나 집행유예의 판결을 하더라도 확정될 때까지는, 피고인이 석방되지 않았고", 또한 "법관이 보석의 결정을 하더라도 이에 대하여 검사가 항고를 하면 이 역시 확정될 때까지 석방되지 않았다." 이 규정들만 보면, 누가 검사이고 누가 판사인지, 판사의 역할이 무엇인지, 판사가 과연 최종적인 심판자인지, 선진 외국의 예를 보면, 판사가 무죄의 판결을 한 사건에 대해서는 검사가 항소도

하지 못하는데, 우리나라의 판사는 과연 진정한 판사인지 회의가 들 정도이다.

그런데 이 규정은 수십 년간, 수많은 법관들이 이를 적용해왔음에도, 어느 누구도 제대로 문제제기를 하지 않고 그대로 유지되었다. 결국 6/29 선언이 있은 후 몇 년이 지나 이 문제점이 지적되어 위헌의 결정을 받게 되었다. 6/29 이전 세대의 법관들의 정의감의 결여를 보여주는 단적인 예이다.

다음은 후자에 대한 예이다.

6/29 선언 이후 세대에는 법관의 독립이 확보되었다. 더욱이 과거 국가보안법 위반으로 유죄판결을 받았던 사안에 대해서 세월이 한참 경과한 뒤에 재심의 청구가 들어왔고, 이에 따라 무죄판결이 내려지면서 6/29 선언 이후 세대의 법관들의 직업적 자존심은 극도로 손상받았고, 그 반작용으로 법관의 독립(특히 검찰의 영향력으로부터의 독립)은 반성적 차원까지도 포함하여 최고조로 강조되고 있다. 그 결과, 그 이후의 사회의 이목을 끄는 (따라서 검찰의 관심이 지대한) 유명사건에서, 법원은 엄격히 법대로(무죄추정의 원칙, 검사 입증책임의 원칙에 따라서) 재판하겠다는 태도를 천명하고, 이를 실천했다. 당연히 검찰의 반발이 예상되었지만, 이는 어쩔 수 없는 시대의 변화이고, 당연한 귀결이다.

다만, 여기에서 우리가 경계해야 할 점이 있다. 즉 법관의 독립이 지나치게 강조되다 보면, 자칫 "법관 개인의 자의적 판단"까지도 허용되는 듯한 오해를 불러올 수 있기 때문이다. 여기에 덧붙여 법적 지식의 축적에만 몰두하다 보니 사회경험과 인품의 도야가 부족하고 우리 사회의 나아갈 길에 대한 깊은 성찰이 모자란 상태에서 가볍게 결론을 내버릴 우려까지도 생기는 것이다. 나아가, 기우이기를 바라지만, 혹시라도 비합리적인 요인이나 개인적 성향 또는 편견이 작용하여 판결의 결과에 영향을 미친다면, 이는 또다른 커다란 문제를 야기하게 된다. 근래에 일어난 강기갑 의원 사건, 전교조 교원 사건, PD수첩 사건, 전교조 명단공개 사건 등 사회적으로 많은 논란이 되고 있는 사건 등에 대하여, 이러한 시각에서 심도 깊은 연구와 평석이 이루어져야 한다고 생각한다.

법관 개인은 아니지만 "법원조직 내부"에서의 자율적 통제에 의한 사법부의 개혁도 한 가지 방안이 될 수 있다.

이러한 자율적 통제의 방법으로는, 법관들 스스로의 토론회, 법관들의 교육기관을 통한 연수교육, 법관들의 외국 법원으로의 연구 또는 교육기관에의 파견 등을 들 수 있다. 특히 비슷한 연배 또는 비슷한 경력, 비슷한 직무를 담당하는 법관들끼리의 자유로운 토론의 기회를 마련해주고, 이를 통해서 스스로의 생각을 점검해볼 기회를 제공하는 것은 지극히 바람직하다. 현재 사법부 내에서도 여러 가지 방법으로 위와 같은 기회를 자주 제공하려고 노력하고 있다.

다만 법관들이 업무량의 과중에서 벗어나서 좀더 시간적, 정신적으로 여유 있는 상태에서 이러한 토론의 장이 활용되어야 할 것이다.

여기에서 문제가 될 수 있는 것이, 사법행정상의 상하관계에 있는 법관들 사이에서 자율적 통제 또는 통제까지는 아니더라도 의견의 포명의 가능성 여부이다.

결론적으로 말하여, 경력이 길고 경험이 많은 선배로서, 후배에게 순수한 의미에서의 의견의 표명이나 충고 등이 나쁘다고는 할 수 없겠지만, 자칫 행정상의 상하관계를 빌미로 재판 개입의 오해가 있을 수 있으므로, 개별적 사건을 떠나서 일반적, 추상적인 의견 전달을 넘어서는 안 될 것이라고 생각한다(더욱이 6/29 선언 이후 세대의 법관들에게는 불필요한 오해를 불러일으킬 소지가 크다).

(2) 외부적, 타율적 개혁

법관 개인이나, 법원조직 내부에 의한 개혁이 미흡한 경우에는, 가장 바람직한 방법은 아니지만 외부로부터의 타율적 개혁을 생각하지 않을 수 없다. 여기에는 국민에 의한 견제와 상대 당사자에 의한 견제를 생각할 수 있다.

(ㄱ) 국민에 의한 견제

국민에 의한 견제의 첫째는, "국회에 의한 견제"이다. 국회는 그 당연한 권한으로 국정감사권을 통하여 사법행정에 대한 감사를 할 수 있다. 그밖에 재판에 관한 사항은 국정감사의 대상이 되지 않음은 당연하다. 다만 재판에 대한 개혁의 필요성을 느낄 때에는 관련 법률의 제정이나 개정을 통하여 그 목적을 달성할 수 있다.

이 점과 관련하여 한 가지 우려할 만한 상황이 있다. 즉 최근에 이르러 사법부에 대한 국정감사 현장에서 사법행정에 대한 감사를 넘어, 국회가 문제로 여기는 사건에서의 증인 내지는 재판 당사자를 직접 국정감사 현장으로 불러, 마치 다시 재판하는 듯한 모습을 보이는 것이다.

이러한 잘못된 행태에 대하여 제대로 이의를 제기하고 이를 저지하지 못하는 위축된 사법부의 위상에 대해서는 우려를 금할 수 없다.

국민에 의한 견제의 두 번째는, "언론에 의한 견제"이다. 언론은 국가의 제4부로서, 사법부에 대해서도 감시와 견제의 역할을 제대로 수행해야 함은 당연하다. 여기에서 가장 중요한 점은 어느 한쪽 편에 치우치지 않고 국가와 사회의 바람직한 방향을 위해서 균형 잡히고, 법치국가의 원칙에 입각한 건전한 비판을 해야 한다는 것이다.

이를 위해서 최우선적으로 필요한 것은 법조관련 언론인들의 전문화라고 생각한다. 물론 언론인으로서, 큰 틀에서의 사고와 비판이 필요하겠으나, 우리의 사법구조에 관한 기본적인 소양이 부족한 상태에서 비판이 행해지는 것은 적절치 않다.

예를 들면, 우리나라 형사사법 구조의 기본을 몰각한 채, 마치 검사가 판사와 대등한 당사자인 것같이 취급하고, 근대 형사사법에서 근본원리로 작용하고 있는 무죄추정의 원칙, 검사 입증책임의 원칙, 절차적 정당성 등을 무시하거나 가볍게 여기는 듯한 보도행태는 시정되어야 할 것이다.

(ㄴ) 법조삼륜의 다른 축에 의한 견제

사법부, 검찰, 변호사의 법조삼륜은 서로 삼각관계를 이루어 작동하고 있다. 따라서 삼륜의 한 축인 사법부가 다른 양 축에 의하여 비판받고 견제를 받음으로써, 올바른 길을 찾아가고 전횡을 부리지 않도록 하는 것은 당연하다. 그러나 그렇다고 하더라도 심판자로서 절차를 주재하는 주체는 사법부이며, 검찰과 변호사는 서로 대립하는 당사자로서 당사자주의의 원칙에 따라 공격과 방어를 통해서 진실을 찾아나가는 구조이다.

이를 운동경기에 비유하면, 사법부는 심판에 해당하고 검찰과 변호사(피고인)는 양쪽의 선수에 해당한다. 따라서 경기를 진행하고 판정에 이르는 과정에서 쌍방의 선수는 자기의 의견을 이의제기의 형식으로 개진할 수는 있겠으나, 심판의 최종판정에 승복하는 것이 당연하고, 도를 넘은 항의에 대해서는 응분의 제재나 불이익까지도 가할 수 있음은 당연하다.

여기에서 사법부를 대하는 검찰의 태도에 대하여 지적할 필요가 있다. 즉 검찰에 의한 사법부 내지는 법관에 대한 경시 또는 대등시 하는 태도는 절대적으로 지양되어야 한다. 심판을 받아야 할 한쪽 당사자가 어찌 심판자와 대등할 수 있는가?

민주국가의 근본원리는 법치주의이다. 법치주의는 법의 준수에 의해서만 이루어질 수 있다. 법에 의한 정당한 공권력에 부당히 저항하는 것은 엄히 다루어져야 한다. 법치주의를 훼손하는 가장 나쁜 방법은 개인에 의한 훼손을 넘어, 법을 지켜야 할 공권력에 의한 훼손이다. 검찰이 법원의 판결에 승복하지 않고 자기 정당성만을 주장하는 것은, 이를 바라보는 국민들로 하여금 법치주의에 대한 신뢰를 깨뜨리게 되는 가장 나쁜 모습이다. 강조하거니와 검찰은 변호인(피고인)과 대등한 당사자이지, 법원과 대등한 관계가 아니다.

이러한 자명한 이치를 국민들에게 각인시키기 위한 한 가지 방법으로, 현재 대법원과 나란히 있는 대검찰청, 전국 법원과 나란히 있는 검찰청의 건물부터 독립하여 분리시켜야 한다. 오히려 대검찰청과 나란히 대한변호사협회의 건물을 병치시켜야 한다.

법의 최종적인 집행자 내지는 심판자의 권위가 어떠해야 하는지 우리들이 주지하는 두 가지 예를 들어본다.

하나는, 2년 전 베이징 올림픽의 야구 결승전 9회 말 우리나라와 쿠바는 혈전을 벌이고 있었다. 중요한 순간 우리 투수가 던진 공이 볼로 선언되자 포수가 심판에게 야유조의 항의를 했다. 심판은 지체 없이 우리 포수의 퇴장을 명했다. 우리는 심판의 단호함에 놀라고, 저항하고 싶었겠지만, 승복하지 않을 수 없었다.

다음은, 흔히 선진 외국의 시위장면에서 보는 바와 같이 아무리 격렬하게 이루어지는 시위라도, 노란색의 폴리스 라인은 절대로 무시되는 법이 없다. 가혹하다고 할 정도의 응징이 기다리고 있기 때문이다.

이러한 모습이 바로 법치의 정신이고, 이는 우리나라에서도 현실로 적용되어야 한다.

이제, 변호사(단체)에 의한 사법부의 견제에 대해서 살펴본다.

변호사는 공권력을 부여받은 기구, 조직이 아니기 때문에, 변호사는 스스로의 힘으로 사법부를 견제할 권한과 능력이 없다. 오로지 잘못을 지적하고 올바른 의견을 개진함으로써, 상대방을 설득하여 태도의 변화를 유도할 수 있을 따름이다. 문제의 핵심을 지적하여 적절한 해결책을 제시하는 수준 높은 비판력을 키워나가야 할 것이다.

여기에서 두 가지 점을 지적하고자 한다.

첫째, 변호사에 의한 법관 평가제도의 도입 및 활성화이다. 법관은 독립이고, 이는 존중되어야 하지만, 독선이나 자의를 의미하지 않음은 당연하다. 그리고 변호사는 법정활동을 통하여 객관성만 보장된다면 법관의 평가에 가장 적합한 직업군이다.

외국의 사례 등을 종합하여 객관적인 의견을 제시하고, 사법부는 가급적 이를 존중해주는 분위기를 만들어가는 것이 필요하다.

둘째, 사법정보 특히 법원의 판결 등을 일반 국민에게, 보다 중요하게는 변호사 단체 및 변호사에게 공개하여, 건설적인 비판을 받을 수 있는 여건을 만들어주는 것이다. 재판의 공개는 이제 법정에서 당사자들에게 공개하는 것만으로는 충분하지 않고, 일반인도 특히 변호사들이 원한다면 언제든지 그 내용을 확인할 수 있는 제도가 마련되어야 한다(햇볕이야말로 가장 좋은 방부제이다). 사생활 보호를 위한 비실명화 작업, 모든 판결을 대상으로 할 것인지의 문제, 이러한 일을 담당할 기구의 설립 등등 부수적으로 해결할 문제들이 있으나, 외국의 예를 고려하여 합리적인 처리가 필요하다.

참고로, 판결문 공개의 근본취지가 국민에 의한 사법의 견제 내지는 감독과, 로스쿨 교육 및 국민들의 법치주의에 대한 인식을 깊이 하자는 데에 있는 만큼, 그 관리기구는 국가기관이 아닌 변호사 단체에 두는 것이 바람직하다.

(3) 제도적 개혁

개혁의 최종적이고 실효적인 방안은 법률의 규정에 의하여 개혁을 제도화하는 것이고, 이는 당연히 국회의 권한이다. 그러나 사법부에 대한 제도적 개혁을 시도하고 추진하는 데에는 다음의 세 가지 기본 자세를 전제로 해야 한다고 생각한다.

첫째, 이 글의 첫 부분에서 상세히 살펴본 바와 같이, 우리나라의 사법사를 큰 줄기에서 조감해본다면, 사법부는 그동안 권위주의적이고 독재적인 정권에 의하여 탄압받는 과정에서 정의와 인권의 수호라는 그 본래적 기능을 다하지 못했던 것으로 평가된다. 그리하여 오늘날 이러한 상황은 상당히 호전되었다고 하더라도, 그러한 위험성은 항상 상존하고 있으므로, 국민의 입장에서는 사법의 독립을 격려하고, 북돋아주어야 할 조직이라는 점이다. 물론 사법부도 잘못하는 점이 있으면 비판과 견제를 받아야 하겠지만, 그 도를 넘어 위축되게 만든다면, 이는 과거의 사법사가 보여주는 바와 같이 그 피해는 고스란히 국민에게 넘어가는 것임을 깊이 깨달아야 한다.

둘째, 사법부에 대한 제도적 개혁을 논하는 주체가 결코 검찰, 법무부 또는 집권여당이 되어서는 안 된다는 점이다. 이는 앞에서도 강조해서 지적한 바와 같이, 검찰은 법조삼륜 중에서 결코 사법부에 대립되는 대등한 당사자가 아니며, 변호사와 대립하면서 사법부의 심판을 받는 대상이기 때문이다.

우리나라에서는 아직도 권위주의 시대의 잘못된 개념이 국민들의 머릿속에 그대로 남아 검사와 판사가 대등한 지위에 있는 것인 양 잘못 인식되고 있다. 심지어는 언론까지도 이러한 잘못된 타성에 젖어 있다. 따라서 사법부에 대한 제도적 개선이 필요하다면, 당연히 통치권자인 대통령의 주재하에 법조삼륜이 대등하게 관여하고 토론하여 제도를 만들어나가고, 아니면 국민의 대표기관인 국회에서 여-야 의원들이 동참한 가운데에 법조삼륜의 의견을 들어 개선책을 만들어야 할 것이다.

인간이라는 존재는 과거를 너무나도 쉽게 망각하고 과거로부터 배우는 지혜를 쉽게 잃어버리는 존재이기는 하지만, 불과 20여 년 전 권위주의 정권하에서 사법부가 어떠한 처지에 있었고, 그로 인하여 국민의 인권이 얼마나 침해되었으며, 그 과정에서 검찰이 어떠한 역할을 해왔는지를 잠시라도 돌이켜본다면, 법무부 또는 검찰 주도의 사법제도 개혁이 얼마나 큰 위험성을 내포하고 있는지 쉽게 깨달을 수 있을 것이다. 권력은 쉽게 부패하고, 검찰은 그 속성상 권력의 편에 설 수밖에 없다는 진리와 역사적 증명을 결코 가볍게 보아서는 안 된다.

단적인 실례를 하나만 들겠다.

앞에서도 사법사를 서술하면서 살펴보았고, 또한 우리들이 아는 바와 같이 과거 권위주의 군사정권 시절 정권 유지의 차원에서 국가보안법이 광범위하게 이용되었고, 그 수사와 재판과정에서 가혹한 유죄의 판결을 받아내는 데에 검찰 역시 지대한 역할을 했다. 그 결과 민주화가 이루어진 오늘날, 수많은 유죄확정판결을 받은 사건들에 대한 재심이 청구되어 무죄의 판결이 내려지고 있다.

사법부로서는 선배들이 저질러놓은 치욕적인 일을, 죄 없는 후배들이 맡아 처리하면서, 사법권 독립수호의 의지를 다지고 있다. 그때 당시 악역을 맡아 견마지로(犬馬之勞)를 아끼지 않았던 조직은 누구였으며, 그들은 지금 과연 지난날에 대한 반성을 철저히 수행하고 있는가? 그렇지 않다면, 세월이 바뀐 오늘날 또다시 새로운 권력의 시녀로서 그들의 입맛에 맞는 작업을 수행하고 있는 것은 아닌가. 우리 법조인 모두 조용히 반성해볼 일이다.

다시 강조하거니와 우리는 역사로부터 배워야 한다.

법조삼륜 중에서 변호사 단체에 의한 사법개혁의 추진은 역시 검찰과 마찬가지로 판단을 받는 당사자 한쪽에 의한 추진이기는 하지만, 변호사 단체는 법적으로 주어진 권한이 없이, 오로지 합리성만을 무기로 의견을 제시하는 입장이므로, 크게 문제될 것이 없다.

셋째, 제도개혁을 논하면서, 법조삼륜 각각의 논거와 입장을 주장하고 비판하는 데에 결코 기관이기주의적인 태도를 고집해서는 안 된다는 것이다.

오늘날 우리 사회의 병폐 중의 하나로, 당파주의가 지적되고, 그 결과 상대방의 주장과 논거는 모두 옳지 않고, 나의 주장만이 전부 옳다고 하는 이분법적인 사고방식이 팽배해 있다고 지적된다. 최고 지성인의 집단인 법조삼륜의 토론과정에서까지 이러한 성숙하지 못한 모습이 보여서는 안 된다. 사안에 따라서는 일부 상대방의 주장이 옳을 수도 있고, 이러한 점은 받아들여져야 한다.

그리고 상대방에 대한 공격방법으로 주장하는 논리가 상대방에게만 적용되어서는 안 되고, 자기에 대한 같은 문제에도, 마찬가지로 똑같이 적용되어야 함을 받아들여야 한다.

이러한 두 가지 점이 전제가 될 때에만 비로소 국민 모두에게 설득력이 있고, 합리적인 개선책이 마련될 수 있을 것이다.

그러면 이와 같은 전제하에서 사법부에 대한 제도적 개혁방안으로 논의되고 있는 몇 가지 쟁점(주로 최근 한나라당에 의한 사법부에 대한 개정법률안에 나타난)을 중심으로 살펴보기로 한다. 구체적 논의에 들어가기 전에, 이번 개정안 제출의 배경에는 몇 가지 바람직스럽지 못한 점들이 있다는 것을 지적해야 한다.

첫째, 시기적으로 금년 초 사회적으로 민감한 사안에 대하여(앞에서 본 강기갑 의원 사건, PD수첩 사건, 전교조 사건 등) 법원으로부터 정부, 여당의 입맛에 맞지 않는 판결이 내려진 것을 계기로 이루어졌다는 것이다. 사법부에 관한 어떤 큰 그림하에서 이루어진 것이 아니라 구체적 사건들에 대한 불만에서 비롯된 것처럼 보이는 이러한 태도는 바람직하지 않다.

둘째, 앞에서도 이미 지적한 바와 같이, 사법부에 대한 제도개혁을 논함에 있어서, 그 주체로서는 행정부(법무부) 또는 검찰과 함께 집권여당은 가장 적절치 못하다는 것이다. 자칫, 불필요하게 사법부 탄압 또는 적어도 대법원의 위상 약화를 노린다는 오해를 불러일으키기에 충분하다.

셋째, 법조삼륜 중에서 사법부만을 개혁의 대상으로 지목함으로써, 표적 개혁이라는 인상을 지울 수 없다(물론 최근에 검찰의 스폰서 파문이 불거짐으로써 또다시 검찰개혁이 추가로 논의 중에 있음은 법조의 큰 틀에 대한 구도가 없이 임기응변식 대응에 급급하고 있음을 단적으로 보여주고 있다).

① 대법관의 수(대법원의 구조)에 관한 문제

이는 대법원에 사건이 폭주하고 있어 현재의 대법관 12인만으로는 신속하고 공정한(정의로운) 판결이 내려지기 어려우므로 적어도 24인으로 대법관 수를 증원해야 한다는 것이다. 반면 대법원은 대법관 수를 늘리기보다는 여러 가지 제도적 장치들(예를 들면, 상고허가제나 새로 주장되는 상고심사부제)을 통하여 대법원에 이르는 사건 수를 적정선으로 통제해야 한다는 입장이다.

이에 대하여 대한변협은 공식의견으로 대법관 수를 50명으로 대폭 늘려야 한다고 주장한다.

주지하는 바와 같이 이 문제는 실질적으로는 대법원의 기능을 정책법원으로 할 것인가(이는 자연히 대법원 내지는 대법관의 위상, 권위 강화로 이어진다). 아니면 권리구제형 법원으로 할 것인가(이는 반대로 위상, 권위의 약화로 이어진다)의 문제이다. 대법원의 입장은 전자, 즉 소수의 정예 법관으로 하여금 사회적으로 중요한 사건만을 처리하게 하는 정책법원형을 주장하고 있음은 분명하다.

여기에서 나는 종전에 양측의 입장에서 논리를 전개하여 자기 입장의 정당성을 주장하는 논쟁에 또다시 논리의 일부를 제시하면서 가담할 의향이 없고 또한 불필요하다고 생각한다. 오히려 문제 해결의 출발점은 어느 길이 우리 국민을 위하는 길이고, 우리 국가, 사회의 장래를 위하여 바람직한 길인가 하는 데에서 찾아야 한다고 생각한다.

이와 같이 볼 때에는 대법원의 견해나 한나라당의 견해나 모두 한 곳에만 치중하여 적절한 해결책이 아니라고 생각한다. 즉 대법원의 주장은 "과거는 묻지 말고, 앞으로는 모범적으로 잘 해나갈 터이니", "이를 위한 제도적 장치를 마련해달라"는 뜻으로 해석된다.

그러나 대법원의 주장이 국민들로부터 설득력을 얻기 위해서는 다음의 두 가지 전제조건이 성취되었어야 한다고 생각한다.

첫째, 사법부가 지난날에 대한 적절한 과거사 정리를 통하여 국민들로부터 용서를 받는 작업을 선행했어야 한다.

둘째, 현재와 같은 열악한 상황에서도 대법원은 최선의 노력을 다하여 비록 작은 수일지라도 훌륭한 판결들을 국민들에 보여줌으로써 여건만 갖추어지면 이러한 좋은 판결들이 많이 나올 수 있다는 가능성을 보여주었어야 했다.

그러나 판단컨대, 대법원은 이 두 가지 조건을 모두 성취시켰다고 국민들로부터 인정받기는 어려울 것이다. 해답의 원천을 찾아 다시 우리의 사법사를 돌이켜볼 필요가 있다.

앞에서 누누이 지적해온 바와 같이 우리의 사법부, 특히 우리의 대법원은 과거 권위주의 시절 동안 극소수의 예외를 제외하고는 몸을 던져 국민의 자유와 정의를 지키는 훌륭한 판결을 함으로써 정책법원으로서의 기능을 다해왔다고 자부할 수 없음을 인정해야 한다.

다른 한편으로, 그렇다면 권리구제의 기능은 충분히 했는가의 점에서도 회의적이다. 물론 가장 큰 이유는 사건의 폭주로 인한 업무량의 과중에 있겠지만 그렇더라도 훌륭한 판결을 통한 정의 선언의 의지가 있었더라면 보다 자주 그 가능성을 보여주는 판결들이 나왔어야 하지 않았을까 생각한다.

결론적으로 우리는 양자의 가치 어느 것도 포기할 수 없고 양자 모두를 아우를 수 있는 길을 모색해야 한다. 현재로서 그 길은, 대법원의 이원적 구성(대법관과 대법관이 아닌 판사로 대법원을 구성하여, 1인의 대법관과 함께 5인 내외의 판사를 배치하는 방법으로 독일 대법원의 구성과 유사하다)을 취하든가, 또는 대한변협이 주장하는 바와 같이 50인의 대법관을 두고 대법원장과 행정처장을 제외한 48인을 (4인 1조의) 12개 부로 나누어 재판하되, 각 부의 수석 대법관들 12인으로 하여금 전원합의체를 구성하여 판례 변경 등 중요사안을 심리, 판결하게 하는 방안이다.

대법원을 독일 연방대법원(BGH)과 비슷한 형태의 이원적 구성으로 하게 되면, 각 부의 재판장들이 모여 전원합의체를 구성하고, 통상 사건의 경우에는 각 부의 재판장이 소속법관 중 임의의 2인을 고르거나 필요한 경우에는 다른 부 소속의 법관 중 2인을 선택하여 재판부를 구성함으로써 따로 전문부를 두지 않더라도 그 법관의 전문분야에 따라서 사실상 전문부를 두는 것과 같은 효과를 거둘 수 있다는 장점이 있다. 이 제도는 충분히 검토해볼 가치가 있다고 생각한다.

혹시라도 대법관이 24인 또는 50인으로 일시에 증원이 이루어짐으로써 집권당 또는 대통령의 성향과 일치하는 법관만으로 대법원이 구성되지 않을까 하는 우려는 증원되는 대법관을 적절한 시간적 간격을 두고 일부씩 충원해나감으로써 해결될 수 있을 것이다.

대법원이 양자의 기능을 제대로 발휘하게 하는 방안으로 반드시 이와 같은 대법원의 구조개혁만을 논의할 필요는 없다. 실질적으로 이 기능을 달성할 수 있는 다른 조치들을 함께 도입하는 것도 검토할 가치가 있다. 예를 들면 종전의 심리불속행제도에 대한 비판이 심하여 대법원이 대안으로 제시한 "상고심사부제"도 동시에 도입하는 것을 고려할 수 있다.

미국 대법원의 예에서와 같이 대법원에 상고하고 그 이유서를 제출할 때는 그 형식과 분량을 엄격히 제한하여 A4용지 25매 이내로 요약, 압축하여 제출하게 하는 등의 제한을 두는 방안이다.

미국 연방대법원에서 상고 이유서는 1만5,000자로 제한되어 있고 이를 12포인트, 더블스페이스로 인쇄할 경우 30 내지 39페이지에 해당된다. 물론 글자의 크기와 행간 등 상세한 규정이 마련되어 있다. 그리고 제출되는 서류의 종류에 따라서 다양하게 글자 수가 차등화되어 있다.[*]

② 대법관 추천위원회 및 법관 인사위원회의 문제

대법관의 임명과정에서, 대법관 추천위원회의 심의 또는 의결을 거치게 하되, 그 위원회의 구성원을 다양화하여 법무부 장관 등을 포함시키자는 것으로서, 현재의 대법원 내규로 되어 있는 대법관 추천 자문위원회를 법률로 명확히 규정하자는 것이다. 그리고 일반 법관의 경우에도 그 임명 및 보직의 변경에 관하여 법관 인사위원회에 의결권을 주자는 취지이다. 이러한 집권여당의 안에 대하여 검찰은 적극

---

[*] 미국 연방대법원 규칙 제33조 제1항, 제2항 참조.

적인 찬동의견을 내고 있다.

이 점에 대한 논의의 당부는 따져볼 필요도 없이, 이는 지극히 부적절한 발상이다. 우선 왜 이 시점에 이러한 논의가 제기되고, 또한 집권여당이 발의하고, 격에 맞지 않는 검찰이 이에 적극 찬동하고 나서는 것 자체가 옳지 않은 태도이다.

이 점을 논의하려면 먼저 국민적 차원의 공감대가 형성되어야 하고, 나아가 이 논의의 출발점에서 전제로 제시한 바와 같이, 검찰과 여당의 이기주의적인 발상에서 벗어나야 한다. 한 가지 다른 반박논리를 제시한다면, 예를 들면 검찰총장의 추천위원회를 구성하고, 이를 의결기관으로 하여, 여기에 법관이 구성원으로 관여해야 한다고 한다면, 이를 쉽게 수긍할 것인가.

③ 양형위원회 및 법관의 양형권(작량감경)의 문제

형사사건에서 법관의 양형재량권을 박탈 내지는 극도로 제한하는 양형기준을 만들고 이를 강제하도록 하되, 이러한 업무를 담당하는 양형위원회를 대통령 직속으로 두자는 것이다. 또한 최근 법무부의 안에 따르면, 법관의 작량감경 권한을 네 가지 경우로 한정(예를 들면, 피해자와 합의된 경우, 처벌을 원치 않는 경우 등)하고, 그 이외에는 이를 허용하지 않겠다는 취지이다.

현재, 법관의 양형의 적정화를 위한 제도로는 대법원 산하의 위원회가 있고, 일부 주요 범죄에 대해서는 그 기준이 마련되어 특별한 사유가 없는 한 이에 따르도록 하고 있다.

이 점에 대해서도 쌍방의 논쟁에 다시 가담할 필요성을 느끼지 않고, 다음의 점을 지적하고자 한다.

첫째, 가장 중요한 논거로서, 우리의 형법이(나아가 세계 모든 나라의 형법이) 형벌에 관하여 왜 법관에게 일정한 재량(작량감경을 포함하여)을 줄 수밖에 없었는가를 외면하지 말고 직시해야 할 것이다.

형법을 제정한 수많은 입법자들이 능력이 부족하여 그러한 것인가, 당시의 법관을 충분히 신뢰할 만하여 그러한 것인가, 아니면 입법자의 착오 내지는 과실인가?

조금만 함께 생각해보면 결코 그렇지 않다는 것을 알 수 있다. 진정한 이유는, 깊은 사유와 오랜 인생 경험에 비추어보면 형벌의 다과를 정하는 일은 너무나도 다양하고 복잡한 사정을 고려할 수밖에 없고, 만일 획일화를 위하여 단정적으로 형벌을 규정한다면 그로 인한 구체적 타당성의 결여를 피할 수 없음을, 지혜로 터득했기 때문이다.

진실이 이러함에도 불구하고, 몇몇 사건에서의 양형이 검찰 내지는 집권자의 입맛에 맞지 않는다고 하여, 이를 획일화시키려고 하는 것은 그야말로 교각살우(矯角殺牛)의 우를 범하는 것이다.

둘째, 양형을 단순화, 획일화하게 되면, 그 피해는 결국 국민들 스스로가 입게 될 뿐이다. 오랜 연구 결과에 의하면 "가장 좋은 양형은 자기의 친구나 형제에게도 같은 양형을 할 것"이라는 정도여야 한다고 한다. 나와는 아무 관계도 없는 남에게 내리는 형벌이기 때문에 획일화시키고 그로 인한 피해는 내가 알 바 아니라는 생각은 지극히 무책임하고 위험한 발상이다.

셋째, 형벌만능주의, 엄벌주의에 대한 맹신의 위험성이다. 앞에서 본 바와 같이 중국을 통일한 진시황이 10년밖에 지배하지 못한 이유, 독재정권이 한결같이 엄벌주의로 나가다가 결국 몰락하게 된 이유 등을 왜 쉽게 망각하려고 하는가?

넷째, 이 발상 역시 기관이기주의의 산물이고, 같은 논리를 자기에게 적용하더라도 수용할 수 있을 것인지 생각해볼 필요가 있다. 뒤에서 보는 바와 같이 "검사의 피의자 소환의 횟수를 제한하자"는 안에 대하여, 검찰 측은, 사건마다 특이한 다양성이 있어서 피의자 소환의 횟수를 일률적으로 제한하는 것은 부당하다고 논박한다. 그렇다면, 같은 논리로써, 구체적 사안에 맞는 적정한 양형을 도출하는 것은 그와 같은 다양성을 고려할 필요가 없는가?

2) 검찰 개조의 방안

검찰의 개혁도 앞에서 본 방식에 따라서 내부적 개혁, 외부적 개혁 그리고 제도적 개혁으로 나누어 고찰한다. 그러나 검찰의 개혁에는 다음과 같은 특징이 있음을 먼저 염두에 두어야 한다.

첫째, 검찰은 그 조직원리상(대통령에 의한 임의적 검찰총장의 임명, 검사동일체의 원칙, 상명하복의 관계, 기소독점주의 원칙 등) 집권세력에 종속될 수밖에 없고, 그 결과 순수한 사법기관으로 볼 수 없으며, 정권의 필요에 부응할 수밖에 없다. 다만 통치권자 스스로가 또는 검찰 총수 또는 그 구성원이 법치주의의 의미와 중요성을 인식하고 이를 실천할 의지가 얼마나 강한가에 따라, 법치주의에 기여하는 검찰의 위상이 정립될 수밖에 없다고 할 것이다. 또한 앞서 우리의 사법사를 검토하면서 본 바와 같이, 불행하게도 우리의 검찰은 정권에 봉사한 측면이 너무나 강했기 때문에, 검찰의 개혁을 논하는 과정에서는, 항상 어떻게 하면 검찰권의 행사가 정권의 입맛에서 벗어날 수 있는지, 즉 검찰권의 비대화와 남용을 억제할 수 있는지에 그 중점을 두어야 한다. 이와 같은 점을 염두에 둔다면 오늘날 우리 국민이 바라는 가장 바람직한 검찰의 모습은 그늘에서 일하면서 우리를 지켜주는 "묵묵히 일하는 검찰"이라고 할 수 있다.*

둘째, 검찰작용(특히 수사활동)은 그 성질이 조직 내부에서 행해지는 행정작용이고 또한 범죄의 수사라고 하는 극도의 기밀성을 요하는 것이어서, 외부로부터 쉽게 감지되고 포착될 수 없는 것이기 때문에, 이에 대한 견제나 통제를 가하는 것이 결코 용이하지 않다.

따라서 그 견제는 결국 법률의 규정에 따른 제도적 통제가 가장 적절하고 실효성 있는 수단이라고 할 수 있다.

(1) 내부적, 자발적 개혁

검찰개혁의 가장 바람직한 모습은 역시 검사 스스로의 "의식개혁"을 통한 방법과, 검찰조직 내부에서 조직체계상 일정 부서에 수사 및 공소제기의 적법성뿐만 아니라 적정성, 공평성까지도 감독하고 통제할 수 있는 권한과 의무를 부여하는 방법이 있다.

예를 들면 차장검사 중의 1인으로 하여금, 과다소환, 심야수사, 강압수사, 접견제한 등등에 관한 불만접수와 처리를 전담하게 하는 것이다. 그러나 자발성에 기초하는 만큼 그 실효성이 떨어진다는 점은 어쩔 수 없을 것이다.

---

* 이와 같은 표현은, 내가 법조개혁 관련 한 공개토론회에 참석했다가, 그 자리에서 검찰에 다년간 봉직했다가 현재는 여당의 국회의원으로 활동하고 있는 어느 정치인으로부터 들은 바를 그대로 옮긴 것이다. 당파주의가 만연하는 오늘의 세태에서 이를 초월한 소신 있고 용기 있는 발언에 경의를 표해 마지않는다.

(2) 외부적, 타율적 개혁

외부적 견제방법의 하나는, 언론 및 국회에 의한 감시이다. 국회에 의한 감시도 중요하지만, 언론에 의한 감시는 경우에 따라서 크게 효과를 발휘할 수 있다. 국가의 제4부로서, 사회에서 소금의 역할을 해야 하는 언론이 올바른 자세와 열정을 가진다면, 법치에 기여하는 그 역할은 결코 과소평가될 수 없을 것이다.

다만, 여기에는 두 가지 주의할 점이 있다.

하나는, 자칫 언론의 특종의식으로 말미암아 감시, 감독 기능보다는 검찰과 암묵적으로 내통할 위험성이 있고, 다른 하나는, 자칫 언론이 권력의 유혹에 빠져든다면, 수사권과 소추권이라는 막강한 권력을 가진 검찰과 공생관계를 유지하여, 권력의 견제라는 본래의 사명을 망각할 위험이 있다는 것이다.

외부적 견제의 다른 하나로서, 법치국가에서 가장 중요한 의미를 가지는 것은 바로 사법부에 의한 통제이다.

사법부에 의한 (수사과정에서의) 적법절차의 보장과 이를 위한 "판결에 의한 통제"는 필수적이고, 엄격하게 적용되어야 한다. 과거 권위주의 정권 시절, 이 점에 관한 사법부의 의지가 확고하지 못하여, 국민의 인권 보호에 소홀함이 발생했고, 나아가 사법부 스스로의 위상 및 국민으로부터의 신뢰에 치명적인 손상을 입었음을 부정할 수 없을 것이다. 사법권 독립의 의지가 강해지고, 국민들의 인권의식이 점점 높아감에 따라, 앞으로 사법부가 법치주의의 원칙을 더욱 엄격하게 적용하고, 이에 따라 검찰의 불만이 점차 높아질 것으로 예상된다.

그러나 이러한 현상은 역사발전의 필연이다. 따라서 시간의 흐름은 결코 검찰의 편이 아니다. 민주화가 가속화되고 인권의식이 고양될수록 구태의연하고 옛날의 향수에 젖어 있는 검찰로서는 상황이 더욱 어려워진다.

피고인(그리고 변호인)과 함께 100미터 경주를 하는 검찰은 피고인보다 50미터 뒤에서 출발하고, 더욱이 발에 모래주머니를 달고 달리면서, 경쟁해야 하는 상황을 당연한 것으로 받아들여야 하는 시대가 온 것이다.

(3) 제도적 개혁

앞에서 본 바와 같은 이유로 검찰개혁의 실효성 있는 방안은 결국 법률의 규정에 따라서 각종 제도를 정비하는 제도적 개혁일 수밖에 없다. 이러한 방법으로 고려될 수 있는 것들은 다음과 같다.

첫째, 검찰의 중립성 확보를 위해서 "검찰총장추천위원회"를 설립하고 그 위원은 정치적 중립성이 담보되는 인사로 구성하는 것이다. 이렇게 하여 인권의식 내지는 법치의식이 투철한 인사, 예를 들면, 재야 경력이 뚜렷한 변호사라든가 또는 법관 중에서도 이러한 자질을 갖춘 덕망 있는 인사에게까지도 검찰을 지휘할 권한을 부여할 수 있다(검찰 출신이 대법원에 와서 일하는 것을 감안하면 구태여 이러한 가능성을 배제할 필요는 없다).

둘째, "피의자 소환횟수를 제한"(예를 들면 3회로)하고 예외적인 경우에 한하여 일정한 절차를 거쳐 (특별한 위원회의 동의를 얻는 등) 추가로 소환할 수 있게 하는 방안이다. 이는 소환 자체가 피소환자에게는 커다란 부담이 될 수 있으며(예를 들면 사회의 지도급 인사 등이 소환을 앞두고 번민 끝에 스스로 목숨을 끊는 경우가 흔히 있으며, 노무현 전 대통령의 경우도 그러했다) 종래 이러한 소환을 다른 목적으로(변호인의 방어권을 방해하기 위한 목적 등) 악용해온 검찰의 행태를 개선하는 데에 효과가 있을 것이다.

셋째, 정치적 의미가 크거나 기타 특수한 사건의 경우(이는 따로 규정을 두어 그 범위를 정해야 할 것이다)에는, 수사가 종결된 후에 기소 여부를 중립적인 인사로 구성된 "배심원단"의 판단에 맡기는 "기소배심제도"를 도입하는 것이다. 이와 같이 함으로써 표적수사, 기획수사라는 오해를 벗을 수도 있다.

넷째, 가칭 "검찰 심사위원회"(일본의 검찰 심사회)를 두어 일정한 경우, 예를 들면 검찰이 불기소하기로 한 사건 등은 이 위원회에서 다시 심사하여, 부당하다고 판단되는 경우에는 기소하게 하는 등의 제도를 마련하여, 부당한 불기소처분을 억제하는 것이다.

다섯째, 현재 일정한 기준도 없이 즉흥적, 자의적으로 행해지는 구형량에 대하여 일정한 기준을 제시함으로써 "구형통제"를 통한 검찰권의 남용을 억제하는 방안이다(법률적으로는 구형은 아무런 법적 효력이 없으나, 피고인에 대한 불필요한 불안감을 조성할 수 있다).

이밖에도, 정치권에서는 고위공직자 등의 수사와 기소를 위해서 따로 "고위공직자 비리수사처"라든가, 일정한 요건이 되면 당연히 특별검사가 가동되는 "상설특검"의 설치를 주장하고 있으나, 이는 법적으로 아무 제한 없이 엄연히 수사권과 기소권을 가지는 검찰이 있으므로 옥상옥의 역할을 하는 별도기구는 만들 필요가 없다고 생각한다. 검찰의 수사상 잘못된 점이 있으면, 그 제도 내에서도 이를 바로잡을 충분한 가능성이 마련되어 있다고 본다.

3) 변호사 개조의 방안

변호사는 본질적으로 법률에 의하여 공적으로 주어진 권한이 있는 것이 아니므로, 이에 대한 개혁이 법조삼륜의 다른 축에서와 같이 제도적 개혁이나 외부적 개혁으로 이루어질 수 없고, 오로지 스스로의 의식개혁을 통한 자발적 개혁에 의존할 수밖에 없다는 특색이 있다. 또한 과거 권위주의 시대로부터 민주화의 시대를 넘어오고 또한 사회적, 경제적 측면에서 크나큰 발전이 이루어짐으로써 변호사 업무의 영역에도 두 가지의 큰 변화가 일어나게 되었다.

첫째, 1987년의 6/29 선언 이후 민주화가 진전됨에 따라서 과거와 같이 인권옹호를 위한 투사와 같은 변호사의 역할은 감소하게 되었다. 그러나 예전과는 다르게 환경권이라든가, 보다 나은 생활을 위한 여러 분야에서의 변호사의 역할이 기대되고 있다.

둘째, 사회 각 분야가 다양화, 전문화되어감에 따라 변호사의 업무도 종래 소송사건 위주에 그치지 않고 각 방면에의 전문적인 자문을 비롯하여, 창조적인 시각에서 새로운 분야를 개척해야 하는 상황에 이르게 된 것이다.

앞으로의 변호사의 바람직한 나아갈 길은 다음의 두 가지로 정리될 수 있을 것이다.

(1) "창의적인" 변호사

현대 사회에서 가치관의 다양화, 자유로운 개성의 표출이 일반화됨에 따라 변호사의 영역도 이에 따라 확대되지 않을 수 없으며, 이러한 사회에서 변호사들이 생존하기 위해서는, 과거와 같이 안주하는 자세로는 충분하지 않고, 창의적으로 생각하고, 새로운 분야를 개척하고, 전문화하는 일을 하지 않으면 안 된다. 지적 능력이 뛰어난 변호사들인 만큼, 기득권을 버리고 법률지식과 법적 사고능력을 동원하여 사회의 발전에 발맞추어 나간다면 보다 큰 성공이 기다리고 있을 것이다.

(2) "봉사하는" 변호사

이러한 사회환경의 변화에도 불구하고, 우리 국민은 변호사에게 아주 높은 기대감을 가지고 있으며, 영리를 목적으로 하는 직업인 이상의 어떤 의미 있는 역할을 기대하고 있다. 따라서 변호사로서 국민의 존경과 신뢰를 받기 위해서는 영리 이상의, "봉사하는" 자세로서 공익에 기여하는 역할을 스스로 찾아나가는 일을 해야 할 것이다.

이와 같이 함으로써만이, 간헐적으로 변호사를 폄하하는 사회의 비난을 극복할 수 있다.

6. 맺는말

앞에서 본 바와 같이 법조개조론을 피력하면서, 논리적으로 접근하는 방법은 이 글이 목표로 한 바가 아니다. 이는 이미 다른 곳에서 많이 다루어졌을 뿐만 아니라, 나의 생각으로는 논리적 방법은 또 다른 논쟁거리만을 불러일으킬 뿐 진정한 설득은 얻어내기 어렵다고 판단했기 때문이다.

따라서 이 글은 우리의 사법사를 돌이켜봄으로써 역사에서 교훈을 얻어 그 해답을 찾고자 시도했고, 이를 토대로 관심 있는 분들의 공감을 얻고자 노력했다.

시도는 그러했으나, 그 효과가 미미했다면, 이는 전적으로 나의 역량이나 내공이 부족한 탓이다.

결론적으로, 우리의 법조삼륜의 바람직한 모습은 다음과 같다.

사법부에 관련해서는 "정의감 있는 법관", "균형감 있는 법관"이고, 검찰에 관련해서는 "자제하는 검사", "묵묵히 일하는 검사"이며, 변호사에 관련해서는 "창의적인 변호사", "봉사하는 변호사"이다.

따라서 이러한 바람직한 법조삼륜을 이루기 위하여 우리 국민들이 나아가야 할 근본방향은 다음과 같다.

사법부에 관련해서는 "기(氣)를 북돋아주어야"하고, 검찰에 관련해서는 "기(氣)를 눌러주어야"하며, 변호사에 관련해서는 "길[道]을 열어주어야" 한다.

후기 : 나는 어떤 법조인인가?
─왜 그렇게 되었나?

──────────────

　비운의 패장 이릉(李陵)을 변호하다가 궁형(宮刑)을 당한
사마천(司馬遷)은 일생을 『사기(史記)』의 집필에 바치면서
그 서문에서 이렇게 말했다.

　"나는 궁형을 당한 다음 깊이 생각해보았다. 생각하건대,
공자(孔子)는 힘든 여행 중에도 『춘추(春秋)』를 지었고, 굴
원(屈原)은 추방된 뒤에 걸작 장시 『이소(離騷)』를 지었으
며, 좌구명(左丘明)은 실명한 뒤에 역사서 『국어(國語)』를
편찬했다. 이처럼 인간이란, 마음속에 깊은 불만이 쌓이고,
자유롭게 살아갈 수 없을 때, 과거를 이야기하고, 미래를 생
각하는 존재이다."

　그리고 전체 5부(部) 중 마지막 부(部)인 「열전(列傳)」 70
권 중에서, 마지막 70권은 사마천 자신의 전기에 할애함으
로써 마무리지었다.

──────────────

"나는 어떤 성향의 법조인인가?" 그리고 "왜, 어찌하여 그런 성향의 법조인이 되었는가?"—이 질문은, 보다 원천적으로 "나는 누구인가?" 그리고 "나는 어디에서 왔는가?"라는 철학적 질문의 법조에 대한 적용 형식이다. 그리고 이 질문은, "법조인의 성향(性向)유형과 그 결정요인"이라는 "총론적인 질문"을 각 개인에게 적용하는 "각론적인 질문"에 해당한다.

법조인의 성향은 여러 기준에서 나눌 수 있겠으나, 여기서는 중요한 몇 가지 기준에 나를 맞추어보고자 한다.

우선 첫째로, 1974년 판사로 임관된 이래, 40년 가까이 법조인으로 일해오면서 나 자신을 돌이켜보면, 헌법이나 법률의 해석(계약서 등의 해석도 포함하여)에 있어서, 나는 형식적 문언(文言)해석보다는 그 입법 취지까지를 고려해야 한다는 입장이 강했던 듯하다. 물론 엄격해석이 요구되는 형사법의 경우는 다르겠지만, 특히 행정법규의 해석에서 그런 경향이 두드러진다. 이미 200년도 훨씬 넘은 과거에 만들어진 미국 헌법이 아직도 제대로 그 기능을 발휘하고 있는 것은 이 때문일 것이다. 또한 그렇게 함으로써만, 법률이 생명력을 가지고 살아 움직일 수 있다고 생각한다.

다음으로, 나는 "국가의 이익"과 "개인의 권익"이 충돌되는 경우에, 전시(戰時) 등 특별한 사정이 없으면, 개인의 권리보호에 더 비중을 두는 성향이다. 물론 국가주의의 입장에서, 먼저 국가가 잘 되어야 국민도 보호받을 수 있다고 생각할 수도 있겠으나, 역사의 흐름은 법치와 인권옹호 쪽으로 흐르지 않을 수 없을 것이라는 생각이다.

한 가지 덧붙인다면, 나는 검찰, 경찰 등 형사사법권력의 권력남용 가능성을 극단적으로 우려하는 편이다. 특히 이러한 권력이 정치권력과 결탁하거나 야합하여 이루어질 수 있는 반(反)법치주의적 상황은 절대로 용납할 수 없다는 입장이다. 따라서 이를 뒤집어 말한다면, 법치와 인권의 수호를 존재이유로 삼는 사법부가 우유부단, 비겁, 무사안일 등으로 그 임무를 다하지 못한 것에 대하여는 지극히 비판적이다. 그리하여 시대의 변화를 주도하지 못하고, 변화에 추종하고 편승하는 사법부는 비난받아 마땅하다고 생각한다.

그러면 나는 왜 이와 같은 주장과 성향을 가지게 되었는가? 여기에서 떠오르는 말이 "사람들은 누구나 그렇게 살아야만 하는 절실한 이유들을 가지고 있다."는 것이다. 이러한 시각에서, 나에게도 분명히 가슴에 오랫동안 남는, 따라서, 성향형성에 결정적인 영향을 주었음에 틀림없는 몇 가지 경험이 있었다.

나는 1947년에 태어났다. 출생 당시 선친은 변호사였으며, 2년 후인 1949년 판사로 임관되어 1973년 대법원에서 퇴임할 때까지 24년 동안 법관으로 봉직했다.

나는 어린 시절에 당시 법관이었던 부친이 주변에서나 사회에서나 큰 존경과 신뢰를 받는 것을 보고 나도 법관이 되었으면 좋겠다는 막연한 소망을 가지게 되었는데, 훌륭한 법조인으로 존경받고 있는 김홍섭, 이병린 씨 등이 간혹 집에 오셔서 대화를 나누는 것을 본 기억이 있다. 그후 그런 나의 소망이 이루어져서 법과대학 과정을 마치고 몇 차례의 실패를 거친 끝에 1972년 사법시험 합격 후(14회), 연수원 과정을 마치고(4기), 1974년 판사로 임관되었으며 1999년 퇴직할 때까지 25년간 법관으로 봉직한 뒤에 현재까지 13년 동안 변호사로 일하고 있다.

어찌 보면 전형적인 법조인의 여정이라고도 보이지만, 이러한 과정에서 내 개인적으로는 잊을 수 없는, 나의 사법관 형성에 결정적인 영향을 미치는 몇 가지 일들을 경험했다.

내가 사법연수원 2년 과정에 있던 1973년 선친이 대법원에서 퇴직했다. 알려져 있는 바와 같이 1971년의 국가배상법 위헌 판결에서 위헌의 의견을 제시했던 9명 전부에 대한 정권차원의 응징의 결과였다. 판사가 그의 판결 내용에 대해서 신분상의 불이익을 받는다는, 사법부로서는 용인할 수 없는 사태에 대하여 당시의 사법부는 무기력했으며, 이는 법조인의 길을 막 들어서려는 나에게는 큰 충격이었다.

이러한 일을 겪은 후 1974년 판사가 되어 성실히 업무에 종사하던 중 1977년 독일정부로부터 장학금을 받는 행운을 얻어 1978년 말까지 1년 6개월 동안 독일의 법원, 검찰, 대학 등에서 연수할 수 있게 되었다. 경제적, 정치적으로 나라가 어려운 시절에, 선진국의 사법제도 및 법을 배우고 체험할 수 있었던 것은 나의 사법관 형성에 크게 도움을 주었다. 법률의 각 분야에서 선진적인 연구성과에 대하여 놀란 것은 물론이고, 서로 신뢰하는 사회구조, 국민에게 봉사하는 사법 체계(이는 "국민을 위한" 사법이었다)에 대하여도 많이 보고 배우게 되었다. 당시 지도교수로 알게 된 교수님은 현재까지 나를 돌보아주고 배려해주고 있다.

귀국 후 나는 다시 복직하여 1979년 말 순환근무의 일환으로 지방에서 근무 중 1980년 갑자기 초헌법 기관에 파견되어 근무하라는 인사명령을 받고 4개월과 4개월 합계 8개월 동안, 평생 처음으로 비상사태하에서 초헌법적으로 국가가 운영되는 모습을 가까이에서 볼 수 있었다. 물론 나는 당시 33세의 애송이 법률가로서 가장 하찮은 일밖에는 할 수 없었지만, 여하튼 주변에서 벌어지는 일들을 보면서 좀더 큰 틀에서 생각하게 되었고 국가 운영의 메커니즘을 어렴풋이나마 알게 되었다.

이 기간 동안 사법부에 관련된 일들로서는, 법원의 조직 등에 관한 많은 부분들이 개정되었고(이때에 검사가 판사에게 구속영장의 발부를 "청구"하는 것에서 "요구"하는 것으로 용어가 바뀌기도 했다), 실제적으로도 김재규 씨에 대한 내란목적 살인죄에 반대의견을 제시한 대법관 6명 중 5명에 대하여(소수의견임에도 불구하고) 퇴임하게 하는 "확인사살"도 이루어졌다.

그와 같은 과정에서 속수무책, 대응능력이 없는 친정인 사법부의 무기력함에 놀라기도 하고 실망하기도 했으며, 반면 무소불위의 권한을 휘두르는 (특히 사법부에 대해서까지) 행정부 파견 공무원의 오만하고, 권력지향적인 모습에 분개했으나, 힘없는 나로서는 몇 차례의 저항시도에도 불구하고 속수무책으로 방관할 수밖에 없었다.

힘든 8개월간의 파견근무를 마치고 1981년 법원으로(법원행정처 소속 법무담당관으로) 복귀하여, 다시 친정의 품으로 돌아왔으며, 이후 판사로서의 고유 업무에 전념하며 행복한 시간을 보내고 있었다. 그러던 중 1987년 다시 나에게는 커다란 일이 발생했다. 즉 당시 헌법재판소 개소를 준비하는 과정에서 그 업무의 대상으로, "판결을 헌법소원의 대상"으로 할 것이냐의 문제로 세미나가 열렸다. 나도 방청객의 한 사람으로 참석하여 경청했는데, 법관이 내린 판결까지도 다시 헌법소원의 대상으로 삼으려는 데에 대한 법관으로서의 자존심의 손상과 더불어 외부기관(특히 검사 등)의 사법권 무시 태도, 나아가서 토론에 참가한 내부인사(법관)의 무기력하고 소신 없는 대응에 크게 분개하지 않을 수 없었다. 이러한 광경을 목격한 후 위기의식과 함께 법관의 자존심상 도저히 침묵할 수 없다고 판단하고 밤을 새워 나의 소신을 밝히는 글을 써서 법률전문지에 기고했다. 여기에 이르기까지에는 그동안 법원 외부기관에의 파견근무 시의 나의 경험이 크게 작용했음은 물론이다. 글이 실리는 과정에 우여곡절이 있었으나, 발표 후 많은 사람들이 격려의 말씀을 주었다.

이 원고를 발표하기까지의 과정에서 현실적인 처세술의 유혹도 있었으나, 그동안의 개인적 경험에서 오는 사명감과 정의감을 저버릴 수 없어 "어떠한 경우에든지", "정의를 이야기하고", 이를 위한 "용기를 가져라"는 내심으로부터의 명령을 도저히 거역할 수가 없었다. 이 일이 있기 전후하여 내가 법관으로서 통상의 재판에 전념하는 동안 (특히 형사재판을 하는 동안) 사법 인접 행정분야로부터 법관의 자존심을 상하게 할 정도까지의 불온한 행태들이 있었고, 이러한 모습들이 벌어지고 있는 우리의 사법현실 및 이에 대한 구성원들의 미온적인 대응자세에 대한 실망감이 더욱 커갔다. 이 일은 그 이후로의 나의 진로에 당연히 크게 영향을 미쳤지만, "성격이 운명이다"라는 말에 전혀 이의를 제기할 생각은 없다.

그후 다시 정상적인 법관 생활을 계속하여 1989년 지방법원 부장판사가 되었고, 1년 후 1990년 헌법재판소의 연구부장으로 발령받아 2년 동안 그곳에서 일했다. 당시 헌법재판소는 1988년 개소하여 초기의 어려운 과정을 겪고 있었으며, 나를 비롯한 많은 분들이 독일의 예를 모델로 삼아 많은 연구와 검토를 했다. 헌법재판소에서의 2년은 나에게는 정말로 유익한 기간이었다. 무엇보다도 그동안 법조인으로서 헌법에 눈감아오고 헌법적 감각이 없이 생활하고 재판해온 것에 부끄러움을 느꼈으며, 헌법의식이야말로 우리 사회를 발전시킬 수 있는 원동력임을 자각하게 되었다. 이때의 소중한 경험이 후에 법원에 복귀하여 재판업무에(특히 형사재판에) 종사하면서 판결에 활력을 넣어 주고 국민에게 다가갈 수 있는 지혜를 주었다고 생각한다.

1992년 법원에 복귀하여 1998년까지 2년 단위로 지법의 형사, 민사, 고등법원에서 재판업무에 종사했는데, 그중 1995년 미국의 어떤 재단으로부터 석 달 동안 미국의 법조계(특히 연방대법원을 포함한 각종의 법원들)를 돌아볼 수 있는 기회를 얻었다. 그렇지 않아도 이전의 2년간의 헌법재판소 생활 이후, 민주의식, 헌법의식에서 한걸음 앞서 있다고 여겨졌던 미국 대법원과 법조의 모습을 접하고 이를 좀 더 잘 알고 싶어져서 나름대로 외국어 공부와 외국 서적을 구해 읽고 있던 중이라, 그 기회는 나에게 큰 혜택으로 다가왔다.

미국 방문 중 연방대법원 판사를 비롯하여 각급 법원의 판사를 만나 이야기하고 법정 등의 법원시설을 둘러볼 수 있는 기회를 가졌던 나는 자유와 정의의 물결이 넘치고 이를 생활 속에서 실천하는 그들의 모습에 충격과 함께 감동을 받았으며, 20여 년의 법관 생활 동안 내가 마음속의 소중한 가치로 여겨왔던 사법권 독립, 정의에 대한 용기 등의 덕목이 더욱 가꾸고 성장시켜야 할 덕목이라는 확신을 가지게 된 것은 이 여행의 큰 성과였다. 그리고 그 소신은 지금도 조금도 변함이 없으며, 이러한 덕목을 우리의 법조인 모두 특히 사법부 구성원 각자가 마음에 새기고 실천해주기를 간절히 소망하고 있다.

그후 나는 1998년 인사발령으로 대법원의 특이한 보직(대법원장 비서실장)에 부름을 받아 1년 동안 봉직했다. 그 해에 존경하고 사랑하는 선친께서 세상을 떠난 슬픔이 있었으나, 새로운 보직에서 사법부를 위하여 새로운 각도에서 기여할 수 있다는 생각으로 열심히 일했다. 특이한 보직인 만큼 직무상 특이한 경험도 많이 했으며, 나의 사법관을 형성, 보완하는 데에 많은 도움이 되었고, 당연히 사법 인접기관(행정부, 언론 및 통치기관)에 대한 관계설정과 품위유지에 대해서도 고민과 반성을 많이 하게 되었다.

그런데 1999년 2월, 나는 나의 법관 생활의 에필로그로서는 꿈에도 생각지 않던 사유로 법관직을 사임하고 변호사의 길을 걷게 되었다. 불의(不意와 不義)의 타격을 맞고 퇴직했으나, 나는 "성격은 운명이다"라는 진리를 다시 한번 실감하면서, 바람직한 사법부의 모습을 이루어나가는 데에 어느 누구의 희생도 없이 쉽게만은 이루어지지 않을 것이며, 어느 날엔가는 "후예들의 힘"에 의하여, 아니면 자연적인 "역사의 흐름"에 의하여 그 일이 이루어지리라고 생각한다.

퇴직한 이후 10여 년간은 변호사로서의 본업에 충실했다. 다만 한 가지 그동안 맺어왔던 동료들과의 관계, 후배들에 대한 애정 등을 변호사로서의 일처리에 이용(?)해서는 안 된다는 소신에서 "변칙적인" 생활을 했다. 변호사로 일하는 마당에 왜 법정출입을 하지 않느냐는 비아냥도 있었으나, 여러 가지 불이익을 감수하면서도 이는 그대로 지켜가고 있다. 흔히 듣는 말이지만, "밖에서 보니 안이 더 잘 보인다"는 말이 실감나는 경우도 있었다.

"인생은 우연과 필연의 절묘한 조합"에 의하여 이루어진다는데, 이러한 경험에 비추어볼 때, 오늘의 나의 모습은 필연이다. "경험은 성격을 만들고, 성격은 운명을 만든다."

2012년 9월
양삼승